LES PASSE-MURAILLES
Collection dirigée par
Emmanuelle Dugain-Delacomptée

Imaginez un instant vous promener dans le Paris de Zola, croiser Lucien et ses amis journalistes des *Illusions perdues*, puis vous arrêter le soir à l'auberge du Lion d'Or, à Yonville, où dînent les époux Bovary.

Et si cette jeune femme qui se recoiffe dans *Le Déjeuner sur l'herbe* de Manet s'en allait retrouver l'inconnu de la *Danse à la ville* d'Auguste Renoir, avant de s'enfuir par le train de William Turner, nimbé de brume et de fumée ?

Revisiter les mondes immuables des classiques littéraires, entrer dans des tableaux qui s'animeraient soudain, débattre avec des philosophes disparus, s'égarer dans des films ou séries que rien ne destinait à se rencontrer, ou bien simplement évoquer l'influence de ces œuvres sur nos vies, voici ce que vous proposent « Les Passe-Murailles », à travers des romans ou récits à cheval entre rêve et réalité.

Du même auteur,
chez le même éditeur

Le Dernier Bain, 2018
Tu seras ma beauté, 2017

Gwenaële Robert

Never Mind

Roman

LES PASSE-MURAILLES

Robert Laffont

ISBN : 978-2-221-24220-9
Dépôt légal : août 2020

À Jean-Michel Delacomptée

« Je me suis rencontré entre les deux siècles comme au confluent de deux fleuves ; j'ai plongé dans leurs eaux troublées, m'éloignant à regret du vieux rivage où j'étais né, nageant avec espérance vers la rive inconnue où vont aborder les générations nouvelles. »

Chateaubriand,
Mémoires d'outre-tombe

« Le plus terrible, dans ce monde, c'est que chacun a ses raisons. »

Renoir, *La Règle du jeu*

« Le reste de la terre ne me fait rien. Je n'ai jamais aimé la vie mais je l'aime moins que jamais et ne crains pas la mort. »

Joseph Picot de Limoëlan

AVERTISSEMENT

Ce livre est un roman. S'il s'appuie sur des faits réels et si la destinée de Joseph de Limoëlan est, pour ce qu'on en sait, conforme à celle relatée dans ce texte, il ne saurait prétendre à la rigueur des livres d'histoire et autres ouvrages à caractère documentaire. Que le lecteur s'en souvienne et qu'il pardonne s'il le peut les libertés prises avec l'histoire pour les besoins de la fiction.

3 nivôse de l'an IX, huit heures et trois minutes. Paris, rue Saint-Nicaise.

Que s'est-il passé ? Le Premier consul passe la tête par la portière. Il n'a rien vu mais il a entendu l'effroyable détonation – si forte qu'elle a été perçue au-delà du mur d'octroi. Et surtout, il a senti ce souffle puissant qui a manqué renverser le carrosse, a soulevé les grenadiers de leurs selles et brisé les vitres des portières. Hortense, qui a reçu un tesson sur la main, se réfugie dans les bras de sa mère. Joséphine fixe Napoléon avec insistance, elle le supplie de faire demi-tour. Il grogne, méprise cette réaction de femme qui ignore l'héroïsme et lui préfère la vie. Il cherche du regard son frère Louis, retranché dans un angle du carrosse. Mais le cadet demeure prostré, stupide, ses yeux noirs toujours tristes errant dans l'obscurité de l'habitacle tandis qu'il caresse machinalement les franges d'un châle abandonné. Rien à en tirer. Si ça se trouve, ce mélancolique qui se pique de poésie regrette de n'avoir pas péri dans l'explosion… Posture romantique, posture à la mode. Napoléon secoue la tête. Entre une femme qui aime trop la vie et un frère qui ne l'aime pas assez, l'atmosphère du carrosse est suffocante. Il a un geste vague tandis qu'il descend de la voiture, très calme, et glisse sa main dans sa redingote.

Que s'est-il passé ? Le grenadier qui vient informer le Premier consul est formel, c'est un attentat, un baril de poudre qui était dissimulé dans la charrette et a tout emporté sur son passage. Bonaparte s'enquiert du carrosse qui suivait le sien, où se trouvent sa sœur Caroline et le général Murat.

— Ils sont saufs, monsieur le citoyen Premier consul. Seules les vitres ont été brisées, un vrai miracle.

— Et dans la rue, des morts ?

— Au moins trois, monsieur le citoyen Premier consul : deux femmes, un homme. Beaucoup de blessés surtout.

Napoléon rejoint la rue Saint-Nicaise, guidé par une forte odeur de poudre et des rugissements de douleur. Il a l'habitude d'inspecter les champs de bataille quand on ramasse les blessés à la pelle et l'expression de la souffrance ne l'émeut guère. Mais cette fois, c'est différent, aux hurlements des hommes se mêlent des cris de femmes et des pleurs d'enfants. Le Premier consul avance à tâtons dans la nuit brumeuse. Toutes les lanternes sont cassées, on voit mal, mais il distingue des ombres qui rampent sur le pavé humide avec des râles affreux. Peu à peu ses yeux s'habituent à l'obscurité, les contours se précisent, les cris deviennent des bouches, les bouches deviennent des corps dont les chairs à vif déchirent la nuit. Les maisons sont éventrées, les vitrines brisées. Au café Apollon, les morts gisent sous des morceaux de charpente, des tuiles, des vitres, des bouts d'ardoise, des pierres…

— Et cette charrette ? Où est-elle ?

— Foudroyée, monsieur le citoyen Premier consul, comme la jument et la gamine qui la tenait.

Une charrette ? Une gamine ? Pour Bonaparte, la chose est à présent certaine. C'est un coup des jacobins. Ou des anarchistes. Une enfant sacrifiée la nuit de Noël, ça ne peut pas être l'œuvre des royalistes. Trop catholiques. Le Premier consul ne croit pas en Dieu mais il sait reconnaître un blasphème. De son enfance corse, il a gardé le souvenir des processions endimanchées dans les chemins poussiéreux, les yeux baissés des sœurs, les mantilles noires de la Madre, ses signes de croix pour un rien – un juron, une bagarre, une statue dénudée… –, *Madre di Diu, miserere nobis*. Il n'a pas de piété mais il a de la mémoire. Il ne peut faire coïncider l'image des corps calcinés rampant dans la brume avec celle des bergers marchant vers l'étoile.

Son opinion est faite. *Ite Missa est.* Il va demander à Fouché de purger la capitale des jacobins. Il sait que le ministre de la Police, qui en fut, a de l'indulgence pour ces gens-là. Ce sera l'occasion de vérifier sa loyauté envers le nouveau régime. Et comme il n'a pas une pensée qui ne se transforme aussitôt en action, il fait volte-face et avise un grenadier :

— À l'Opéra ! Nous avons pris du retard !

Dans la voiture, Joséphine se récrie, est-on vraiment obligé de s'y rendre ? Après ce qu'il s'est passé ? Hortense pleure en silence. Louis baisse les yeux. Le Premier consul s'installe en haussant les épaules. Les regrets, les remords, le soulagement, la peur rétrospective, tout ce qui suppose de descendre un peu en soi-même, lui est étranger. La détonation, le danger appartiennent au passé. La voiture s'ébranle. Un vent froid s'engouffre par la vitre brisée. Déjà l'odeur de poudre se dissipe, on doit évacuer les blessés. Certains succombent à leurs blessures, on les enterrera demain. Tout cela sera vite passé.

Son esprit impatient est maintenant tourné vers l'Opéra. Il devine les lustres, les bruits, le son des instruments qu'on accorde dans la fosse. Le chef d'orchestre fouettant l'air de sa baguette, les femmes qui s'éventent, le parfum douceâtre des bougies se mêlant à celui du musc... L'impatience. Sa loge vide sur laquelle sont fixés les regards des spectateurs. Où est-il ? Où est-il, le Premier consul, l'homme providentiel de la France, le pacificateur, celui qui a juré de concilier les libertés de la Révolution et l'ordre de l'Ancien Régime ? De très vieux aristocrates comme en produisait le siècle dernier – perruque blanche et pommeau d'or – murmurent avec un sourire de connivence. Hum... hum... le Roi, lui, ne faisait pas attendre. L'exactitude, mon cher, etc.

Propagée par les cochers qui fument sur le perron, la rumeur de l'attentat pénètre maintenant dans l'Opéra. Elle gravit l'escalier, force les portes capitonnées, se diffuse entre les rangs, dans les baignoires, les loges. Napoléon voit tout cela très bien, très précisément. Les sourires qui se figent, les yeux qui s'agrandissent, les mains qui se crispent. La sidération. Il entend aussi. Des cris étouffés, des soupirs. Vraiment ? En êtes-vous sûrs ? Mais Lui ? Lui ??? Vivant, dites-vous ? Mon Dieu ! Béni soit Dieu ! Et autres actions de grâce prononcées en se signant… Peut-être, s'il tendait mieux l'oreille, le Premier consul entendrait-il des murmures, quelques jurons étranglés : « Manqué, cette fois encore ! » Mais la clameur de la foule étouffe les dissidences. Une femme s'évanouit, son buste se renverse en arrière et montre un sein. Des hommes se redressent, la main au fourreau, prêts à dégainer un sabre d'apparat. Les musiciens se dévisagent, s'interrogent du regard, alors on joue ou pas ? La baryton Garat insiste. Le directeur hésite. Il éponge son front. Non, on ne joue pas. Pas pour l'instant. Et si le Premier consul était blessé ? Lui, ou sa femme, ou son frère ? Que faire, mon Dieu, que faire ? Le directeur s'affole. Il ne peut tout de même pas renvoyer tous ces gens qui ont payé leurs places. Mais jouer, maintenant, au plus fort de l'émotion suscitée par la nouvelle, ne serait-ce pas un peu… *sacrilège* ?

Au fond de l'habitacle, Napoléon devine la peur du directeur et cela lui plaît car ces mains moites, cette sueur qui perle, c'est d'abord la peur de lui déplaire. Celle de commettre un crime de lèse-recueillement. On le craint. Il sourit. Il va faire une entrée triomphale, auréolé du prestige des survivants. Hors de question de faire demi-tour, l'occasion est trop belle, comment Joséphine ne le devine-t-elle pas ? On le craint, soit. Mais maintenant, grâce à cet attentat manqué, on va aussi l'aimer.

Il passe sa tête entre les reliefs coupants de la vitre, jette un regard vers les étoiles. Ceux qui le voient à ce moment précis, les grenadiers, les badauds accourus, imaginent peut-être qu'il adresse une prière d'action de grâce à ce Dieu qui l'a épargné. Mais Napoléon ne prie jamais. Quand il lève la tête vers le ciel, c'est toujours le menton dressé dans un mouvement de défi. On l'a manqué, il est vivant. Tandis que le carrosse repart au galop vers l'Opéra, il se demande s'ils n'ont pas raison, au fond, ceux qui prétendent qu'il est immortel.

1.

Immortel, qu'ils disent, ceux qui ont combattu à ses côtés en Italie. Ceux qui l'ont vu s'élancer sur le pont d'Arcole sous la mitraille ennemie, avec pour seul bouclier l'étendard français. Ceux qui ont vu les balles lui passer à travers le corps sans jamais s'y ficher. Ceux qui l'ont accompagné en Égypte où il a, de source sûre, touché de ses mains nues les tumeurs pestilentielles des malades de l'hôpital de Jaffa – et si vous ne le croyez pas, attendez encore un peu et vous verrez bientôt ce tableau immense aux couleurs chaudes qui, pour l'heure, dort à l'état d'ébauche sous un drap blanc, dans l'atelier du peintre Antoine-Jean Gros.

Bien sûr, certains ricanent. On leur a déjà fait le coup des écrouelles, le Roi thaumaturge, « le Roi te touche, Dieu te guérit », toutes ces fables du monde d'avant… Mais en 1800, on a besoin de légendes pour ouvrir le bal du siècle. Le précédent s'est achevé dans le désordre et la violence – trop de morts, d'illusions déçues, de sang… une histoire qui a mal tourné.

La France de 1800 a la gueule de bois. Les idéaux ont pris l'eau de toutes parts. Le cœur n'y est plus. Il y a si longtemps qu'on n'a pas rêvé… Alors, le petit caporal corse devenu général puis consul, puis Premier consul, pourquoi pas ? Ce sera toujours mieux que tous ces gouvernants qui rasent les murs de l'Histoire depuis la chute de Robespierre, ces fantômes refroidis par l'exemple de leurs prédécesseurs dont on a jeté les restes dans la Seine après les avoir inhumés au Panthéon. Directoire, Consulat… ces régimes brouillons, compliqués, sont trop éphémères pour qu'on se donne la peine d'étudier leur Constitution. Ce qu'on veut, c'est du ferme, du durable. La fermeté de Napoléon Bonaparte, on ne peut pas en douter. Il suffit de voir comment il a maté l'insurrection royaliste devant l'église Saint-Roch, le 13 vendémiaire de l'an IV. Une canonnade de près d'une heure, quarante canons qui toussaient de concert – et les esprits forts qui doutent toujours peuvent, aujourd'hui encore, aller mettre leurs doigts dans les trous béants de la façade de l'église. Plus de trois cents morts sur le parvis, des cadavres qu'on a charriés à l'intérieur de l'édifice. Du sang partout, y compris sur les mains de Bonaparte qu'il est parti se laver dans les eaux du Nil. Quant au durable, justement, certains murmurent que le Premier consul ambitionne de devenir Premier consul *à vie*. Voilà qui serait fort. Et qui risque de durer longtemps, attendu qu'il est immortel. CQFD.

Alors, on se prend à espérer. On se penche au bord du siècle, sans parapet ni garde-fou pour sauter à pieds joints sur le suivant. On éprouve un léger vertige, et c'est bon comme aux temps de la Carmagnole, quand on dansait dans les ruines de la Bastille les pieds nus, le cœur enivré. Pour n'être pas dérangé par la réalité, cette fâcheuse qui gâche toujours tout, on ferme les yeux. Sur les libertés qui reculent. Sur les promesses non tenues. Sur ce goût du pouvoir vaguement inquiétant quand il s'exprime à coups de clairon, à coups de fusil. Comme les yeux sont clos, on ne voit pas, en marge du grand vaisseau de l'avenir, des radeaux de fortune se construire avec les planches pourries de l'Ancien Régime. Et sur ces radeaux, des hommes qui rament à contre-courant, qui tentent dans un mouvement désespéré et vain, vain parce que désespéré, de revenir en arrière pour grimper sur l'épave du monde d'avant.

Car ce nouveau monde, promis, acclamé à coups de canon, n'est pas celui de tous.

2.

Joseph de Limoëlan le sait. Il n'a plus de certitudes sauf celle-ci. Quel est son avenir, sa patrie, son identité, son propre nom – il l'ignore. Mais de cela il est convaincu : le siècle qu'on inaugure ne sera pas le sien.

L'autre ne l'était pas davantage, du reste. Les rois, les lys, la Cour, les chasses, les bals, il ne les aura pas connus. Les conversations brillantes des salons, les régiments aux noms de Princes, les perruques poudrées, les terres qu'on transmet avec les noms, les blasons qu'on exhibe, les génuflexions sur les pierres des cathédrales ou dans les boudoirs des marquises, la vie comme elle allait alors avec son cortège de grâces et de disgrâces, de misères et d'espérances, il l'aura juste entraperçue. Il est arrivé trop tard, assez tôt cependant pour voir la queue de la comète, sa traînée de poussière derrière l'étoile qui se dérobe. Le reste, ce sont des souvenirs bons pour les émigrés, les expédients qui leur permettent de supporter l'exil et nourrissent leurs conversations à Jersey, à Eisenach ou à

Bruxelles. Pour lui, nul viatique. Pendant que son père chevauchait de Sévignac à Nantes, armait des vaisseaux pour la Compagnie des Indes, rédigeait des traités, disputait des héritages, lui était cloîtré dans un collège à Rennes avec pour voisin de dortoir le jeune François-René de Chateaubriand, chevalier breton lui aussi. Il avait bien le temps. Le Roi était jeune, Versailles était loin. Il aurait tout le loisir, en devenant adulte, d'y faire sa cour, de demander la grâce d'aller se faire tuer en Amérique, dans l'uniforme éclatant des dragons du Roi, comme c'était la mode alors. Mais tout a disparu avant qu'il n'ait eu le temps d'y goûter. Versailles est vide, l'Amérique est libre, il ne lui reste rien. Il est comme un homme à qui on aurait montré un trésor avant d'en refermer brusquement le coffre et de jeter la clef à la mer. Sauf que ses mains sont restées agrippées à l'intérieur et que le couvercle lui scie les poignets depuis plus de dix ans.

Au fond de sa douleur, il entretient le souvenir de son père, qui est parti avec l'ancien monde, sous la lame de la guillotine, un matin de juin. Il revoit son profil droit, son front fier, son regard plein de bonté. Il entend sa voix qui prédisait, pour consoler ce fils impatient de courir le monde : prends patience, ton nom est glorieux, le monde est vaste, ton heure viendra. Joseph n'a pas eu l'occasion d'attendre. Son nom, il ne l'a plus. Pour ses compagnons d'arme, il s'appelle Beaumont, il s'appelle Pourleroy, il s'appelle Tape-dur, Durand, Guitry, Clorivière, Tape-à-mort ou Frogé – autant de pseudonymes qui servent à masquer son identité pour échapper à la police de Fouché. Le monde pour lui s'est réduit à une trappe souterraine, une cache dans les bois. Son heure n'est jamais venue. Il est condamné au désœuvrement.

Comment son père aurait-il deviné que son fils était voué au malheur des générations sacrifiées, écartelées entre deux rives ? Il lui léguait un nom, le titre de chevalier, des terres, un château. Il n'en reste plus rien. Avant de mourir, M. de Limoëlan a rédigé un billet pour ses filles depuis la conciergerie où il attendait qu'on l'emmène à la mort. Joseph les connaît par cœur, ces lignes : « *Dites à vos frères, et surtout à notre voyageur quand il reviendra dans sa patrie, que je les ai aimés jusqu'au dernier moment de ma vie.* – Chaque fois le cœur de Joseph fait un bond, le voyageur c'est lui .– *Je ne vous dis pas de prier pour moi ; bientôt je serai plus heureux que vous.* » Plus heureux que vous : ce n'est pas très difficile, pense Joseph. Quant à ses prières, il est soulagé que son père l'en ait dispensé. Il n'aurait pas su faire.

Son oncle, l'abbé Picot de Clorivière, a longtemps songé pour lui à une carrière ecclésiastique. Parce que Joseph avait montré, à dix ans, un goût prononcé pour la liturgie et quelques envolées mystiques, le jésuite s'était persuadé de la vocation sacerdotale de son neveu qui est aussi son filleul. Joseph de Limoëlan n'a pas détrompé son parrain. Mais la Révolution d'abord, la contre-Révolution ensuite, a changé ses plans. À vingt-trois ans, il s'est engagé avec son père dans l'Association bretonne, organisation secrète qui combattait pour le maintien de la monarchie. La chevalerie de ses ancêtres bouillonnait dans son sang, charriant son courage et ses serments, elle lui commandait de demeurer fidèle à Dieu et au Roi. Quand M. de Limoëlan a été guillotiné, Joseph a rejoint la chouannerie, avec l'ardeur accrue de celui qui n'a plus rien à perdre. Son père était mort, ses frères exilés, sa mère s'était laissé retourner la tête par les révolutionnaires. Il n'avait plus d'avenir, le passé seul lui était doux : c'était le profil idéal pour servir jusqu'à la mort une cause dont il devinait confusément qu'elle était perdue sans vouloir jamais l'admettre.

À Médréac, à Fougères, à Pontorson, son courage et son obstination lui ont gagné les cœurs de ces soldats de fortune plus habitués à manier la fourche que les fusils. Il est devenu commandant puis chef de division. Il s'est vite découvert du goût pour cette vie de proscrit. Il a aimé l'odeur de la poudre, la vie aventureuse dans les bois, le frisson des conspirations. Et le regard des femmes à minuit, quand il frappait à leurs portes ou tombait par la cheminée, héros traqué, auréolé du prestige du banni, que des mains enfiévrées réchauffaient avant le départ dans les matins brumeux. La guérilla menée dans les forêts bretonnes sous la Révolution l'a définitivement détourné d'une vocation religieuse. Certes, il entendait la messe au fond des bois, mais son esprit, toujours sur le qui-vive, était plus attentif au signal de la chouette qu'aux prières du prêtre. Et puis il commençait à s'interroger. La guerre durait. Il pleuvait, on avait froid et faim, les armes manquaient, les hommes tombaient.

Des centaines de milliers de morts, partout, dans le bocage, dans les haies, les taillis, sur les routes, au fond de la Loire, femmes, enfants, nobles et paysans. Serait-il possible que Dieu se désintéresse du sort de ceux qui avaient juré de relever le trône et les autels ? Pourquoi n'accordait-il pas la victoire à ceux qui invoquaient son nom et se faisaient bénir avant de se jeter sous le feu des bleus ? Il y avait de quoi douter. Joseph doute, en effet, non de l'existence de Dieu, mais de sa justice. Insensiblement, il s'en éloigne. Il a vingt-trois ans, c'est trop jeune pour croire à la noblesse des vaincus. Vingt-trois ans, un âge tendre, dit-on. C'est au contraire un âge dur, tranchant comme le fil de l'épée.

Le siècle qui vient ne sera pas le sien. Il ne reconnaît pas l'autorité de Bonaparte, ce général corse arriviste, sans foi et sans idéal, formé pour servir le Roi avant de se rallier à une cause républicaine plus à même de servir ses ambitions personnelles. Il ne lui pardonne pas d'avoir sur les mains le sang des royalistes mitraillés pendant trois quarts d'heure sur le parvis de l'église Saint-Roch, sinistre fait d'armes qui lui a valu le surnom de Général Vendémiaire. Pardessus tout, il devine derrière cet ambitieux le long cortège des traîtres et des opportunistes – on dit que Fouché et Talleyrand lui mangent dans la main – mais aussi des affairistes, des banquiers, des épiciers qui comptent bâtir sur les ruines de l'ancien monde une société d'argent et de commerce où le matérialisme le plus sordide triomphera. Il en résultera des formes de servitudes pires que celles d'avant, des inégalités plus cruelles parce que plus insidieuses. Il ne se reconnaît pas dans cette France nouvelle et, c'est un signe, cette France nouvelle ne le reconnaît pas non plus. Son nom, porté sur la liste des émigrés, pendant qu'il voyageait en Europe et chouannait en Bretagne, n'a pas été rayé. Il est officiellement banni. C'était pourtant une promesse de Napoléon, destinée à réparer la fracture révolutionnaire. C'était l'espérance de n'être plus étranger dans son propre pays. Mais la loyauté, la fidélité à la parole donnée, ne sont pas dans les principes du nouveau régime. Il a écrit à Fouché une lettre dans ce sens, le 3 décembre 1800 :

Quoique je n'ai pas été traité de manière à prendre confiance dans le gouvernement, puisque je n'ai pas encore été rayé, ainsi qu'on me l'avait promis positivement, je ne suis pas assez fou pour méconnaître sa force ni par conséquent pour conspirer contre lui… Je vous assure, citoyen ministre, que je n'aspire qu'à la tranquillité la plus absolue et que je ne reste à Paris que parce que je crains de ne pas l'avoir en Bretagne.

Joseph aussi a appris l'art du mensonge et de la dissimulation. « La tranquillité la plus absolue », c'est une façon de parler. Pour sa génération, la tranquillité est un mot creux, sans substance. Hormis pour ceux-là qui ont émigré. À Mayence, à Bruxelles, à Utrecht. Eux ont connu la tranquillité à outrance, à ras bord. Ils en sont gavés, de tranquillité, de calme, d'attente trompée par des jeux de yoyos et de bilboquets. La tranquillité, ils l'ont bue jusqu'à la lie et ils l'ont trouvée amère, avec son dépôt de regrets, ce parfum de culpabilité qu'elle leur laissait sur la langue, au fond des tavernes de Londres, quand ils pensaient à la mort de ce Roi qu'ils avaient, jadis, juré de défendre. Maintenant qu'ils sont rentrés en France, les ci-devant gentilshommes se jettent dans une frénésie de fêtes, de bals, où l'on parle de guillotine et de têtes coupées en buvant du champagne. Ils conspirent un peu mais avec élégance, sans drame, sans interrompre la danse. Ils complotent avec les pieds sur les parquets bien cirés des hôtels particuliers désertés par leurs parents. On appelle cette jeunesse les muscadins, ces soirées les Bals des Victimes. On y a ses entrées à condition d'avoir dans sa famille quelque guillotiné bon teint. Ce sont les plus courues de Paris.

3.

Les plus courues de Paris, c'est précisément l'expression qu'a employée Mme de Limoëlan pour convaincre son fils d'honorer l'invitation au bal de Thellusson qu'elle a obtenue de haute lutte. Joseph a accepté. Il a besoin de s'occuper pour ne pas penser à ce qu'il prépare. Il devine qu'une nuit passée seul, en tête à tête avec lui-même, pourrait affaiblir sa détermination qui doit être sans faille. Aussi, en ce soir du 2 nivôse 1800, il se prépare. Avec soin : gilet vert « pomme pas mûre » – la couleur du comte d'Artois –, large cravate de soie blanche, redingote noire ornée de dix-sept boutons – un hommage à Louis XVII, le petit Roi martyr. Le costume du muscadin est politique. Joseph s'approche du miroir. Des années de lutte ont mûri prématurément son visage. Son front est marqué d'une longue cicatrice – un coup de sabre reçu du côté de Fougères. Ses joues sont creusées. Avec ses yeux profonds, ses mèches brunes et son teint pâle, il a cet air mélancolique à la mode et il enrage d'être pris pour un de ces romantiques qui récitent des poèmes de Goethe avec des airs éplorés. Il ne faudrait pas confondre : lui est un désespéré de l'autre race, celle des forces inemployées. Il pique à son chapeau une de ces cocardes blanches qui deviennent tricolores sur une simple rotation du pouce, au cas où l'on croiserait la police de Fouché. Joseph saisit sa canne, dont le pommeau d'ivoire est gravé d'une chouette et d'une inscription latine, *Utrique fidelis*, canne plombée, qui permet de rosser les terroristes, les septembriseurs, « la queue de Robespierre », comme on appelle les derniers jacobins, faciles à reconnaître avec leurs collets rouges, leurs sabres à poignée en forme de coq et cette coiffure à la Brutus qui leur dégarnit les oreilles. Une bagarre est si vite arrivée à Paris en ces temps d'incertitude où le pouvoir tangue entre les acquis de la république et le souvenir de la monarchie sans jamais verser ni dans un camp, ni dans un autre et faisant des mécontents des deux côtés.

Joseph de Limoëlan vérifie l'heure. Le rendez-vous est fixé à onze heures dans les sous-sols de l'hôtel Thellusson, avec une jeune fille inconnue. Ça aussi, c'est une idée de sa mère qui s'est mis dans la tête de lui faire rencontrer une demoiselle de Versailles, la fille d'un couple d'émigrés récemment revenus de Guernesey. Il a fait semblant de ne pas deviner la manœuvre matrimoniale. Il sait que sa mère rêve de le voir marié, rentré dans le rang, après des années d'inquiétude à le croire mort d'un coup de fusil dans la forêt de Fougères. Elle se trompe, mais ça ne sert à rien de lui dire maintenant. Elle ne comprendrait pas.

Entre la mère et le fils la Révolution a ouvert un abîme où se jettent pêle-mêle les non-dits et les antagonismes, les reproches muets, le souvenir de la mort du père, les amitiés jacobines de la mère, un abîme tel qu'ils ne peuvent plus se rejoindre. Dans son naufrage, la famille de Limoëlan est une reproduction miniature des luttes qui ravagent la France.

Donc Joseph a dit oui. Il n'avait rien prévu de toute façon. Demain, il assassinera Bonaparte. Mais ce soir, ça tombe bien, il est libre.

4.

Qu'il ait accepté a comblé sa mère. Madame de Limoëlan aime l'ordre et la paix. Avec un mari conspirateur guillotiné à Paris et un fils qui chouannait dans la campagne bretonne, elle n'a pas été bien servie ces dernières années. Elle aimerait maintenant connaître le repos. Elle a toujours été favorable aux idées nouvelles. Pas tant par conviction personnelle que par souci d'épouser l'air du temps, de suivre le courant. Ramer dans l'autre sens lui a toujours semblé une aberration, une manifestation d'orgueil aristocrate dont elle est dépourvue. Déjà en 1789, elle applaudissait la prise de la Bastille, l'abolition des privilèges. Son mari réprouvait son enthousiasme : ce fut la raison de leur discorde, puis de leur séparation. Vingt ans d'une union sans nuages partis en fumée au son de la Carmagnole. Ils ont vécu la Révolution chacun de leur côté, lui avec ses gentilshommes bretons au service de Dieu et du Roi, elle à Nantes, fréquentant Fouché qui a reconnu en elle une « bonne patriote ». « Bonne patriote » peut-être. Pas assez cependant pour obtenir la libération de son mari lorsque celui-ci a été arrêté à Saint-Malo lors du complot de la Fosse-Hingant. Elle n'a pas ménagé sa peine pour sauver la tête d'un époux avec qui elle ne partageait plus que l'affection des enfants et les souvenirs d'un temps révolu. Des voyages, des tractations, une recommandation signée de la main de Fouché lui-même. Puis d'interminables démarches auprès de la toute-puissante Convention pour finalement voir le corps de son époux allongé sous la lame, place de la Concorde. Depuis, elle conserve sur elle le billet de Fouché. On ne sait jamais, ça peut toujours servir.

Maintenant, la veuve de Limoëlan aimerait dormir paisiblement. Elle s'est installée à Versailles avec ses quatre filles. Aucune n'est mariée – les anciens partis bretons, pour qui on préparait les dots avant la Révolution, sont partis en Angleterre, ou bien ils sont morts. Les quatre sœurs vivent tranquillement, loin du tumulte des hommes, inquiètes cependant pour leur frère Joseph qu'elles aiment tendrement et qui a tellement changé. Chaque semaine, Madame de Limoëlan et ses filles se rendent ensemble à Paris pour voir le Premier consul passer sa revue sur la place du carrousel. Bonaparte la tranquillise beaucoup parce qu'il n'est ni républicain, ni monarchiste, ou plutôt parce qu'il professe les idées des uns en se comportant comme les autres. Un jacobin vêtu d'hermine et coiffé d'une couronne. Il se fait toujours appeler « citoyen » mais on ajoute « monsieur », comme dans l'ancien temps. « Monsieur le citoyen Premier consul » : rien ne dit mieux que ce titre la synthèse des deux mondes. Certains disent « duplicité », mais elle pense « arrangement », « composition », « intelligence ». Ajoutez à cela le goût de l'ordre, des uniformes clinquants et un peu de musique militaire : Mme de Limoëlan est conquise.

Reste Joseph, le caillou dans la chaussure – toute mère de famille a le sien. Longtemps elle a pensé que ce serait Amélie, la sixième de ses sept enfants, qui est née avec une jambe plus courte que l'autre et qu'elle craint de ne jamais marier. Mais les soucis que lui donne Amélie ne sont rien en comparaison de ce qu'elle souffre par Joseph, exalté, excessif en tout, avec ce désespoir qu'il convertit en actions déraisonnables et ses amours de garde-chasse. Déjà, enfant, il lui donnait du tourment parce qu'il courait la campagne sur les traces de son père qu'il adorait, jouait dans les ruisseaux avec les paysans, revenait au château à la nuit tombée les genoux écorchés, les bas crottés, les joues rouges de cette vie du dehors qu'il préférait aux études. Il se faisait pardonner avec cet enjouement naturel qui mettait de la gaieté dans toute la maison et achetait l'indulgence de sœurs définitivement acquises à sa cause. Sur les conseils de l'oncle de Clorivière, on l'avait mis au collège de Rennes avec le fils des Chateaubriand. Indiscipliné, farceur, il avait réussi en un an à se faire aimer de ses condisciples et haïr du préfet. Ensuite, l'armée, la Révolution, l'émigration : sa trajectoire était semblable à celle des hommes de son état jusqu'à ce qu'il entre dans la clandestinité de la chouannerie. Mme de Limoëlan, que ses convictions républicaines et l'exemple funeste de son mari rendaient hostile à ce parti, avait alors perdu sa trace. On disait qu'il se battait en Bretagne, où il avait changé de nom. Ses filles recevaient des lettres codées, elle jamais.

Mais on n'est pas libre de se départir de l'affection maternelle que les désaccords fortifient plus qu'ils ne l'altèrent. Elle pensait toujours à lui, elle appelait de ses vœux la fin d'une époque qui ramènerait au bercail le fils prodigue. Il était revenu en effet mais changé, assombri par les échecs et les désillusions. Il manifestait pour ses sœurs une affection tendre tout en gardant avec sa mère une distance froide, lourde de reproches inexprimés. Madame de Limoëlan ne s'en émeut pas. Elle n'est pas femme à entretenir les dissensions passées. Elle regarde l'avenir, celui de son fils surtout. Elle espère beaucoup qu'il sera radié de la liste des émigrés. La radiation sera le premier pas pour réintégrer la société de son siècle – et récupérer sa fortune au passage. Le mariage sera le deuxième. En imaginant que sa future femme mette un peu d'ordre dans ses idées et un peu de pragmatisme dans sa conduite, on finira bien par faire de cette tête brûlée un honnête citoyen. Tout du moins un homme rangé. Peut-être même un officier de l'armée de Bonaparte. Joseph a de la bravoure, des qualités militaires – on ne sort pas sain et sauf d'une guerre qui a fait trois cent mille morts sans en être pourvu. Et puis on dit que le Premier consul rêve de faire des soldats de tous ces muscadins désœuvrés. Qu'il a de grandes ambitions pour son armée, des idées de conquête, nul ne sait jusqu'où. Ça ouvre des perspectives.

Mais d'abord, il faut que s'exerce sur son fils une influence féminine puisqu'elle a perdu la sienne. Elle se résout à passer le relais. Elle veut le bien de son fils, elle n'est pas jalouse. Elle est presque surprise de la morsure qui accompagne cette sage décision.

5.

Mme de Limoëlan mise beaucoup sur Laure de Saint-Chef, qui cherchait un cavalier pour le bal des Victimes de l'hôtel Thellusson. Une trouvaille, cette petite Saint-Chef. Fille unique au profil raisonnable, née de parents raisonnables qui ont pris le parti raisonnable de rentrer en France après avoir raisonnablement émigré à Guernesey. Ils se sont établis à Versailles, à quelques mètres seulement de son appartement, dans les carrés Saint-Louis, rue de l'Occident. Propos, avis, conduite, manières, tout est raisonnable chez les Saint-Chef, tout est modéré. Tout sauf l'amour qu'ils portent à leur fille unique et la dot – colossale à ce que l'on dit. M. de Saint-Chef est un homme débonnaire, un peu apathique, prématurément vieilli dans le grand naufrage de l'Ancien Régime. Il ne se soucie plus que du bonheur de sa fille. Monarchiste tendance orléaniste, il est reconnaissant au Premier consul de lui avoir permis de retrouver sa patrie, sa paroisse et sa tabatière d'ivoire. De fait, dans l'appartement déserté de la rue de l'Occident, tout est resté à sa place. Les meubles marquetés, les portraits des ancêtres, les livres dans la bibliothèque. Ni bris, ni vol. Le peuple a eu assez à faire avec le château. S'il avait fallu en plus détruire les demeures des particuliers, il n'en aurait jamais fini…

Les lieux sont intacts mais le temps est changé. L'horloge de la Cour qui régissait les heures, ordonnait les devoirs et les plaisirs est arrêtée. M. de Saint-Chef n'a plus besoin de sortir à l'aube pour assister au Lever. Ni d'attendre des heures entières dans l'espoir d'être appelé au Petit Cabinet pour le Souper. Le temps passe toujours mais juste pour vieillir désormais, et se remémorer le temps d'avant, avec les survivants de la Cour, fantômes errant comme lui dans les vestiges d'un monde fini. Le château laissé à l'abandon est si près… Il lui semble parfois qu'il suffirait de tendre les bras pour revenir en arrière, retrouver les fêtes, la musique dans les bosquets. Sa femme hoche la tête. Elle a la nostalgie tendre, un peu de gaieté encore dans ses yeux clairs qui ont vu la Reine jouer du Beaumarchais au Petit Trianon.

Pour Laure, leur fille unique, c'est différent. Elle est rentrée de Guernesey il y a un an à peine, à dix-huit ans. Sa jeunesse a poussé sur ce caillou anglais, perdu dans la Manche, battu par les vents. Son caractère s'est forgé dans l'atmosphère âcre d'une noblesse nostalgique. « Ah, le bon temps de la Cour… », « L'air que nous respirions alors… », « En ce pays-là… » Toutes ces expressions inlassablement répétées qui parlaient d'une époque morte avant qu'elle la connaisse, creusaient en elle une impatience qu'elle dissipait en marchant à grandes enjambées sur les falaises de craie. Le temps était figé pour ses parents, mais il passait sur elle. La preuve : elle se mit à grandir, d'un coup, son corsage s'emplit, les jeux solitaires sur les plages de galets l'amusèrent moins, puis plus du tout. Elle devint nerveuse, changeante, irritable. Elle était née trop tard. L'île était trop petite, elle en avait fait cent fois le tour. Elle ne savait que faire de sa jeunesse inemployée. Les hommes de son âge avaient rejoint l'armée des Princes, ils attendaient que les frères du Roi en exil donnent l'ordre de se faire tuer pour eux, mais ces messieurs ne se décidaient pas, la situation était floue, le risque trop grand, la mer agitée, et d'ailleurs il pleuvait. Laure enrageait. Elle finirait vieille fille sur ce caillou anglais, ou bien mariée à un émigré chenu, un veuf, de ceux qui jouaient aux dominos avec son père tous les lundis. Sa mère la calmait avec du sirop d'orgeat, elle disait : ce sont les nerfs. Son père, pour la distraire, lui parlait le soir de ces hommes qu'on appelait chouans, qui venaient sur l'île à la brune se ravitailler en armes pour remettre le Roi sur le trône de France. Cette pensée la réveillait la nuit. Assise sur son lit, elle tendait l'oreille. Elle imaginait les bateaux qui accostaient, des silhouettes fugitives, des aristocrates devenus bandits, et ces ombres prenaient corps dans son sommeil. Elle sentait monter en elle le désir des premières caresses et cela se présentait confusément sous la forme d'une barque fendant les eaux, un mouvement lent et silencieux mais sans hésitation, allant tout droit son chemin, s'échouant sur la rive consentante où la marée fait chanter les galets. Le jour, dans le petit boudoir, elle lisait les romans précieux empruntés à sa mère où l'amour était décrit comme un rêve, un but, un abandon. Mais le rêve pour elle signifiait le sommeil, le but, c'était de rentrer en France ; l'abandon évoquait le sort de la Reine à la Conciergerie. Elle ne parvenait pas à associer ces mots à la barque fendant les eaux de ses nuits. Elle ne comprenait rien du tout.

La famille Saint-Chef est revenue en France un an plus tôt, après dix ans d'exil, à la faveur de l'armistice consentie par Bonaparte. Laure n'a pas vraiment reconnu son pays dont elle a gardé un souvenir lointain, magnifié par l'enfance et les récits exaltés des proscrits. Elle a dix-neuf ans, elle sort d'une captivité qui en a duré dix. Sa mère l'encourage à aller danser, à faire son entrée dans le monde, moi à ton âge… Mais il semble que quelque chose est enrayé, l'insouciance ne vient pas, son heure est passée. Pourtant, à Versailles, à Paris, dans les hôtels particuliers dont on a buriné les blasons, les fêtes reprennent. À bas la nostalgie ! La jeunesse a mangé son pain noir dans l'atmosphère suffoquée des rues de Bâle, elle veut de la lumière, de la musique, de l'ivresse – sa vengeance. Madame de Saint-Chef manœuvre pour obtenir des invitations pour sa fille. Mais les divertissements sont d'un nouveau genre en ce siècle. Les bals des Victimes sont réservés aux membres des familles qui peuvent compter au moins deux parents proches morts guillotinés. Madame de Saint-Chef est ennuyée. Son mari et elle ont fui dès le 15 juillet 1789. Le reste de sa famille était à Bruxelles. C'est une famille de rescapés, certains diront une famille de lâches. Pour elle, le terme lui est égal mais c'est embêtant pour sa fille qui se languit et a tant besoin de divertissement. Il y a bien quelques cousins éloignés débarqués à Quiberon qui ont été fusillés mais les organisateurs du bal sont formels : la mort les armes à la main ne compte pas. Pour que s'ouvrent les portes de l'hôtel Thellusson, il faut des victimes, des vraies. Mitraillées par Collot d'Herbois, éventuellement noyées par Carrier, ou, le mieux : morts à l'échafaud – comme notre très regretté défunt Roi, chère madame.

Madame de Saint-Chef ne se démonte pas. Puisqu'il n'y a pas de guillotinés dans la famille, on en empruntera aux voisins. Et d'abord à cette Mme de Limoëlan, qui s'est installée non loin de chez eux, avec ses quatre filles. On dit qu'elle vient de Bretagne, où les victimes de la Révolution sont légion. Elle aura bien quelques noms à lui proposer.

Effectivement, des noms, Madame de Limoëlan en a plusieurs en réserve. À commencer par celui de son mari, guillotiné en 1793, après un procès expédié par Fouquier-Tinville. Il y a aussi le frère de celui-ci, M. Marc Désilles, de la Fosse-Hingant, lui-même père du jeune Désilles, de l'affaire de Nancy, vous voyez ? Mme de Saint-Chef secoue poliment la tête, non elle ne voit pas, navrée. L'affaire de Nancy s'est déroulée en 1790, et les journaux à Guernesey étaient anglais. Mme de Limoëlan ne se froisse pas. Elle ne tire aucun orgueil des récits héroïques de la famille, encore moins quand il s'agit de celle de feu son mari. Mais elle aime bien raconter l'affaire de Nancy, cette mutinerie au sein du régiment, la répression sanglante prévue par Lafayette et l'héroïsme de son neveu de vingt-trois ans qui s'est jeté sur la bouche d'un canon pour éviter la lutte fratricide entre les soldats mutinés et les troupes régulières. Elle se réclame de ce modérantisme, de ce souci d'unité et d'apaisement, essaye de faire ricocher l'héroïsme du neveu pacificateur sur elle-même…

Mme de Saint-Chef, que ce récit a choquée, veut des précisions.

— Ce jeune homme, André Désilles, il est mort… emporté par un boulet de canon ?

— Non, on lui a tiré dessus, les mutins et les officiers du Roi. Trois balles dans les jambes, deux dans le ventre, mitraillé des deux côtés. Les plaies étaient infectées, la gangrène a fait son œuvre, il est enterré à Saint-Malo. Avant cela, il a eu le temps d'être félicité par l'Assemblée et décoré par le Roi lui-même. De la Croix de Saint-Louis, parfaitement.

Mme de Saint-Chef soupire, l'idée de la décoration la rassure un peu, il y a une justice quand même. Mais revenons à nos enfants, chère madame, pensez-vous que le nom d'André Désilles suffira à ouvrir les portes du bal de l'hôtel Thellusson ? Bien sûr, et puis des noms, Mme de Limoëlan en a d'autres. Beaucoup. Mieux encore, elle a un fils. Un fils ? Voilà qui est intéressant. Pourvu qu'il ne soit pas de la trempe du héros de Nancy cependant (Madame de Saint-Chef, soucieuse du bonheur de sa fille, veut pour Laure, qu'elle trouve un peu trop exaltée, un homme raisonnable et les héros le sont rarement). Pour être exacte, Madame de Limoëlan a trois fils. Mais Michel, l'aîné, est marié. Et Nicolas Victor est loin. Quant à Joseph, il est à Paris. C'est le frère jumeau de Renée. Il a trente-deux ans. Il pourrait tout à fait accompagner votre fille, Laure. Avec tous les guillotinés de la famille, ils n'auront aucun mal à entrer au bal des Victimes. On leur fera un prix de gros, en quelque sorte. Elles rient, vaguement gênées par cette entreprise matrimoniale un peu macabre. Et puis elles se quittent, satisfaites de leur transaction. C'est facile de s'entendre entre gens raisonnables.

6.

S'il était un homme raisonnable, Joseph de Limoëlan passerait la nuit chez lui, dans cette chambre un peu basse mais confortable qu'il loue à l'angle de la rue Neuve-Saint-Roch. Murs blanchis à la chaux, parquet grossier, cheminée de marbre, lucarne étroite où se découpe le clocher de l'église Saint-Roch, chandeliers maculés de cire séchée : ce pourrait être le logement d'un domestique, c'est celui d'un ex-gentilhomme – si ce n'était le baril de poudre, la blouse de maquignon jetée sur le dossier d'un cabriolet défraîchi. Il tromperait l'ennui en fumant sa pipe d'écume, somnolerait un peu, économiserait ses forces en jouant au toton, à la giroulette – ces jeux mis à la mode par les nobles qui ont émigré et attendent le retour du Roi en regardant tourner sur elles-mêmes des toupies de bois précieux.

S'il était un bourgeois, il serait occupé, en ce 23 décembre, à faire des emplettes dans les rues de Paris : une oie grasse, des fleurs, du vin… Il pourrait lancer quelques invitations aux amis bretons exilés à Paris, faire un feu, enfiler une chemise propre, allumer des bougies, mettre le vin en carafe, tasser le tabac dans sa pipe, se dire que les temps ont été durs mais qu'on entre dans un nouveau siècle, qu'il faudra s'en accommoder, faire de l'argent, du profit, vivre avec son temps, oublier les erreurs de jeunesse, prendre femme, l'aimer, ajouter des branches à l'arbre généalogique des Limoëlan, s'adapter, transiger.

Il pourrait aussi, s'il était un vrai bandit, rejoindre dans une taverne de la rue Galande d'autres bandits, s'enivrer de mauvais vin, lever son verre au Roi, celui qui est mort, ou celui qui viendra, aux Princes, ses frères qui ont suivi de loin l'épopée chouanne, sans jamais s'y risquer. Boire au goulot, fumer sa pipe, cracher sur le sol de terre battue. Et puis jurer, chercher la bagarre, se faire fiche dehors, tituber un peu dans les rues sales, accoster une fille, la suivre dans un hôtel, payer d'abord, avant de pouvoir relever ses jupes aux ourlets boueux, enfouir sa tête dans son épaule grasse, demander à la chair la même chose qu'à l'alcool, ni la joie, ni le vertige, mais seulement l'oubli, l'anéantissement de toute conscience puisque celle-ci, dans les heures à venir, ne lui servira à rien.

Mais Joseph de Limoëlan n'est pas un bourgeois, plus un gentilhomme, et pas encore un bandit. Il se meut dans l'intervalle incertain qui sépare ces conditions sans plus très bien savoir qui il est. Il sent en lui les tiraillements héréditaires, l'ascendance noble de son père, les origines irlandaises de sa mère dont les parents sont arrivés en France sous Louis XIV pour réussir dans le commerce. Comment vivre en paix avec soi-même quand on est le rejeton de partis opposés, descendant de paysans et de corsaires, de chevaliers et de commerçants ? Des milliers d'existences avant la sienne ont enflammé son sang. Lorsqu'il ferme les yeux, il voit l'immense nécropole où les morts de sa famille se succèdent à la façon d'une procession et il se sent sommé d'y prendre sa place par quelque action d'éclat qui vengerait son père et rendrait justice au sang irlandais de sa mère. Il essaye d'écarter ces fantômes impérieux, il s'efforce de regarder en lui-même mais ses yeux, trop habitués à guetter les ennemis qui l'entourent, ne savent plus se tourner en dedans. Son sang bouillonne, ses poings se serrent. Il a besoin d'air. Il a besoin de mouvement. Il va se rendre au bal, jeter dans la danse les forces qui le tourmentent et ses nerfs écorchés. Il enfile sa redingote, souffle les chandelles et claque la porte avant de dévaler les escaliers.

Sur la chaussée, il frôle la silhouette de François Leclerc qu'il salue d'un mouvement de tête sans même lever les yeux. C'est lui qui loue cette chambre au troisième étage. François Leclerc n'est pas seulement logeur, il est pâtissier. Ça n'a pas toujours été le cas. D'abord, il a été commis de cuisine. Puis, ayant montré une certaine dextérité à monter une chantilly, il est devenu à seize ans cuisinier au service du comte de P., préposé aux desserts. Les enfants l'aimaient bien. Il connaissait leurs goûts, leurs préférences, ne disait rien quand il trouvait le sucrier ouvert par des mains impatientes ou des traces de doigts sur les pots de confiture refermés en vitesse. Quand la famille de P. a émigré à Jersey, un soir de mars 1790, Leclerc a préparé des madeleines au citron – les gâteaux préférés de Mme la comtesse. Le voyage serait long. On a chargé les boîtes de fer dans les berlines, puis on a fermé les portes du château. Leclerc s'est retrouvé devant les grilles du parc, sous la pluie, sans maître, sans emploi.

Il a alors ouvert un café. Ils faisaient tous ça à l'époque, c'était la mode – les palabres révolutionnaires donnaient soif. Il en fleurissait partout dans Paris. Sous les arcades du palais Égalité où l'on parlait liberté entre deux verres, à l'ombre des marronniers… Ou encore à l'est de la capitale, dans le faubourg Saint-Antoine où le brasseur Santerre, à force de régaler gratis tous les sans-culottes, avait été fait commandant général de la garde nationale. François Leclerc n'a pas connu pareille ascension. Son établissement, modestement appelé café Leclerc, se trouvait au bout de la rue de la Loi, ex-rue Royale. Un peu trop loin de l'Assemblée pour rafraîchir ces messieurs de la Convention. Il n'a jamais eu l'honneur d'accueillir Saint-Just, Danton, Robespierre, Collot d'Herbois ou Barras. Il n'a abrité ni complot, ni arrestation, ni exécution. Mais c'est là, à la terrasse du café, qu'il a inventé son meilleur dessert. La recette en était simple mais drôlement pensée. Trois choux, empilés en pyramide, dont l'un était garni de crème aromatisée à la liqueur de mûre, l'autre à l'anis, le troisième à la framboise. Bleu, blanc, rouge. Le « Patriote », que ça s'appelait, une trouvaille en ces temps où il était de bon ton d'afficher son patriotisme.

Encouragé par l'accueil enthousiaste des premiers clients, Leclerc a quitté le café et ouvert une pâtisserie, dans la rue Neuve-Saint-Roch, à l'angle de la rue des Moineaux. On venait de loin pour goûter son Patriote. On lui prédisait un bel avenir. Mais la chute de Robespierre a dégrisé bien du monde. Le gâteau tricolore ne se vend plus. Même, la pâtisserie est devenue suspecte depuis que les émigrés rentrent de l'étranger et parlent de remettre un drapeau blanc. François Leclerc est prudent. Il a remisé la recette au fond d'un coffre en bois, avec sa Carmagnole et sa Bastille miniature estampillée Palloy. Il attend le jour où il pourra la ressortir, quand la république sera proclamée, ferme et définitive. Ce sera son jour de gloire et le début de la fortune. Le président mettra le Patriote sur la table de tous les Français, comme autrefois la poule au pot du Roi Henri IV. Et pas seulement le dimanche mais tous les jours de la semaine, puisque le dimanche sera un jour comme les autres, attendu que les cloches ne sonneront plus. Il sera célèbre. Les Français seront repus. Un peu gais aussi, à cause de la liqueur.

En attendant, le pâtissier vivote. Le commerce rapporte peu. Les Parisiens ont faim ; ils veulent du pain, pas de la brioche, encore moins des pâtisseries. Alors, pour améliorer l'ordinaire, Leclerc loue une de ses chambres dans son appartement de la rue Neuve-Saint-Roch. Son locataire est un drôle de type, un émigré en situation illégale à ce qu'il paraît, puisqu'il n'a pas encore été radié de la liste. François Leclerc le sait, mais il s'en moque. Ce Limoëlan règle son loyer, rubis sur l'ongle comme on dit, et c'est tout ce qui compte. Le locataire est aimable, sans plus. Pas toujours facile à reconnaître. Un jour il apparaît brun, coiffé à la Titus, le lendemain blond, les cheveux tressés en cadenette, des lunettes aux verres épais sur le nez. Du reste, toujours élégant, bottes à soufflet cirées, redingote à boutons d'ivoire, chapeau à boucle de nacre. Le nez aquilin, le front haut strié d'une balafre, les dents blanches et une distinction dans toute sa personne que vient parfois contredire une brusquerie soudaine, des jurons lâchés, des cicatrices sur les mains, des emportements, des regards méfiants. On dirait le fils naturel d'une duchesse troussée par un bandit de grand chemin au fond d'une voiture. D'ailleurs le voilà qui sort, vêtu à la façon des muscadins. L'énigmatique locataire tient à la main cette fameuse canne plombée avec laquelle il rosserait, sans doute, son bailleur s'il savait qu'il œuvre au sein d'une société secrète pour évincer le Premier consul et instaurer une vraie république, tricolore comme son gâteau.

Joseph de Limoëlan, lui, ne voit pas François Leclerc. Il avance les yeux fixés sur l'église Saint-Roch dont on distingue, à la lumière des lanternes, la façade trouée par la mitraille du 13 vendémiaire. Cette vision ravive sa haine de Bonaparte qui a gagné ses galons en réprimant l'émeute royaliste. Un flot de sang lui monte au visage, il serre le poing sur le pommeau de sa canne, s'approche de la façade, fait glisser sa main sur les pierres criblées. Chaque fois qu'il passe devant l'édifice, il ne peut s'en empêcher, il lui faut venir mettre son doigt dans les cavités, comme saint Thomas dans les stigmates du Christ. Ce geste rituel, c'est celui par lequel il relit le serment de sa fidélité, inscrit en relief dans les pierres ocre. Une onde nerveuse traverse son visage. Dans vingt-quatre heures, c'en sera fini de cette imposture. Au diable le Consulat et ce général corse qui se verrait bien monarque à la place du vrai. Dans vingt-quatre heures il ne restera rien de Bonaparte, ni des siens, la place sera vacante, le Roi reviendra.

Après ? Il a du mal à envisager sa vie. Quand il tente de le faire, il se voit toujours bandit, conspirateur. Le pli en est pris. Pour un peu, il finirait par conspirer contre celui qu'il aura mis sur le trône, par pure habitude. Surtout, il ne s'imagine pas vivre en public, en pleine lumière, dans la légalité. Il est comme ces plantes qui ont poussé dans l'ombre des sous-bois et qu'un éclat de soleil consumerait. Il retournera en Bretagne sans doute, dans le château de ses parents qui a dû se dégrader depuis que la famille l'a quitté. Il le remettra debout, il tentera de reprendre pied, de vivre en gentilhomme breton. Il demeurera sur ses terres, loin de la Cour. Il ne tient pas à voir de près son nouveau Roi, ce comte de Provence soudain propulsé Louis XVIII après les morts successives de son frère et de son neveu. Il sait trop bien ce qu'il est : un couard, sans panache ni gratitude.

7.

Du panache peut-être, mais aucune gratitude ! C'est ce que pense le cocher quand il dépose Joseph de Limoëlan rue de Provence en constatant que le muscadin ne lui a laissé pour sa course aucun pourboire, malgré la pluie torrentielle sous laquelle il l'a conduit. À croire que la Révolution aura ôté à ces gens-là les largesses qui faisaient pardonner naguère les privilèges de leur naissance.

Joseph s'engouffre sous le portail d'entrée, un arc de triomphe de style Médicis, monumental. Derrière, l'hôtel Thellusson est immense, un peu pompeux avec ses colonnades, ses marbres et son inspiration néo-palladienne. La voiture passe sous l'arc de triomphe puis s'engage dans une allée circulaire qui s'enfonce sous l'édifice et permet aux invités de pénétrer dans l'hôtel sans craindre la pluie glacée qui tombe sur les jardins. Au sous-sol, on entend le pas des chevaux sur les dalles de marbre, on rencontre d'autres voitures exhibant sur leurs portières les armoiries anciennes auxquelles se mêlent quelques blasons tout neufs, fabriqués à la faveur d'une émigration qui a permis de s'acheter qui une particule, qui des armes en passant les frontières. Joseph salue les visages connus, échange quelques mots avec de lointaines cousines. Il renoue avec ses manières de gentilhomme. Cela lui demande un effort considérable. Il a perdu le sens des usages, des convenances, toutes ces règles de bienséance disparues dans le danger et la fraternité des armes.

De sa cavalière, il n'a de signalement que le nom, Saint-Chef, et ses armes, d'azur bande d'argent côtoyée de deux cotices d'or. Mais il la remarque très vite car sa voiture, qui luit comme un sou neuf, arbore un blason dont la peinture encore fraîche coule un peu avec la pluie – les Saint-Chef, qui n'ont rien voulu négliger pour l'entrée de leur fille dans le monde, ont fait repeindre la portière le matin même. Il frappe à la glace. À sa physionomie vigoureuse et à son assurance tranquille, elle devine qu'il est le cavalier que sa mère lui a choisi parmi les survivants de la famille bretonne. Elle reconnaît en lui cette allure martiale de ceux qui vivent perpétuellement sous les armes et le regard fier de ceux qui n'abdiquent jamais.

— Chevalier Joseph de Limoëlan.

Il se présente et s'incline tandis qu'elle lui donne la main pour descendre le marchepied. Elle a à peine mis un pied au sol qu'il devine qu'elle n'a rien compris. La robe bleue, la guirlande de fleurs, les cheveux poudrés, les bijoux : rien n'est dans le ton. On dirait qu'elle se rend à un bal chez la Reine au Petit Trianon – une idée de sa mère, à tous les coups. C'est pourtant simple : au bal des Victimes, on s'habille, on se coiffe comme pour une exécution. C'est-à-dire : la nuque dégagée – cheveux coupés à ras ou relevés au sommet du crâne par un peigne, le col ouvert, la chemise blanche, le brassard noir et, autour du cou, un ruban de soie rouge, mince comme le tranchant d'un rasoir entre les mastoïdes et la clavicule. Évidemment, le registre n'est pas très varié, tous les condamnés sont identiques. La mort restaure l'égalité, la vraie, celle qui manque à la naissance. Dans le panier, toutes les têtes se ressemblent, bien malin qui pourrait dissocier parmi les yeux éteints, les bouches ouvertes, les cheveux poisseux, le sang rouge et le sang bleu.

Laure de Saint-Chef n'est pas idiote. Elle lit dans les yeux de son cavalier qu'elle a fait une erreur. Il acquiesce, elle grimace : ne pourrait-il pas l'aider ? Il hausse les épaules, ça semble difficile. Il propose son brassard de velours noir. Elle tend son bras nu et tandis qu'il fait coulisser l'étoffe sombre sur la chair blanche, la peau se hérisse un peu sous la pulpe de ses doigts. Il approuve : c'est déjà mieux. Ensuite, l'idéal, ce serait qu'elle coupe ses cheveux à la racine. Il sort une dague, propose de la raser gratis :

— Regardez les jeunes filles autour de vous : la nuque est nette, prête à être tranchée.

Elle secoue la tête, à la fois effrayée et séduite par ce geste radical, l'irruption du danger dans sa vie trop tiède. Il sourit, range la lame dans son étui de chagrin.

— Je suis un peu lâche, dit-elle, en matière d'excuse.

— Je vous trouve plutôt courageuse de vous rendre dans un tel endroit, accompagnée d'un inconnu.

Elle n'ose lui dire que tous les hommes, pour elle, sont des inconnus.

— Disons que, dans ma famille, on préfère la tranquillité au danger.

— La position se défend.

Elle sourit. Il insiste : qu'elle le laisse au moins relever ses cheveux. D'accord, mais pas ici devant tout le monde. Elle l'entraîne à l'écart des invités, dans un vestibule désert, dénoue son ruban. Il est un peu surpris de cette confiance immédiate. Il met cette audace sur le compte de son exil au milieu de la Manche qui l'aura gardée ignorante du badinage amoureux, des codes précieux, tous les préliminaires du siècle dernier. Il est vrai que les jeunes filles d'aujourd'hui n'ont plus ces affectations. Avec leurs robes transparentes, leurs cheveux courts, l'érotisme à peine voilé de leurs poses, elles ont fait leur propre Révolution. Mais chez elle, c'est autre chose encore, une espèce de hâte ignorante, une ardeur candide qui l'émeut malgré lui. Joseph glisse sa main sous les cheveux, s'attarde un peu dans leur tiédeur parfumée. Il les relève lentement au-dessus du crâne. Sur la nuque ils sont plus sombres, presque bruns de n'avoir jamais vu le soleil. Joseph se dit que, sans doute, il est le premier à les voir – c'est le privilège de l'amant, ou celui du bourreau. Il lui semble qu'il pénètre un mystère encore vierge, une forêt que les hommes n'auraient pas profanée. Les cheveux glissent entre ses doigts, il les fixe avec le peigne d'ivoire. Elle se laisse décolleter, immobile et muette, à peine confuse de sentir la paume de cet inconnu sur sa nuque, ses yeux posés sur une part d'elle-même qu'elle ne connaîtra jamais. Elle pense : il en sait plus sur moi que moi-même. Lui, pour dissimuler le trouble qui le saisit, s'écarte d'un pas, prend un air de connaisseur pour considérer son travail : je crois que nous y sommes. Elle se retourne d'un mouvement vif. Sa nouvelle coiffure lui fait un visage très fin, en fer de lance, qui agrandit encore ses yeux. Il voudrait prendre ce visage entre ses mains, sentir de plus près le parfum de l'innocence en péril. Il se reprend, à quoi pense-t-il ? Ce n'est pas le moment de s'amollir. Demain ces mêmes mains doivent tuer un consul. Il s'éclaircit la gorge. Un dernier conseil : pour saluer, il faut incliner la tête d'un coup sec, clac, comme sous l'effet de la lame. Ni révérence, ni courbette, d'accord ? Et pour le reste, qu'elle le laisse faire, on dira qu'elle est sa cousine. Elle hoche la tête et le suit vers la porte d'entrée du salon où un greffier vêtu de noir vérifie auprès d'une invitée l'étendue de l'hécatombe familiale.

— Des guillotinés ?

— Oui.

— Combien ?

— Ça dépend… Comptez-vous les cousins ?

— Les cousins germains seulement, mademoiselle, sinon on n'en finirait pas !

— Alors, ça fait six.

L'autre lève vers la jeune fille un regard approbateur. Six, c'est bien, c'est honnête. Il trempe son stylet dans l'encre noire et dessine sur son bras six entailles. Elle franchit le seuil de la salle de bal avec allégresse tandis qu'un aboyeur gueule, par-dessus les violons, les noms de ses parents guillotinés, comme autant d'invités fantômes qui entrent avec elle dans la danse des vivants.

— Suivant ! Combien de morts ?

Joseph réfléchit un instant. Des visages passent. Celui de son père. Celui de son oncle guillotiné le même jour à Paris. Sa cousine, Angélique, qui prit la place de sa sœur aînée car celle-ci était enceinte. Il y a le cousin germain aussi, le héros de l'affaire de Nancy, mais celui-ci n'a pas été guillotiné, pas sûr qu'il compte. Il y a beaucoup d'autres morts, des frères d'armes abandonnés sur les champs de bataille, des chefs fusillés, des amis blessés, malades, qu'on a laissés derrière soi sur les plages, parce qu'il fallait avancer, que le temps pressait, que les Bleus étaient sur leurs talons, et que l'enfant du temple, le petit Louis XVII, attendait d'être délivré. Ce sont tous les visages perdus de son parti, Charrette commandant lui-même son exécution, La Rochejaquelein enterré à la hâte au fond d'un bois, Bonchamps implorant en mourant la grâce des prisonniers, d'Elbée laissé pour mort dans son fauteuil sur la plage de Noirmoutier. Mais le plus perdu de tous ces visages, c'est celui du jeune Louis XVII qu'on n'a pas sauvé à temps, qu'on attendait à Belleville et qui n'est jamais arrivé parce qu'il est mort, seul et malade, dans la tour du Temple où personne n'est venu le chercher.

Il a une absence.

— Alors, ces morts ?

Le greffier s'impatiente. On est là pour s'amuser, pas pour commémorer.

— Quatre.

Joseph désigne Laure de Saint-Chef : c'est ma cousine. Elle tend son bras, reçoit les quatre entailles et ils pénètrent ensemble dans la grande salle de bal, escortés par leurs fantômes.

Marbre, dorures, tentures de velours, miroirs polis, lustres à pampilles, meubles d'acajou, violons, valets en livrée : le salon a le faste de l'Ancien Régime, comme un décor de théâtre à l'arrière du siècle. L'orchestre joue des contredanses, ces nouvelles danses importées d'Angleterre par ceux qui ont émigré à Londres, qui ont remplacé le menuet et la gavotte, démodés. Laure de Saint-Chef observe les invités qui dansent avec grâce, en riant, comme s'ils n'avaient pas les pieds plongés dans des flots de sang. C'est étrange ce contraste, cette gaieté, ces gestes gracieux exécutés par des êtres en deuil, prêts à aller à l'échafaud à pas cadencés. On dirait des divertissements royaux auxquels on aurait ajouté le luxe de la vengeance et la volupté du sang. Lorsque les danseurs se saluent entre deux figures, c'est toujours le même mouvement sec, *clac*, le front s'incline brusquement en imitant la convulsion d'une tête qui tombe. Certains sont passés maîtres dans l'art de mourir en vous invitant à danser, si bien qu'on s'étonne de ne pas voir leurs têtes rouler à vos pieds tandis que vous consentez à les suivre. Elle a un mouvement de recul, ce n'est pas ainsi qu'elle imaginait son entrée dans le monde, au milieu de la catharsis macabre des survivants. Joseph devine son malaise, il prend sa main, il s'écarte un peu, lui fait face et d'un mouvement de tête, *clac*, il commande le début de la contredanse.

C'est une surprise : elle danse merveilleusement bien. Il lui sourit, il lui est reconnaissant de mettre un peu de grâce et de beauté dans cette nuit, la nuit d'avant. Il la complimente, on voit que ses parents lui ont fait donner des cours. Elle approuve, entre deux moulinets, vous savez, à Guernesey, il n'y avait rien d'autre à faire. Il attrape sa main dans le dos – Guernesey ? J'aurais pu vous croiser, j'y suis allé souvent ! Elle se trouble à la pensée que cet homme était peut-être de ceux-là qui accostaient la nuit à St-Peter's Port pour y récupérer des armes. Ceux dont son père lui parlait pour apaiser son impatience. Ceux à qui elle pensait toujours quand elle dormait – et quand elle ne dormait pas. Elle regarde la main qui enserre sa taille, elle voit dans cette main des fusils, des épées, des sabres, toutes les aventures dont sa vie est exempte. Elle devine son grand courage et frissonne à contretemps en pensant qu'il a caressé sa nuque, tout à l'heure, et s'y est attardé. Alors, tandis qu'elle tourne et glisse devant lui, tout s'éclaire : les livres d'amour de sa mère, le rêve, le but, l'abandon rejoignent la barque de ses nuits solitaires.

Lui passe derrière elle en frôlant la soie de sa robe, il caresse sa taille souple, garde sa main dans la sienne. Il sent, pendant la figure appelée l'allemande où l'on est épaule contre épaule, ses seins menus soulevés par la danse. Il se demande s'il aurait pu l'aimer. Une vague tristesse lui remonte au cœur, la nostalgie des amours qu'il n'aura pas connues, amours paisibles et sages, dans des grands lits de bois, sous des crucifix d'ivoire. Amours arrangées par des parents, approuvées par le Roi, bénies par Dieu. Sous la Révolution, il a aimé des filles à la sauvette, dans des auberges, des écuries… Des jeunes paysannes, ardentes et un peu sauvages. Une comtesse qu'un veuvage auréolait d'un parfum tragique. Une demoiselle mystérieusement muette, dans un manoir désert, qui l'avait caché derrière la plaque d'une cheminée et était venue le retrouver au crépuscule. Il se souvient de son profil que découpaient les quatre flammes d'un chandelier, de son plaisir silencieux tandis que les Bleus passaient dans la lande, les aboiements des chiens, les frissonnements des chevaux. Il n'a fait l'amour qu'à l'orée de la mort. Peut-être que la chair qui a connu l'urgence est condamnée ensuite au plaisir à la hâte. Il se demande à quoi ressemble l'autre amour, celui des gestes lents et des aubes tranquilles… Cette curiosité, vive et un peu douloureuse, se concentre sur sa cavalière, sa nuque dégagée, ce pont de chair étroit tendu de veines bleues où personne n'est jamais passé. Entre deux figures, elle s'incline devant lui, puis devant d'autres qu'il ne voit pas. Il se surprend à la chercher du regard parmi la foule des danseurs mais elle revient toujours, le front baissé, les yeux relevés, visiblement heureuse de ces salutations muettes qu'elle exécute avec une gaieté touchante. Il voudrait s'installer dans la douceur de ce sourire presque enfantin encore. Il devine dans ses mouvements des désirs jamais nommés, jamais exaucés. Et soudain il est pris d'un vertige en pensant à cet amour qu'il pourrait lui jurer, sur l'heure, s'il n'avait un consul à abattre, un régime à renverser. Une vie à foutre en l'air, dès demain.

8.

Demain, c'est déjà aujourd'hui.

À travers les fenêtres de sa chambre de la rue Neuve-Saint-Roch, un soleil mouillé réveille Joseph de Limoëlan. La nuit a été longue, il est rentré à l'aube, sans sentir la fatigue de la danse, grisé encore par le souvenir de la jeune fille. Ils se sont quittés un peu gauches, hésitants dans la buée des fins de fête. Elle, toujours gaie dans cette vie entraperçue après des mois de latence triste. Lui, découragé sans savoir pourquoi, mais profondément, avec l'impression d'une vie irrémédiablement gâchée. Ils sont restés un moment silencieux dans le vestibule, assourdis par les fiacres, bousculés par les danseurs, au milieu des promesses et des désirs ultimes. Il aurait voulu dire quelque chose, les mots qu'elle attendait sans doute comme elle montait dans la voiture, mais il ne trouvait rien, ni merci ni pardon, elle n'aurait pas compris, « adieu » était grandiloquent, « au revoir » un mensonge trop commode. Il est demeuré là, stupide derrière la vitre qui les séparait, attendri et navré tandis que son carrosse s'éloignait dans l'allée.

Maintenant, il faut dissiper ce souvenir. La peau blanche, les yeux clairs, les mains tièdes ne font pas bon ménage avec les projets d'attentat. Il s'ébroue, tâche de se convaincre que ce n'était qu'une illusion, cette rencontre, cette griserie, et ce regret de la vie qui lui a sauté à la gorge. Il s'habille à la hâte d'une blouse bleue de maquignon, il descend l'escalier, salue Leclerc, refuse une pâtisserie, non merci, j'ai à faire. À nouveau, c'est l'église Saint-Roch, la paume qui glisse sur les trous de la façade, son serment de fidélité inscrit en relief dans les pierres de l'édifice. Ce rituel réveille sa détermination momentanément anesthésiée dans les effluves de l'hôtel Thellusson. Il efface le souvenir de la nuque délicate qu'il a découverte la veille.

Il est midi et il doit retrouver dans la remise ses deux complices : Carbon, son ancien domestique reconverti dans l'attaque des diligences, et Robinet de Saint-Réjant, un compagnon de chouannerie qui nourrit envers le Premier consul une haine farouche. Sur le chemin, Joseph s'interroge. Cadoudal, le dernier chef chouan, l'homme de granit au cou de taureau, est-il au courant du projet ? L'approuve-t-il ? Un vieux fond de chevalerie le remue, une nostalgie de l'adoubement. On ne se défait pas comme ça de dix siècles de loyauté féodale. Évidemment, avec ses origines paysannes, sa grosse tête carrée et ses manières un peu brutales, Cadoudal n'est pas exactement un chef comme ses ancêtres en ont servi. Mais c'est un homme tenace, intelligent, fidèle : cent dix kilos d'honneur à vif. Surtout, tandis que les autres chefs sont tous morts, les Charrette, les Cathelineau, les Bonchamps, Cadoudal, lui, est encore vivant. Joseph de Limoëlan a envoyé des émissaires le prévenir à Londres où il se cache. Pas de nouvelles. Ni validation, ni réprobation. Les liaisons avec l'Angleterre sont mauvaises et on ne sait plus à qui se fier. Faut-il pour autant reporter l'attentat ? Joseph secoue la tête. L'urgence en lui se cabre et envoie valser les derniers scrupules. Si on n'agit pas maintenant, on sera devancé par les jacobins qui mettront une république à la place du Consulat. Ils ont compris, eux aussi, que ce Bonaparte ne jouerait jamais qu'une seule partition : la sienne. On a beau être ennemis, on a suivi le même chemin de désillusions. Peut-être même les jacobins ont-ils réalisé plus tôt qu'il n'y avait rien à attendre du général corse. Ils affûtaient déjà leurs armes pendant que les royalistes continuaient à espérer. Il a fallu attendre une entrevue entre Bonaparte et Cadoudal, organisée par le baron Hyde de Neuville au palais des Tuileries, pour être dégrisé.

L'objectif de cette rencontre était clair : maintenant que le général corse avait pris le pouvoir et restauré l'ordre, le chef chouan voulait savoir comment le Premier consul comptait s'y prendre pour ramener le Roi sur le trône. Et quand exactement, histoire qu'on s'y prépare, qu'on rédige une constitution, qu'on pavoise la ville. Il a demandé ça de sa voix caverneuse, en dodelinant sa grosse tête carrée sur ses épaules massives. Son enthousiasme a vite été douché. Bonaparte n'a laissé planer aucun doute sur ses intentions : il ne restaurerait pas le Roi, n'y avait même jamais pensé. Quant à devenir grand connétable de sa Majesté, comme le suggérait Hyde de Neuville avec une déconcertante naïveté, il n'en était pas question. En revanche, le Premier consul avait une proposition à faire à Cadoudal dont, en bon militaire, il ne méconnaissait ni la force, ni l'intelligence. Qu'il rallie son armée. Qu'on en finisse. Il lui proposa le grade de général de brigade. On serait amis, on ne parlerait plus de rien. Cadoudal a ri, de ce rire tonitruant qui a fait, paraît-il, trembler les vitres du palais des Tuileries. Puis il a quitté les lieux de son pas lourd, jurant, écumant en confiant à Hyde de Neuville : « Quelle envie j'avais d'étouffer ce petit bonhomme entre mes bras ! » Il ne l'étouffera pas. Mais il va l'assassiner.

Et vite, avant que les jacobins remplacent le Consulat par une république – une « vraie », qu'ils disent –, rapport à la précédente qu'on a avortée avant qu'elle ait pu faire ses preuves. Monarchie/république, l'avenir de la France, en cette année 1800, se joue à l'arrière des tripots où l'on conspue l'usurpateur et échafaude des plans pour s'en débarrasser. Le premier parti qui réussira imposera son régime à l'autre. Dans ce domaine, les jacobins ont une longueur d'avance. Tous les mois, des complots républicains sont déjoués par Fouché. Ça a commencé le 19 brumaire à Saint-Cloud où Barthélemy

Arena a tenté de poignarder Bonaparte dans l'enceinte de l'Assemblée. Il a échoué, mais le grenadier chargé de protéger le général a eu la manche de son habit déchirée par le coup de stylet manqué. Depuis, les jacobins sont passés maîtres dans l'élaboration des complots. On peut leur reconnaître une certaine imagination, et une opiniâtreté à faire pâlir celle de Cadoudal lorsqu'il découvre dans les journaux la liste de leurs projets avortés :

14 juillet 1800 : tentative d'abattre le Corse lors d'une parade militaire au Champ-de-Mars.

20 septembre 1800 : coup de carabine à vent tiré sur Bonaparte lors de l'inauguration d'un monument à la gloire des généraux Desaix et Kléber. Un échafaudage empêche la balle d'atteindre sa cible.

10 octobre 1800 : complot visant à poignarder le Premier consul dans sa loge, au théâtre, pendant le deuxième acte de l'opéra *Les Horaces*. Un policier introduit dans la conjuration la dénonce à temps et Fouché fait arrêter : Arena, Ceracchi, Demerville, et le peintre Topino-Lebrun, fidèle de l'atelier de David trop occupé à peindre son *Bonaparte traversant le col du Grand-Saint-Bernard* pour voler au secours de son élève préféré.

18 octobre 1800 : essai près de la Salpêtrière d'un explosif, mis au point par un artificier jadis employé par le comité de Salut public à la fabrication des poudres, un certain Chevalier. L'homme remplit un baril de sept livres de poudre puis y introduit un canon de fusil dont la gâchette, à l'extérieur du baril, peut être actionnée par une longue ficelle sur laquelle il suffit de tirer. L'essai est concluant. La date est fixée : ce sera le 8 novembre, barrière de l'Étoile. Mais le bruit de la détonation alerte la police, l'artificier est arrêté et emprisonné avant d'exécuter son dessein.

Cette ténacité inquiète Cadoudal. Elle l'inquiète et elle l'inspire. C'est cet engin explosif surtout qui retient son attention. Son idée initiale était de tirer à bout portant sur Bonaparte sur la route qui mène à la Malmaison. Mais celui-ci voyage dans une voiture blindée, escortée par de nombreux soldats. Il faudra donc faire sauter du même coup l'escorte et la voiture. D'où la machine de Chevalier. Qui est en prison. Où sont aussi des chouans. Qui parlent, qui sympathisent. La haine du « nabot corse » finit par rapprocher les camps ennemis. Chevalier explique son invention, très fier. Les chouans hochent la tête, captivés. Tiens, tiens… et comment appelez-vous cette prodigieuse machine ?

— La Machine infernale.

De Londres, Cadoudal, informé par ses agents, retient le nom. « Infernale », qu'est-ce que ça peut vouloir dire dans la bouche d'un jacobin qui ne croit ni à l'enfer, ni au paradis ?

9.

Rue du Paradis, c'est le nom de la rue où Joseph de Limoëlan retrouve Carbon et Saint-Réjant. Le rendez-vous a été fixé dans une remise louée pour entreposer la charrette et la jument. On procède aux derniers arrangements. Le trajet a été scrupuleusement étudié. De source sûre, on sait que le carrosse du Premier consul sortira des Tuileries dix minutes avant huit heures, tournera rue Saint-Nicaise puis rue de Rohan avant d'emprunter la rue de Richelieu pour arriver à l'opéra. Saint-Réjant a choisi la rue Saint-Nicaise pour poster la charrette. Avant la Révolution, il a servi dix ans dans la Royale. Il connaît les feux d'artifice. C'est lui qui allumera la mèche d'amadou, dont la combustion mettra dix secondes environ à atteindre le baril. Les rôles sont distribués rapidement. Joseph sera posté au coin de la rue du Carrousel et de la rue Saint-Nicaise, il donnera le signal lorsqu'il apercevra l'escorte. Quant à Carbon, dit Petit-François, il est chargé de la Machine infernale. Il y a une semaine, il a acheté chez Lambel, marchand grainier, une charrette et un cheval. Pas fringuant, le cheval, non, une petite jument noire, vieille et fourbue, qu'on lui a laissée pour deux cents francs. Puis il a fait fabriquer un tonneau cerclé de fer chez un tonnelier rue du Mont-Blanc. Maintenant les gestes à accomplir sont simples, mécaniques : on remplit de poudre le tonneau, on le place sur la charrette, on l'entoure d'une futaille et on recouvre le tout d'une bâche. Puis on emmène la charrette par la rue Neuve-Égalité en direction de la place du Carrousel. Joseph tient la bride du cheval, Carbon et Saint-Réjant ramassent des pierres qu'ils glissent sous la bâche. Déjà, le soleil s'est couché, il est sept heures. Une brume humide descend sur la capitale. Les lanternes sont allumées. On dirait, au bout des potences, un alignement de lunes dont l'éclat dévisage les façades noircies.

On se sépare. Joseph se poste à l'angle de la rue Saint-Nicaise, il allume sa pipe. Il a le temps. Une heure à tuer avant d'assassiner le Premier consul.

Saint-Réjant place la charrette en travers de la chaussée. La jument est rétive, elle renâcle à attendre son heure sans bouger. Saint-Réjant avise une fillette vêtue de haillons, occupée à vendre des légumes rue Richelieu. Elle doit avoir dix ans, douze tout au plus. Elle a les traits d'une enfant mais son regard est usé, *un regard qui en a vu*, songe Saint-Réjant. Il n'a pas de mal à la convaincre de maintenir le cheval au milieu de la rue Saint-Nicaise. Il lui propose douze sous. La gamine dit oui tout de suite. Recevoir douze sous pour tenir la bride d'une vieille carne, c'est une aubaine. L'aubaine, pour lui, c'est qu'elle n'est pas curieuse. Elle ne pose aucune question. Ni sur lui, ni sur le contenu de la carriole, rien. Il la guide jusqu'à la rue Saint-Nicaise. Elle joue avec le fouet. Saint-Réjant rectifie, peut-être qu'elle n'a pas dix ans après tout, allez savoir avec ces gamins qui ne mangent rien et poussent au ralenti, presque *à reculons*, comme s'ils craignaient d'atteindre l'âge de leurs parents, de connaître leurs malheurs dont ils sont les premiers témoins.

— Tu ne bouges pas et tu attends, ordonne Saint-Réjant. Je viendrai te chercher.

— Quand ? demande la gamine en caressant la jument.

— Quand ce sera fini.

Quand ce sera fini, elle ne sera plus que cendres, des miettes éparpillées à travers la rue Saint-Nicaise. Il le sait mais il ne cille pas. Même, pour endormir sa méfiance, il lui tend les douze sous. Elle observe les pièces qui luisent dans la paume de sa main sale puis elle lève les yeux vers lui. Elle voudrait le remercier mais il est déjà parti, elle ne le voit plus. Tant pis, elle lui dira tout à l'heure, quand il reviendra la chercher. Elle sourit, glisse ses doigts dans la crinière de la jument pour les réchauffer. Les lumières dansent. C'est son plus beau Noël.

Sept heures et demie, le carrosse de Bonaparte ne devrait plus tarder. Joseph fait les cent pas, les yeux tournés vers la rue du Carrousel. Toute sa volonté est tendue vers cette apparition : l'escorte surgissant à l'angle. Il refuse les autres images que sa mémoire lui impose, celle de la nuque de Laure de Saint-Chef, les souvenirs de la nuit à l'hôtel Thellusson, cette nuit très pure où, au milieu des danses menées par des fantômes aux cous bordés de rouge, il a failli aimer la vie.

Sept heures quarante-cinq. D'autres souvenirs déferlent, des vestiges épars de son enfance bretonne. La forêt de Sévignac, le petit salon bleu, ses sœurs, jupes relevées, pêchant jambes nues dans les douves, leurs rires… Ce sont des lambeaux de vie, qui lui traversent l'esprit comme des courants d'air et laissent un grand froid dans sa poitrine. Il frissonne. Les rues sont noyées d'une brume humide. Les lanternes, où brûle une mauvaise huile de tripes, répandent une odeur rance.

Sept heures cinquante. Ses yeux sont fixés sur l'angle de la rue, une arête de pierre qui aimante son regard. Il ne voit rien alentour. Ni les lanternes vénitiennes du café Apollon qui trouent l'obscurité, ni la limonadière sur le pas de sa porte qui essuie ses grosses mains sur son tablier. Ni la jeune fleuriste qui propose ses roses en traînant ses jupes d'un air las. Ni cette femme qui s'assoit devant la boutique du culottier, une salade sur les genoux, pour l'éplucher. Il est seul avec sa rage et son impuissance, et ces centaines de voix, son cortège de morts qui crient dans le silence « Vive le Roy quand même ! »

Sept heures cinquante-cinq. Sa pipe s'est éteinte sans qu'il la rallume. Ses doigts sont gourds. Bonaparte ne viendra plus, il a dû renoncer à l'opéra.

Joseph pense à ça : l'échec, le retour rue Saint-Roch où personne ne l'attend, ses nuits sans sommeil peuplées des morts qu'il n'aura pas vengés. À l'aube, il lui restera ce chagrin poisseux sans noblesse, sans gloire, la tristesse des vaincus.

Huit heures, une rumeur déchire la brume humide, des chevaux s'approchent, un galop rapide, l'escorte ? Il se redresse, se tourne vers la rue Saint-Nicaise où l'on attend son signal. Et soudain il les voit tous, la limonadière et la fleuriste, la couturière et le culottier, les clients du café Apollon qui boivent, qui rient, c'est fou ce qu'une rue compte de vies, et cette gamine au milieu de la chaussée, devant la charrette… mais que fait-elle là, bon sang ?

10.

Halte ! Halte !

Le cocher tire brusquement sur les mords des chevaux. Le carrosse est à peine en route qu'il faut déjà s'arrêter. Joséphine a oublié ses gants. Elle insiste pour qu'on aille les lui chercher. Dans la voiture qui les suit, des protestations se font entendre. C'est Caroline, la sœur cadette de Napoléon, qui grogne, que se passe-t-il encore ? On ne part plus ? Le général Murat tente de calmer les nerfs de sa jeune épouse. Mais Caroline n'en démord pas, elle porte une parure de diamants, une robe de cachemire, une pèlerine de dentelles, elle ne veut pas rater son entrée dans le grand escalier d'honneur. La vieille, comme ils ont pris l'habitude de nommer Joséphine, n'aura donc jamais fini de les emmerder ? Napoléon aussi maugrée, il est huit heures, on est en retard, est-ce que ces gants sont bien nécessaires ? Déjà qu'il ne voulait pas venir. Il déteste l'opéra. Il ne goûte pas aux arts, il ne veut pas être diverti, ou amolli. Le seul spectacle qui lui plaît, c'est celui des sabres et des tambours, les revues, les charges de cavalerie qu'il observe avec une fascination presque enfantine. L'opéra, c'est le monde d'avant, celui des perruques poudrées et des talons rouges. Mais Joséphine a insisté, déjà qu'on n'allait plus à la messe la nuit de Noël, si en plus il fallait se priver d'opéras… D'ailleurs cet oratorio de Haydn connaît un succès retentissant dans toutes les cours d'Europe, à Londres, à Vienne… D'accord, d'accord. Napoléon a fini par abdiquer. Même si le titre ne lui dit rien de bon. *Die Schöpfung : la Création*. Comme c'est loin du siècle qui commence ! *La Création* ne l'intéresse pas. Ce qu'il voudrait entendre, c'est la symphonie du Nouveau Monde. Le sien, en l'occurrence.

On apporte les gants de Joséphine dans un grand désordre, est-ce qu'on peut y aller maintenant ? Mais d'autres protestations se font entendre dans l'habitacle, Hortense voudrait que sa mère s'assoie à son côté, elle l'implore. Joséphine refuse, sa fille a dix-sept ans, ce n'est plus l'âge des caprices. Joséphine se tourne vers un homme chétif, renfrogné dans un angle du carrosse. C'est Louis, le frère cadet de Napoléon. Qu'il aille s'asseoir près de sa fille, tiens ! Hortense et lui ont sans doute mille choses à se dire. Non, pas une seule, murmure Hortense en jetant à sa mère un regard suppliant. Cependant le beau-frère obéit, docile, avec cet air accablé qu'il traîne partout depuis qu'il a lu Rousseau et Bernardin de Saint-Pierre. Un grenadier de la garde s'approche de la voiture : « Y allons-nous, citoyen Premier consul ? »

Napoléon ordonne le départ d'un geste impérieux, puis il ferme les yeux.

La voiture avance à vive allure. Plus personne ne parle. L'obscurité est si profonde que les passagers eux-mêmes ne se voient pas. Ni Joséphine qui secoue nerveusement son éventail. Ni Hortense qui se mord les lèvres. Ni Louis dont la tête bringuebalante vient parfois cogner la vitre. Ils ne se voient pas mais ils se devinent, ils se jaugent, et leurs pensées saturent l'habitacle capitonné, déposent sur les vitres froides une buée sale, pleine de ressentiment. On subodore que le Premier consul s'est assoupi. C'est vers lui que convergent tous les esprits, tous les regards. Il n'est pas encore Napoléon mais l'empereur perce déjà sous le Premier consul. Il a traversé l'Égypte et le pont d'Arcole, franchi le Rhin et le col Saint-Bernard, il a pris Milan et Gênes et a battu l'armée autrichienne – quatre fois en huit jours –, cela suffit à donner de l'assurance à un homme. Il a embelli. Joséphine le sait, elle qui l'a connu petit et maigre, le visage osseux, la peau jaune, la mise négligée avec ses oreilles de chien, son col de redingote sale, ses bottes mal cirées. Depuis qu'il a été représenté par David sur un tableau qui le glorifie – *Bonaparte franchissant le Grand-Saint-Bernard*, il a fini par acquérir un peu de cette beauté que le peintre lui a prêtée, comme si la nature, pour lui, se conformait à l'art. Quel étrange maléfice, tout de même, qui fait gagner en beauté à l'époux ce que perd sa femme avec les années. On dirait qu'au sein de ce couple mal assorti, un système de vases communicants s'est instauré. Ce soir, à l'opéra, elle fera illusion avec sa robe de cachemire blanc brodée de palmes d'or et sa broche de diamants, mais elle ne s'est jamais sentie si lasse. Si vieille. Officiellement, elle a trente-trois ans. C'est ce qui est noté sur leur acte de mariage : *Marie Josèphe Rose Tascher de la Pagerie, née le 23 juin 1767 aux Trois-Ilets.* L'autre date de naissance, la vraie, 1763, on l'a cachée à la presse et à la belle-famille. Quand on a présenté la fiancée au clan corse dans le petit salon de Marseille – elle se souvient de ce jour, le sourcil levé de la *madre*, la moue dubitative des frères, le sourire moqueur des sœurs… –, on a dit qu'elle avait 28 ans, c'est-à-dire à peine un an de plus que son mari. Peine perdue. Dès ce jour, ils l'ont tous appelée « la vieille ». Pourtant, elle se sentait jeune encore, à cette époque. L'existence recommençait, sans lien avec la précédente hormis les deux enfants nés de son union avec le comte de Beauharnais. Rose de Beauharnais était morte avec l'ancien monde, Joséphine Bonaparte naissait en l'an VI. La vie lui offrait un jeu de cartes tout neuf et, à la différence de sa première vie, elle connaissait maintenant les règles, les ruses, l'art de la séduction, le pouvoir des larmes, la faiblesse des hommes. Mais le corps, cette machine entêtée, n'a pas voulu suivre. Il a poursuivi sa route vers la décrépitude comme un convive impoli et un peu pingre, qui quitte la noce en haussant les épaules, négligeant volontairement la corbeille de la mariée. Il ne lui a fait aucun cadeau, ne lui a accordé aucun répit.

Joséphine jette un regard par la fenêtre. Il y a bien du monde dans les rues de Paris, en ce soir de Noël. Cela fait sept ans qu'on n'a pas célébré la Nativité en France mais sept ans, c'est peu pour se déshabituer d'une tradition ancrée dans les siècles. La fête, chassée du calendrier républicain, a laissé un souvenir, une vague odeur de réveillon, dont on demeure nostalgique presque malgré soi. On ne va plus à la messe mais on veille quand même, on soupe à minuit, pas avant. On attend, sans plus très bien savoir qui ou quoi, debout, assis, au café, chez soi, un verre à la main, un éventail dans l'autre, on patiente en jouant aux dés dans les auberges, au bilboquet dans les hôtels particuliers de la rue Saint-Honoré. Les boutiques sont ouvertes, les cafés sont bondés. Leurs grandes lanternes bizarrement bariolées jettent un éclairage cru sur ces hommes, ces femmes rassemblés sans raison, sans objet, autour d'une crèche vide où l'Enfant-Dieu brille par son absence.

Joséphine se tourne vers Bonaparte, écoute son souffle rauque dans l'obscurité. Elle a bien cru qu'il ne viendrait pas à l'opéra ce soir. Il est loin, le temps où elle pouvait à loisir tourmenter le petit général corse. Le séduire, le réjouir, tout obtenir et tout refuser. Déjà à son retour d'Égypte, les choses avaient changé. Il en avait trop entendu sur son compte, ses amants, son infidélité. Mais il l'aimait encore, et ces blessures infligées à son orgueil méridional avaient eu l'effet d'un aiguillon. Il était parti amoureux, il était revenu fanatique. Maintenant, elle voit bien qu'il ne l'aime plus. Il a de l'affection pour elle, oui, sans doute. De l'estime, un peu. De la reconnaissance aussi, pour cette volupté qu'elle lui a fait découvrir. Leurs nuits échevelées. Le raffinement qu'elle mettait dans leurs jeux. Le raffinement, tu parles. Il n'avait connu que des filles à soldats. Pour un homme habitué aux mœurs rustiques des bordels de Marseille, une maîtresse qui joue de la harpe nue devient un sommet d'érotisme. Elle n'avait pas eu de mal à le subjuguer avec ses langueurs créoles, ses gourmandises insulaires, ses libertés de veuve joyeuse, d'aristocrate affranchie par la Révolution du poids d'un mariage malheureux. Et sans doute se souvient-il encore avec tendresse, sinon émerveillement, de leurs étreintes interminables, lui qui, avant elle, versait à l'amour le même temps qu'il concédait aux repas, à la danse, à la toilette – à tout ce qui n'était pas la guerre : quatre minutes bien tassées, pas une de plus, car il avait du pain sur la planche, un destin à forger, le monde à conquérir. Mais l'amour, Joséphine le sait, n'est pas une pièce de musée qu'on dépoussière de temps à autre en soufflant sur de vieux souvenirs. Elle a perdu son pouvoir. Une autre maîtresse l'a détrônée. La Gloire est plus impérieuse, plus jeune, infatigable. Irrésistible, parce qu'elle se dérobe chaque fois qu'il croit l'étreindre. Napoléon se damnerait pour elle. Il les damnerait tous.

Dans l'obscurité de la voiture, Joséphine cherche le regard d'Hortense. Sa parure d'émeraude – cadeau du Premier consul – jette sur son visage des reflets verts et lui fait une face de noyée. Depuis le départ, elle n'a pas desserré les dents. Elles ont eu une discussion pénible tout à l'heure, dans le petit salon, tandis qu'elles attendaient Bonaparte. Un échange qui a mal tourné quand la mère a demandé – imposé – à la fille d'épouser son beau-frère, pour conforter se place au sein de cette famille qui la hait. Hortense a refusé, affirmant qu'elle aimait ce lourdaud de Duroc, officier valeureux mais sans esprit, sans fortune, surtout. Que la jeunesse est bête et inconséquente ! Ne voit-elle donc pas, cette fille qui prétend l'aimer, que la position de sa mère dépend de sa future union avec un membre du clan corse ? Puisque Joséphine ne peut donner d'héritier, il est nécessaire de créer d'autres liens entre les familles Beauharnais et Bonaparte afin de conforter sa place. C'est humiliant tout de même, d'avoir recours à ces stratégies de marieuse pour éviter la disgrâce. Joséphine aurait préféré, bien sûr, le bonheur de sa fille. Elle a assez souffert elle-même d'avoir été mariée à Beauharnais par défaut, parce que sa sœur aînée, qui lui était promise, était morte de la tuberculose. Elle aurait voulu épargner à sa propre fille cette honte, et les souvenirs cuisants d'une nuit de noces forcée. Mais elle n'a pas le choix. Il en va de son avenir.

Froissement d'étoffes. Sur la banquette en face, Hortense soupire, repousse la main que Louis a voulu prendre dans la sienne. Joséphine secoue la tête. Pourquoi ne se laisse-t-elle pas faire ? Ce Louis n'est pas un mauvais homme ! Si cette dinde était plus maline, elle devinerait tout de suite en quel mari commode elle pourrait transformer ce garçon doux et mélancolique. Mais non, la jeunesse maintenant veut du sentiment, de la passion. Le romantisme, cette épidémie à la mode. Joséphine jette sa tête en arrière dans un mouvement de lassitude. De l'amour, mon Dieu ! S'il avait fallu y regarder d'aussi près, Hortense ne serait pas née, son frère non plus, qu'est-ce qu'elle croit ? Elle déplie son éventail dans un geste nerveux. Il faudra bien qu'Hortense cède. Elle ne lui laissera pas le choix. Sinon, ce sera pour elle-même la répudiation, le divorce. Autant dire la mort.

Mais on n'invoque pas ainsi la mort sans finir par la rencontrer. Elle se prépare à frapper à l'angle de la rue Saint-Nicaise où Limoëlan a vu enfin surgir l'escorte. Il est huit heures et trois minutes. On entend des cris, les fouets qui cinglent l'air ; Joséphine sursaute, que se passe-t-il ?

— Rien, Madame, répond le brigadier à cheval en s'approchant de la portière. Rien, c'est une gamine avec sa carriole qui barrait la route. On a dégagé la voie. Vous pouvez être tranquille.

11.

C'est vrai qu'elle en paraît dix. Mais Marianne Peusol n'est plus une gamine, elle a quatorze ans. Quatorze ans d'une vie de taupe. La terre, on a beau vivre en ville, il y en a partout. Sous les semelles des sabots, aux ourlets des jupes, sous les ongles des mains. Il y en a encore au sol des maisons, sur les racines des légumes – radis, poireaux, oignons, carottes, betteraves –, légumes surgis de la campagne proche que sa mère vend au coin des rues, qui sont de terre elles aussi, les rues, parce qu'on ne les a pas pavées dans le quartier miséreux du faubourg Saint-Marceau. L'été, c'est une poussière mobile qui recouvre les étals, l'hiver, une boue collante qui s'attache à la brouette. Dix ans à se lever chaque matin, pour jeter des pelletées de terre à la face du monde, parce que c'est comme ça depuis toujours, et que si on s'arrête, on meurt enterrée vivante.

Douze sous, c'est beaucoup pour Marianne Peusol. Tandis qu'elle tient la bride du cheval, elle pense à ce qu'elle va acheter avec ces pièces. Et parce qu'elle est pauvre et qu'elle a faim, ce qui lui vient en tête s'élance de ce grand vide qu'elle sent au fond de son ventre, ce vide qui appelle réparation parce que c'est Noël et qu'un fumet s'échappe des cafés. Elle rêve à une oie grasse, un pigeon, un lapin, du chevreuil, une dinde. Elle pourrait rapporter de la viande à la maison, ce serait fête pour sa mère qui mange le soir ce qu'on ne lui a pas acheté le jour, des légumes pourris ou véreux, avec des trognes de travers, des formes vaguement obscènes et toujours ces racines qui s'ébrouent de leur terre native et donnent à chaque bouchée un goût de limon sablonneux. Oui, ce serait bon de réveillonner ce soir devant un plat juteux, la peau tendue d'une oie qui ne laisserait au fond de l'assiette que des gouttes luisantes de graisse jaune, qu'on irait éponger avec son pain bis, ce pain des pauvres, couleur de terre lui aussi, qui s'en trouverait changé, gorgé du miel des riches, comme doré de l'intérieur. À cette idée, Marianne serre le poing et les pièces rencontrent les crevasses laissées par les lessives dans l'eau glacée, et les ampoules crevées des petits matins où elle porte les bûches et les cageots de légumes.

Avec douze sous, on peut peut-être s'offrir autre chose qu'une viande… Parce qu'une viande, au fond, ce n'est jamais qu'un animal, des artères, des pattes qui ont gratté la terre, qui ont vécu dessous aussi – lièvres, radis, au fond c'est la même chose. Et parce qu'elle veut ce soir quelque chose de neuf, d'inédit, son esprit quitte le terrier, ses yeux s'arrêtent sur les Parisiens attablés derrière les glaces du café Apollon, juste devant elle. Ils boivent de la limonade, des liqueurs, du café, autant de mots qui n'ont pas de substance pour elle, limonade, liqueurs, café, parce qu'elle n'y a jamais goûté. Peut-être justement que ce serait le soir où elle pourrait donner à ces mots un goût et un parfum. Et si on va par-là, d'autres mots lui sont inconnus : oranges, chocolat, ananas, citrons, ces mots qui ne poussent pas sous la terre mais sur des branches tendues très haut vers le ciel. Elle pourrait faire ça, quand on lui aura repris la bride de la jument. Entrer dans un restaurant, s'attabler, au café Apollon ou ailleurs, au palais Égalité par exemple, dans un de ces restaurants où officient les anciens cuisiniers des ci-devant aristocrates, ceux qu'on appelle cordons-bleus à cause du ruban de Saint-Louis qui ceignait la taille de leurs maîtres au siècle passé. Et puis soudain, parce que l'esprit va ainsi, de la viande aux cuisiniers et des cuisiniers aux rubans, elle pense à un ruban pour orner son cou, ou son poignet. Elle a quatorze ans et elle n'est pas jolie. La petite vérole a grêlé son visage, ses cheveux sont roux, elle louche un peu. Mais peut-être que déjà, si elle avait dans les cheveux un de ces rubans de satin, bleu ou vert, on la regarderait, on la trouverait moins laide. Alors sa pensée se détourne des restaurants, de la faim qui lui tenaille le ventre, elle oublie les comestibles, tout ce qui sort de la terre et y retourne. Elle rêve à quelque chose de beau, quelque chose qui durerait, qu'elle porterait sur elle en souvenir de cette nuit de Noël, sa nuit de chance. Un ruban, oui, ou bien une perle, une dentelle, une bague, il y en a pour dix sous, chez le vendeur de colifichets de la rue du Louvre. Elle se laisse emporter par cette griserie un peu égoïste, sa coquetterie naissante qui balaie tout le reste : sa mère, le réveillon, la graisse d'oie et les liqueurs, elle pense maintenant satin, soie, velours, et d'autres mots encore : « nankin », « valenciennes », « point d'Alençon ». Elle ne sait pas ce que ça veut dire mais les mots sont doux dans sa main engourdie, et, tout en caressant l'échine de la jument, il lui semble caresser un monde gracieux, une vie facile.

— Pousse-toi, pousse-toi donc !

Elle se retourne et son premier réflexe, c'est de fermer le poing sur ses pièces, de peur de les laisser tomber ou qu'on les lui reprenne. Elle voit les grenadiers de la garde consulaire sur leurs chevaux de bai brun, lancés au grand trot, et c'est un kaléidoscope de couleurs : épaulettes d'or, parements écarlates, bonnets d'ourson, jugulaires de cuivre, plumets rouges, gants blancs, bottes de cuir cirées. Place ! Place ! crient les grenadiers, les cochers, les sabres levés droit vers le ciel. Place ! Place ! les naseaux des chevaux soufflent un bruit de trompette, Marianne Peusol s'écarte, tire vers elle la vieille jument rétive. Le cocher jure, les chevaux se cabrent, l'escorte ralentit. Le carrosse dépasse la charrette et par la portière, derrière les rideaux frangés d'or, Marianne aperçoit une face sérieuse, des yeux rougis, un collier d'émeraude. Elle serre fort ses pièces dans son poing, lève furtivement la main pour saluer le convoi.

On entend « Vive Bonaparte ! », « Vive le Premier consul ! », la voiture s'éloigne, il y a encore du bruit, quelques hourras et soudain une brusque détonation, un tonnerre d'apocalypse. Un éclair puis une grêle de pierres, de gravats, de verre et d'ardoises, un tourbillon éclaté où se brisent les hommes et les choses, et dont surgit un bras de Marianne Peusol, projeté sur le pavé, inerte. À trente mètres de là, la main fermée sur une touffe de crin noir.

L'autre main, celle qui tient les pièces, on sera plus long à la retrouver. Il faut lever les yeux pour l'apercevoir, juchée là-haut, sur la corniche du café Apollon, à côté d'une tête de cheval, noire avec de grandes dents qui semblent rire à la mort qui le fauche.

12.

Joseph de Limoëlan rouvre les yeux. Il reste immobile, sidéré, incapable de détacher son regard de cette main ouverte, déposée à ses pieds comme un sacrifice offert à un tyran cruel. Il n'entend rien à cause de la détonation assourdissante qui a vrillé ses tympans. Autour de lui des ombres se meuvent dans le silence. C'est une scène muette, apocalyptique, dont il est le spectateur empêché.

Il n'a pas bougé quand l'escorte est passée devant lui avec ses vitres embuées et ses rideaux frangés d'or. Même paralysie soudaine, même impuissance à cause de la gamine au milieu de la chaussée, son image comme un sortilège qui empoisonne le sang et empêche d'agir. Il n'a pas levé le bras pour avertir Saint-Réjant de l'arrivée de la voiture, il n'a pas pu. L'autre a dû voir le convoi au moment où il s'engageait dans la rue Saint-Nicaise, il a allumé la mèche d'amadou, il l'a allumée quand même, malgré tout, malgré elle. Dix secondes, Joseph a compté. Dix, neuf… L'enfant était toujours au milieu de la chaussée, une main enfouie sous la crinière du cheval, l'air rêveur sous les lanternes. Huit, sept, six… La voiture allait trop vite, le cocher semblait ivre, il a crié à la gamine de se pousser. Il a dépassé la charrette. L'enfant a levé furtivement la main, comme pour saluer le convoi, Joseph a vu ce geste, précisément, il a ouvert la bouche, tous les cris étaient coincés au fond de sa gorge sèche. Cinq, quatre, trois… C'était trop tard, la voiture était trop loin, la mèche n'en finissait plus de raccourcir et les badauds d'acclamer Bonaparte. Deux, un… Il aurait fallu prononcer une prière, mais des prières, Joseph n'en connaissait plus, *mea culpa, mea culpa, mea maxima culpa*, c'est tout ce qu'il lui venait quand il aurait fallu implorer le Ciel, demander un orage, réclamer un miracle ou de la pitié, *miserere nobis, miserere nobis, miserere…*

Alors ce fut l'explosion, et l'écho retentit très fort au fond de son cœur devenu transparent.

« Le 3 nivôse, à 8 heures du soir, le Premier consul se rendait à l'Opéra avec son piquet de garde. Arrivé à la rue Saint-Nicaise, une mauvaise charrette, attelée d'un petit cheval, se trouvait placée de manière à embarrasser ce passage. Le cocher, quoiqu'allant extrêmement vite, a eu l'adresse de l'éviter. Peu d'instant après, une explosion terrible a cassé les glaces de la voiture, blessé le cheval du dernier homme du piquet, brisé toutes les vitres du quartier, tué trois femmes, un marchand épicier et un enfant. Le nombre des blessés connus jusqu'à ce moment est de quinze. Ce sont des hommes qui passaient et des propriétaires de maisons voisines. Une quinzaine de maisons ont été considérablement endommagées. Il paraît que cette charrette contenait une espèce de Machine infernale. La détonation a été entendue dans tout Paris : une bande de roue de la charrette a été jetée par-dessus les toits de la cour du consul Cambacérès. Le Premier consul a continué son chemin et a assisté à l'oratorio. »

Le Moniteur, 25 décembre 1800

13.

Napoléon ne s'y est pas trompé. Son arrivée à l'opéra, où la rumeur de l'attentat le précède, est un triomphe. Les spectateurs fébriles l'acclament debout. Des applaudissements, des vivats éclatent sous le lustre au moment où il pénètre dans sa loge – « Vive le Premier consul ! », « Longue vie à Bonaparte ! ». Il se tient droit, la main au côté, l'air grave, un fin sourire errant sur son visage. Il hoche la tête. Il est grisé. Il se penche vers sa femme : « N'avais-je pas raison ? Voyez comme on nous aime à présent. » Et aussi : « Demain, le peuple de Paris me mangera dans la main. » Pour un peu, on croirait qu'il a lui-même orchestré l'affaire pour favoriser un regain de popularité.

À son côté mais un peu en retrait, Joséphine salue, les lèvres closes, un reste d'inquiétude au fond des yeux. Elle ne goûte pas comme lui les acclamations. Elle sait la vanité des bruits du monde, elle sait que tout s'évanouit au moment même où on croit l'étreindre. La gloire, l'amour, c'est idem. Et puis elle voit ce que lui ne voit pas parce que les lumières l'aveuglent et les ovations le rendent sourd. Les sourires en coin. Les airs entendus. Les grimaces derrière les éventails, les bouches qui murmurent « Il ne perd rien pour attendre ». Tout à l'heure, tandis qu'elle montait l'escalier, elle a entendu distinctement ces mots qui sont entrés en elle comme des lames : « Sa vieille lui aura porté chance. » Ça lui a fait un mal atroce. *Sa vieille.* Elle est *sa vieille.* Ses yeux se posent sur ses mains où les veines affleurent sous la peau mate, striée de rides – des mains de vieille. Elle détourne le regard. Une douleur l'oblige à s'asseoir. Elle porte sa main à sa poitrine. Elle voudrait que l'oratorio commence, que les musiciens jouent pour détourner l'attention de son visage qui doit encore porter les stigmates de la peur. Cet attentat a dû la vieillir de dix ans. Elle n'est pas blessée, certes, mais elle se sent brisée. Est-ce que ça existe, un crime de lèse-jeunesse ? Elle baisse la tête pour échapper aux médisances. Napoléon ne l'a pas vue, il continue à offrir son visage, ses mains, ses yeux, à cet amour qu'on lui jette au visage comme une eau de jouvence.

Quand elle voit sa mère s'asseoir, la main appuyée sur sa poitrine, Hortense tressaille. Réflexe presque inconscient. Pendant des années, elle a guetté le moindre fléchissement de Joséphine, le premier malaise, dans l'espoir qu'il annonce une grossesse tant désirée. Sa mère lui est si liée qu'elle lui a communiqué son attente angoissée. Elle s'est prise à compter les jours, à interpréter les signes. Cette sollicitude n'était pas purement désintéressée. Hortense sait que sa position – l'enfant du premier lit – est fragile et que seul un enfant entre Joséphine et Napoléon pourra assurer son avenir. C'est ce que sa mère lui a répété jusqu'à ses seize ans. Maintenant le refrain a changé : Joséphine presse Hortense d'épouser un membre du clan Bonaparte afin de resserrer les liens avec cette famille qui la hait. Elle s'est mis en tête d'organiser l'alliance de sa fille avec Louis, le frère cadet, l'atrabilaire de la famille. Mais Hortense, si docile d'ordinaire, s'y refuse obstinément. Elle ne peut pas épouser Louis. Elle n'a pourtant rien contre le frère de son beau-père. Il est maladroit, ombrageux mais on le dit sensible et elle le croit bon. Elle pourrait très bien s'en accommoder. Elle ne se fait guère d'illusions sur le mariage, encore moins sur l'amour. Avoir grandi sous la Révolution lui a ôté les siennes. Elle n'est pas assez naïve pour imaginer que l'union de sa mère, veuve et ruinée, avec le général corse soit autre chose qu'un accommodement raisonnable. Elle-même est prête à l'imiter. Elle pourrait épouser n'importe qui, un général, un de ces beaux en cuirasse qui paradent devant son beau-père. Duroc, par exemple. Ou un autre, ça lui est égal. Tous, sauf un Bonaparte. Il faut qu'elle échappe à l'emprise de Napoléon, ce beau-père qu'elle aime trop pour l'avouer à sa mère. Comment pourrait-elle l'oublier, en épousant un homme qui lui ressemble, son double amoindri, un avorton de Premier consul ?

Enfin, Bonaparte s'assoit, les applaudissements faiblissent puis cessent tout à fait. Quelques toussotements, un violon qu'on accorde, des éventails qu'on referme d'un claquement sec. Le chef d'orchestre tape sur le pupitre à petits coups d'archet. Il lève sa baguette, la *Création* va commencer. L'oratorio s'ouvre sur le chaos, quand tout n'est que désordre et ténèbres. C'est lugubre, ce prélude, toutes ces dissonances… Hortense en éprouve un malaise, comme tout à l'heure dans le carrosse, quand son beau-père est sorti au milieu des décombres, les abandonnant tous les trois dans l'habitacle, capitonné comme un cercueil, silencieux comme une tombe. Elle revoit sa silhouette avançant dans l'obscurité, la brume qui noyait la scène. Elle entend les cris des blessés, des pleurs ? – non c'est un hautbois, et là, ces plaintes de femme, ce sont les flûtes. Hortense ferme les yeux. Cymbales, grosse caisse. À chaque fois, c'est un nouveau sursaut, la détonation, les vitres qui vibrent au son des violons. Elle frissonne. L'orchestre continue à jouer le chaos d'avant la création, tremblements, secousses, éclat… le désordre n'en finit pas. Elle se sent oppressée, elle respire mal, c'est long le néant. Quand interviendra-t-il enfin, ce Dieu qui doit donner ordre et cohérence à ce magma informe de bruits entremêlés ? Soudain, elle sursaute. Louis vient de prendre sa main blessée sous son châle. Elle la retire brusquement.

14.

Il savait bien qu'elle ne lui abandonnerait pas sa main. Naïvement, il a pensé que l'attentat manqué les rapprocherait. Mais elle ne l'aime pas et son mal est sans remède. Ce qui le fait souffrir, à cet instant précis, ce n'est pas tant la froideur d'Hortense que la colère qu'en concevra Napoléon, ce frère qu'il admire et qu'il adore. Depuis des années, Louis joue le jeu imposé par son aîné. Il se bat avec courage, avec zèle même, en Italie, en Égypte, sur tous les champs de bataille que le Premier consul invente pour son armée. Il a plutôt bien réussi, jusque-là, à dissimuler son dégoût de la guerre, des ravages qu'elle cause chez les peuples. Il n'a rien dit. Napoléon lui aurait ri au nez. Or il n'y a rien qu'il redoute tant que de décevoir ce frère dont il subit malgré lui le charme despotique.

Mais cette emprise est incompatible avec l'autre, la passion de la littérature, qu'il a contractée en découvrant au collège *Paul et Virginie*. Le choc fut si violent qu'il entretient depuis une correspondance secrète avec l'auteur, Bernardin de Saint-Pierre pour, selon ses propres mots, *soulager sa sensibilité affligée.* D'ailleurs, il compose lui-même des odes, la nuit, pendant que son frère dort. C'est-à-dire entre minuit et quatre heures. Des odes courtes, donc. Quelques élégies. Une romance aussi, qu'il a dédiée à Hortense et que son frère lui a interdit d'imprimer pour éviter tout ridicule. Qu'importe, il ne lui en tient pas rigueur. De toute façon, Hortense n'en aurait pas voulu, comme elle n'a pas voulu sa main, tout à l'heure, lorsqu'il a cru qu'elle la cherchait sous son châle. Elle ne l'aime pas. Il le sait. Pourtant, sa nature mélancolique s'accommode de ce mariage imposé par son frère et sa belle-sœur. C'est peut-être même, pour lui, une mesure de salut. Il n'est pas fait pour le bonheur.

Maintenant, le prélude est achevé, c'est le *Premier Jour* – création du Ciel et de la Terre, invention de la lumière, l'ordre naît du chaos. Crescendo orchestral, sonorités éthérées des violons et des flûtes évoquant un ciel d'aurore. L'ange Raphaël apparaît et chante « *Dieu tira du néant et le Ciel et la Terre : la Terre, masse informe, à ses regards parut ; un voile ténébreux la couvrait tout entière.* » Louis observe Hortense, elle regarde avec admiration le baryton Garat, le cou tendu. On dit que l'homme, de sympathie royaliste, fricote avec les muscadins de l'hôtel Thellusson. Qu'il se vante partout d'avoir chanté avec la reine Marie-Antoinette, au Trianon. Pas très consulaires, ces fréquentations… Hortense devrait se méfier.

Décidément, le cœur des femmes est imprudent. Et le sien plein de lâchetés.

Louis ferme les yeux. Son corps s'amollit, il décroise les jambes, ses bras tombent et frôlent son sabre d'apparat. Il se sent emporté dans une sorte d'ivresse nerveuse. Son imagination s'emballe, elle l'entraîne dans une rêverie douce, des songes sans cesse recommencés, comme si une main inconnue remuait la vase de sa sensibilité bridée par le métier des armes. *Deuxième Jour* : l'ange Raphaël raconte la séparation des eaux. Tempête, nuages, vent, éclairs, tonnerre, pluie. Louis baisse les paupières. Des visions s'imposent à lui, ce sont toujours les mêmes, le naufrage du Saint-Géran : Virginie sur le pont, sa robe collée sur son corps blanc par l'assaut des vagues, et Paul sur le rivage *les jambes en sang, la poitrine meurtrie et à demi noyé*. Mais ce n'est plus Virginie, c'est le visage plein d'effroi d'Hortense dans la secousse de la rue Saint-Nicaise. Le vaisseau du roman, c'est le carrosse entrouvert par l'explosion. Il voit le corps inanimé d'Hortense au milieu des décombres. Il se dit qu'il aurait pu s'élancer vers elle dans cet attentat effroyable, crier comme Paul sur le rivage : « Sauvez-la, sauvez-la, ne la quittez pas ! » Mais dans les secondes qui ont suivi la détonation, il n'a eu d'autre souci que de s'assurer que son frère était sauf. Il n'a pas eu un regard pour la fiancée. Sans qu'il le sache, ses pensées rejoignent celles des royalistes de l'assemblée qui, songeant à la machine infernale, se disent que l'occasion a été manquée, hélas.

« *J'ai été touché des preuves d'affection que le peuple m'a données dans cette circonstance. Je les mérite, parce que l'unique but de mes désirs et de mes actions est d'accroître sa prospérité et sa gloire. Tant que cette poignée de brigands m'a attaqué directement, j'ai dû laisser aux lois et aux tribunaux ordinaires leur punition ; mais puisqu'ils viennent, par un crime sans exemple dans l'histoire, de mettre en danger une partie de la cité, la punition sera aussi prompte qu'exemplaire.*

« *Assurez, en mon nom, le peuple de Paris, que cette centaine de misérables qui ont calomnié la liberté par les crimes qu'ils ont commis en son nom seront désormais mis dans l'impuissance absolue de faire aucun mal. Que les citoyens n'aient aucune inquiétude, je n'oublierai pas que mon premier devoir est de veiller à la défense du peuple contre ses ennemis intérieurs et extérieurs.* »

Déclaration de Napoléon Bonaparte
le 11 nivôse au Conseil municipal de Paris

15.

Pendant qu'à l'opéra de la rue Richelieu, Dieu sépare les terres et les mers, dans la rue Saint-Nicaise, on ramasse les cadavres.

Lesquels ? Difficile à dire. Les noms des victimes du 3 nivôse ne sont écrits nulle part. Ce n'est pas que le Premier consul soit avare en inscriptions commémoratives. Des cénotaphes, des plaques, des colonnes, il en a fait graver des centaines. Chaque bataille a ses morts dont le souvenir est mis en sécurité dans la mémoire intangible du marbre. Mais il n'existe pas de monument pour les morts de la rue Saint-Nicaise. Il n'y eut ni bataille, ni victoire, ni héros. Rien à raconter aux foules qui sont si friandes de cavalcades et de charges sabres au clair. Juste une carriole, une enfant, une jument fourbue, quelques anonymes assis aux terrasses qui tâchaient de s'emplir le gosier de lumière avant de retourner dans leurs nuits silencieuses.

Leurs noms sont inconnus et leur nombre est imprécis. L'article du *Moniteur* fait état de quatre morts, le procès idem, Chaptal dit sept, Bonaparte rectifie devant le conseil d'État : huit à dix – et ces deux-là qui tanguent entre deux chiffres, qui sont peut-être en vie ou qui ne le sont plus, rien ni personne ne les sortira plus des limbes nécrologiques. Il faut dire que le nombre des victimes s'accroît sans cesse au fur à mesure que des blessés succombent.

Pour donner un nom à ces corps mutilés qui gisent devant le café Apollon, pour recoudre les membres déchirés qui gisent dans les décombres pendant que le consul écoute l'oratorio dans sa loge, il faut se pencher dans les minutes du procès qui eut lieu en l'an IX, le XI germinal. Les noms sont là, inscrits par un huissier qu'on devine consciencieux et soucieux de ne pas écrire trop gros, trop large, à cause des problèmes d'archivage. Ils ont été prononcés par des témoins tous numérotés de 42 à 60, des veuves, des veufs, des parents qu'on imagine un peu intimidés par la voix du commissaire, la tenue du président Hémart, presque gênés d'attirer les regards des jurés sur leur malheur. Le chapeau à la main, ils épellent des noms, des âges, des professions, une adresse. Ils sont rassurés de ces questions simples auxquelles ils n'ont pas de mal à répondre. Ils s'étonnent un peu, tout de même, que leur vie se ramasse dans ces quelques mots, ces mots tout secs qui ne disent rien de leur misère ni de leur chagrin.

Zélie Peusol, dans sa blouse grise à l'ourlet raidi par la boue, tord dans ses mains un foulard qui a appartenu à sa fille. Elle avance devant la barre, un peu voûtée, comme si elle portait, attachée à son cou, un gros sac de larmes. Elle ne sait par où commencer. Elle pourrait bien sûr expliquer que cette enfant est née d'une mauvaise rencontre, un été où ses parents ont accueilli à la ferme de Survilliers un colporteur qui vendait des images pieuses. Qu'il l'a rejointe dans la grange avant de disparaître à l'aube. Qu'elle a voulu mourir, d'abord, en découvrant qu'elle était enceinte. Qu'elle s'est jetée du haut des bottes de foin, qu'elle a avalé les potions du diable pour le faire passer. Rien n'y a fait : l'enfant était bien accroché.

Elle est née en hiver, on l'a baptisée en vitesse. Comme Zélie refusait de s'intéresser à ce nourrisson braillard, laid comme l'était son père, c'est le prêtre qui a décidé : elle s'appellerait Marie et Anne, « deux saintes femmes, deux modèles ». Zélie Peusol est partie à Paris avec l'enfant dans son panier. Ses parents ne l'ont pas chassée, mais c'était mieux quand même qu'elle ne reste pas au village, à cause des racontars. Elle les retrouvait aux halles tous les samedis, ils lui abandonnaient les légumes qu'ils n'avaient pas vendus. C'est comme ça qu'elle est devenue marchande des quatre saisons : en récupérant les restes sur l'étal et en les chargeant dans sa brouette avant d'arpenter les rues de la capitale. Le métier n'était pas très lucratif mais il lui permettait de subvenir à ses besoins et à ceux de sa fille. Quant à retrouver un homme et à se faire épouser, il ne fallait pas lui en parler, plutôt mourir que d'accepter. Elle n'avait besoin de personne, ne vivait que pour l'enfant à laquelle elle s'attachait malgré elle au fil des jours de leur vie solitaire. La petite grandissait, c'était une enfant vive, laide mais gaie, qui rendait en tendresse les soins qu'on lui prodiguait. Leur amour se développait sur le terrain de cette intimité : même galetas, mêmes chagrins, mêmes joies, mêmes chansons quand elles revenaient des journées passées dans la rue, la gamine assise dans la brouette à compter les navets qu'il leur resterait pour la soupe.

Quand la Révolution a éclaté, Zélie Peusol a juxtaposé les deux prénoms de sa fille : plus de Marie, ni d'Anne : elle s'appellerait Marianne, un prénom qui fleurait bon la liberté, à l'image de cette république toute neuve qui leur promettait le bonheur. L'enfant ne serait pas sainte, elle serait heureuse. Le bonheur annoncé en cet été 1789, finalement, elles n'en auront pas vu grand-chose, occupées qu'elles étaient à pousser leur charrette pendant qu'on proclamait les droits de l'homme et du citoyen. Maintenant, Zélie Peusol se dit qu'il était pourtant là, dans ces heures partagées à compter les navets, à gratter la terre des radis en chantant la Carmagnole. Cette histoire, Zélie Peusol la garde pour elle. Elle ne connaît pas les mots pour la raconter. Elle répond aux questions du président Hémart d'une voix neutre, laconique. Non, elle n'a pas vu les membres de sa fille. C'était trop dur, M. le président. On les a montrés à son frère. Oui, il a reconnu des *morceaux* de sa nièce.

16.

Laconique aussi, le récit de Marie-Louise, veuve Boyeldieu, dont le mari a disparu cette nuit-là. Son nom ne figurait ni dans la liste des morts, ni dans celle des blessés. Après des jours d'angoisse à l'attendre, on l'a fait descendre dans les catacombes pour qu'elle reconnaisse un cadavre allongé sur une table dont la figure *était toute coupée, si bien qu'il était impossible de croire que c'était un homme*. Elle le reconnaît pourtant, son mari, à cause d'un morceau de pantalon de drap brun qu'elle avait ravaudé la veille et qui était resté fiché dans sa jambe gauche.

Puis Alexandre Beirle, trente-cinq ans, culottier résidant au numéro 333 de la rue Saint-Nicaise. Le président l'interpelle :

— Vous n'avez pas été blessé le 3 nivôse !

— C'est ma femme, citoyen !

— Rendez compte aux citoyens jurés ! Votre épouse a été blessée ?

— Elle est morte.

— Par suite de l'explosion ?

— Oui, citoyen.

— Avez-vous été blessé ?

— Non, citoyen, je n'étais pas à la maison.

Le président complète à l'attention des jurés : C'est son épouse enceinte qui a été tuée par l'explosion.

Le quarante-cinquième témoin s'appelle Marie Geneviève Vielle, femme Barbier. Elle a quarante-cinq ans, demeure rue Honoré. Elle déclare : J'étais à travailler dans la boutique du culottier où j'étais depuis trois ans, j'épluchais la salade lorsque mon mari est entré : il est mort de l'explosion. Le coup l'a jeté si fort à terre qu'il ne s'est jamais relevé.

— Et vous, vous avez été blessée ?

— Oui, citoyen. À l'œil droit. Il ne voit plus. J'ai eu de la chance.

On ne connaît pas le nom de la cinquième victime, juste celui de son amie, Céline Collinet, vingt ans, revendeuse à la halle, habitant rue Dominique au numéro 1152. Les deux amies revenaient du Gros Caillou et elles sont entrées chez le marchand de vin au moment où la Machine infernale a explosé. Céline Collinet a une entaille à la main, une autre à la tête, elle a été trépanée à l'Hôtel-Dieu, rebaptisé Hospice d'Humanité. Elle est restée trente jours inconsciente, puis cinq jours aveugle. Elle ajoute :

— Ma camarade a été tuée.

Aux noms des morts, il faut ajouter ceux des blessés qui mourront peut-être dans les jours qui ont suivi le procès mais qu'on ne comptabilisera pas parce que les nécrologies ont la mémoire courte, que les procès-verbaux ne sont pas extensibles et parce qu'un attentat chasse l'autre dans les pages des journaux et les souvenirs du peuple.

Frédéric Bany, dix-neuf ans, garçon cuisinier, qui montre quatorze blessures sur le corps dont sept très graves et un bras perdu.

Marie-Thérèse Larue, soixante-trois ans, plieuse, dont le crâne a été enfoncé par la chute d'une croisée.

Pierre-Louis Lion, vingt-neuf ans, domestique, vingt-neuf blessures : un morceau de bois dans la cuisse, un dans le bras, des bouts de redingote fourrés dans la chair. Le président lui demande d'être plus précis mais Pierre-Louis Lion n'entend rien : l'explosion l'a rendu sourd.

Stéphanie Orillard, vingt ans, vingt-huit blessures.

Jean-Baptiste Lemercier, cinquante ans, rentier, un œil en moins et des tessons de verre en plus, dans les jambes et la poitrine.

Catherine Léger, trente-huit ans, limonadière, ensevelie sous les gravats, estropiée.

Louise Saint-Gilles, cinquante-cinq ans, blessée aux bras et au visage.

La Veuve Boulard, quarante-quatre ans, musicienne, vingt-cinq blessures, les doigts de la main coupée, la robe brûlée.

Marie-Anne Iblot, vingt-deux ans, couturière, blessée à la jambe droite.

Louise-Marie Annette, vingt-huit ans, parfumeuse, devenue aveugle.

Claude-Barthélemy Préville, quarante-huit ans, marchand de meubles, qui relève sa chemise pour exhiber les blessures de sa poitrine : là, là, là et là.

Le président Hémart détourne le regard, un peu embarrassé par ce spectacle morbide. Il y a dans la salle des femmes et même de très jeunes filles. Il congédie le défilé des estropiés. Comme il est soucieux de ménager la sensibilité des jurés, il ajoute : « On vous aurait fait venir un autre témoin, Trepstat, mais comme il a eu les jambes emportées par l'explosion, on aurait été obligé de l'apporter sur un brancard et on a voulu éviter ce spectacle affligeant. »

Dans son réquisitoire, afin de s'assurer que le public prenne pleinement la mesure de ce crime inouï, il s'exalte : « Il n'y a pas que les victimes, citoyens ! Il y a le Premier consul ! Trois secondes plus tôt et il était mort ! Oui, citoyens ! Trois secondes plus tôt et périssait misérablement celui que le génie tutélaire de la France avait ramené sur le sol sacré de la liberté et dont toutes les démarches ont été depuis des actes d'héroïsme, de sagesse, d'intelligence ! »

Céline Collinet, Alexandre Beirl, la veuve Barbier et la veuve Boyeldieu, Zélie Peusol et les blessés du 3 nivôse se dévisagent. C'est bête à dire, mais le Premier consul, ils l'avaient oublié. Depuis un mois, ils essayent de vivre sans amie, sans femme, sans époux, sans enfant, sans œil ou sans bras, mais jamais ils n'ont imaginé ce que ce serait de vivre sans le Premier consul. Leur imagination ne les a pas portés jusque-là. Ils n'y avaient même pas pensé, empêtrés qu'ils étaient à trouver un caveau pas trop loin, un cercueil pas trop cher, un prêtre pour l'office religieux – parce qu'on a beau dire, c'est plus propre. Occupés ensuite à tenter de vivre dans des pièces devenues trop grandes et des lits trop larges, un reste de vie soudain trop long.

Le président lève la séance. Les témoins s'éloignent, claudiquant, boitant, tâtonnant. Avec leurs bouts de verre dans les jambes, leurs bouts de bois dans la poitrine, leurs chairs truffées d'ardoise et de gros drap de coton, ils quittent le prétoire et sombrent dans l'oubli. Ils ne laisseront leurs noms nulle part sauf dans les *minutes* du procès, ces *parties menues* où on les a faits tout petits, tout fins, un peu penchés pour ne pas prendre trop de place dans les archives du Châtelet. C'est là qu'on les retrouve alignés sous une écriture très fine, bien serrés dans leur cénotaphe de papier : Boyledieu, Préville, Saint-Gilles, Bany, Larue et tous les autres.

Tous sauf Trepstat. L'architecte n'est recensé nulle part, à cause du brancard et du *spectacle affligeant* qu'il aurait infligé aux jurés. Il a été amputé à l'hôtel-Dieu et l'on ne sait pas s'il a survécu. S'il a poursuivi sa vie d'architecte allongé sur une civière, dessinant dans l'air des esquisses de maisons, calculant des étages où il ne monterait pas, s'agaçant régulièrement de cette immobilité forcée. Peut-être qu'on l'a transporté ainsi, de chantiers en chantiers, jusqu'à la fin de sa vie. Ou bien, et c'est possible, il n'a plus rien dessiné, plus de croquis, plus de commande. Cette foutue chaise à roulettes ne supportait pas les gravats, et les maçons avaient autre chose à faire que de brancarder un infirme. Il a fini cul-de-jatte mendiant sur les pavés de la place de Grève, errant sous les ponts de Paris ou sur le parvis de Notre-Dame, s'appuyant sur ses moignons, racontant à qui voulait bien l'entendre qu'il était bel homme, qu'il avait des maîtresses, un avenir et que tout est parti avec ses jambes, un soir de Noël, oui Madame, dans l'attentat de la rue Saint-Nicaise. Mais peut-être n'a-t-il rien raconté du tout, peut-être la gangrène l'a-t-elle emporté un matin de printemps, tandis qu'il appréciait en connaisseur, allongé sur son lit de mort, les voûtes en ogive de l'hôtel-Dieu. Peut-être fait-il partie de ces deux victimes en ballotage dans la déclaration de Bonaparte, quand il a évoqué devant le Conseil d'État les *huit à dix morts de la Machine infernale*.

Mais puisqu'un livre offre plus d'espace qu'une minute, puisque la littérature a la mémoire plus souple que le marbre, et les lecteurs plus d'indulgence que les jurés, on l'inscrit maintenant : TREPSTAT. Il se glisse dans la procession des estropiés de la rue Saint-Nicaise qui clopinent dans les ornières de l'Histoire. Il s'insère discrètement à la place que lui désigne l'ordre alphabétique. C'est-à-dire juste après Stéphanie Orillard et ses vingt-huit blessures. Et peut-être avant l'amie de Céline Collinet, qui était vendeuse aux halles et dont on ignorera toujours le nom.

17.

Les noms des victimes, Joseph de Limoëlan non plus ne les connaît pas. Ils sont et demeureront toujours les fantômes imprécis de cette nuit brumeuse.

Il est incapable de dire ce qui a suivi l'explosion. Il marche dans la nuit, en titubant à cause du sang qui tape dans ses tempes. Il tremble aussi, parce que l'intrusion d'un corps étranger dans un organisme engendre toujours une forte fièvre. Pour lui, ce corps, c'est celui de l'enfant à la carriole, gisant sur la chaussée, démembré, qui ne quittera plus sa conscience. Il marche au hasard des rues, pour s'éloigner des cris des mourants, de l'odeur de la poudre. Il marche le long du jardin des Tuileries où des vagabonds grognent d'une voix pâteuse parce que l'explosion les a tirés de leur sommeil d'ivrogne. Il marche rue Honoré devant des maisons où l'on fête Noël autour d'une oie grasse, et d'autres silencieuses, où l'on célèbre la messe au fond des caves, à la chandelle. Il marche mais son pas ralentit, l'enfant pèse lourd dans son crâne avec sa jument noire aux sabots ferrés. À quoi pensait-elle à l'heure de mourir, sur quelle idée s'est arrêté le mécanisme de son cerveau avant de se disperser sur la chaussée ? Toute la vie, on est traversé de pensées fugitives et puis un jour, comme à la loterie, la flèche s'arrête sur l'une d'elles, ni la plus heureuse, ni la plus brillante, mais c'est la dernière et elle vous escorte au seuil de la mort. Peut-être l'enfant à la carriole pensait-elle à sa mère qui devait s'inquiéter, ou bien, impatiente, elle comptait les secondes, admirait Bonaparte et sa garde, le carrosse rutilant. Ou alors elle récitait une prière – et ce serait le mieux, songe-t-il, que la gamine confisquât au fond de son cœur les mots qu'il cherchait en vain quand passait la voiture.

Joseph tourne le dos aux Tuileries, emprunte le pont Royal qu'on appelle maintenant pont National, ce pont qui a vu passer les cendres de Voltaire dans un sens et les canons de Bonaparte dans l'autre. Sous ses pas, la Seine roule ses masses d'encre. Il s'arrête. Il sent son corps s'affaisser sous le poids de l'enfer qu'il porte en lui. Il étouffe, il voudrait se délester de lui-même. Il ôte sa blouse de maquignon et la jette dans la Seine. L'étoffe se déplie en vol, flotte longtemps dans les airs comme une méduse de toile suspendue, puis disparaît mollement dans l'obscurité de l'eau. Cette trajectoire le fascine. Il colle son abdomen contre la rambarde de pierre, fouille des yeux les eaux boueuses où il croit voir des formes, des bras qui appellent au secours, des chevaux, des noyés. Sa vue se brouille, il courbe la tête, une force irrésistible l'attire vers le fond, ses paupières sont des éponges gorgées d'eau noire, sa langue est en carton, ses tempes cognent. C'est le pas de la vieille jument noire mais c'est aussi le galop des chevaux de la garde, tous les chevaux de l'escorte qui martèlent son crâne à le faire exploser. Il enjambe le parapet, soulève ses pieds du pavé et, entraîné par sa tête trop lourde, il tombe.

18.

Personne, sans doute, ne voit Joseph de Limoëlan se jeter du pont National. Deux heures après minuit, les Parisiens sont allés se coucher. On leur a dit que le Premier consul était sauf – ouf –, que le Christ était né. Ils sont rassurés, ils peuvent s'endormir. Bien sûr la nativité n'a pas le faste d'avant. Ni hautbois, ni musettes. Les églises sont fermées, les fidèles moins nombreux, mais Il est né quand même, Il est né malgré tout, l'Enfant-Dieu qui ne craint pas l'odeur des bêtes ni la paille qui le pique.

Il y a pourtant un homme qui ne dort pas en cette nuit de nivôse, c'est Pierre Vigier. Au moment où Limoëlan passe devant sa fenêtre la tête la première, lui émerge la sienne des eaux chaudes de son bain. Il est aux premières loges puisqu'il tient le célèbre établissement de bains flottants parisiens, un bateau immense amarré au quai Voltaire, proposant sur deux étages plus de trente chambres équipées de baignoires de bois doublées de plomb, fermées de rideaux de velours grenat, le grand luxe. Un luxe devenu nécessaire en ces temps de libération des mœurs où l'on se montre nu plus souvent qu'à son tour, avec cette mode féminine qui dévoile volontiers un sein, des jambes ou des aisselles sous des étoffes transparentes.

L'idée de se jeter dans l'eau glaciale de la Seine, ce n'est pas lui que ça effleurerait. À l'heure où Joseph de Limoëlan s'élance du pont, le baigneur-étuviste est confortablement installé dans l'une de ses baignoires où il savoure sa réussite. Il aime ces heures silencieuses où le plaisir s'apaise dans l'eau tiède et se transforme en une autre béatitude, plus douce, moins fugitive. L'immobilité du bain lui permet de poser un regard moins mouvant sur les nuances de sa vie, d'y chercher sinon un sens, du moins une perspective. Tout va si vite en ces temps nouveaux… Il aime son époque, passionnément.

Lumière, parfum, alcool… Sur le guéridon de marbre, Pierre Vigier a posé, entre les bougies, ses bésicles, *Le Moniteur*, une coupe de champagne, un flacon de musc, sa tabatière d'ivoire. Maintenant, il contemple, par la fenêtre qui donne sur le fleuve, l'eau et le ciel pareillement noirs, en songeant que, décidément, le nouveau siècle commence bien. Il a bien entendu un bruit sourd tout à l'heure, comme une explosion de l'autre côté de la rivière, mais Paris est plein de tapage en cette nuit de fête. Lui-même vient de passer la soirée au palais Égalité, à pincer les hanches des filles en leur débitant des galanteries de cocher avant de suivre la jeune Justine dans sa chambre au-dessus du café des Aveugles. Quand il a entendu la détonation, il se rhabillait en pensant qu'il lui faudrait, avant de rentrer chez lui, passer aux bains – il est en pleine ascension, ce serait idiot que tout s'arrête maintenant pour une histoire de syphilis. Justine a demandé, un drap remonté sur ses seins, ce que c'était que ce bruit. Il l'a rassurée : des Parisiens qui s'amusent. Un pétard plus gros que les autres. Pas de quoi s'inquiéter. Il a déposé un billet dans la paume de sa main, lui a recommandé au passage de laver ses ongles – il aime les filles, mais c'est un baigneur-étuviste, il a des principes tout de même.

Lorsque le corps de Limoëlan passe devant sa fenêtre, entre les rideaux de velours, Pierre Vigier se redresse brusquement. Il se frotte les yeux, sort précipitamment de sa cabine, appelle Charles Mégerie, l'employé préposé aux chaudières de son établissement, dites, vous n'avez pas vu un homme se jeter du pont ? L'autre confirme, il était en train de fumer quand le corps est tombé dans la rivière. Vigier passe un peignoir, l'exhorte à prendre une barque pour porter secours au malheureux. L'employé obéit, il met l'embarcation à l'eau, rame vigoureusement, encouragé par son patron qui, une lanterne à la main, désigne de l'autre un trou sombre :

— C'est ici ! Non, plus à droite ! Vous ne l'entendez donc pas qui se débat ?

Charles Mégerie n'entend rien, à cause des cris de Vigier d'abord, mais aussi des rames qui tapent les flots. Il avance à l'aveugle, maudissant l'époque qui vous jette des hommes par-dessus les ponts la nuit de

Noël, et son patron qui veut les sauver. À quoi ça sert, la liberté, si on ne peut même pas décider de l'heure où on veut en finir, hein ? Mais l'étuviste n'en démord pas. Il fixe les eaux noires avec angoisse, il est certain que c'est ici, il crie au suicidé d'attendre, on va vous chercher, mon vieux, on va vous sortir de là. L'autre ne répond pas. On entend encore des battements, moins vifs, les gestes ralentis, les ondes qui s'évanouissent, le trou qui se referme, quelques bulles, le silence.

Pierre Vigier est saisi d'effroi. Il appuie sa main sur sa bouche. La barque de son employé dérive lentement. Il lui crie de revenir, ça ne sert plus à rien à présent. Il garde les yeux fixés sur la rivière qu'il devine dans les ténèbres. Charles Mégerie le trouve là, immobile, frappé de stupeur.

— Vous devriez vous rhabiller, monsieur. Avec le froid qu'il fait, vous allez attraper la mort.

Pierre Vigier retourne en automate dans la cabine qui sent le musc et la cire des bougies. Il refait à l'envers les gestes de tout à l'heure. Mécaniquement, les yeux dans le vague, il enfile ses bas, déchire une couture, nom de Dieu, la chemise se colle à son torse encore humide, il se trompe de bouton, qu'importe, il doit sortir d'ici au plus vite. Il noue sa cravate à la hâte, oublie ses bésicles. Il ouvre sa tabatière, prise avec avidité. Il ne pourrait dire pourquoi l'événement a produit sur lui une impression si forte. Ce n'est pas la première fois qu'un homme se jette du pont National et vient se noyer sous son établissement.

Mais peut-être parce que c'est la nuit de Noël, peut-être parce que le siècle n'est qu'au début de sa course, peut-être parce qu'il s'est senti lui-même si vivant ce soir, entre les cuisses de Justine puis dans les eaux tièdes de sa baignoire, cette mort lui apparaît incongrue, stupide.

Il quitte en titubant le bateau, la redingote sur le bras. Ses cheveux dégouttent sur le col de sa chemise. Il remonte le quai Voltaire, entre dans son hôtel, grimpe l'escalier de marbre où un domestique le devance, un chandelier à la main. Il pénètre dans la chambre où sa femme dort paisiblement. Il écarte doucement le rideau du lit. Elle lui tourne le dos. Il s'allonge avec précaution, se colle à elle, enfouit son nez dans ses cheveux. Ce parfum de petite fille. La chaîne de sa médaille de baptême. Il ferme les yeux, tente de conjurer le souvenir du suicidé. Mais il voit toujours un visage violacé, des yeux de poisson mort, des chairs gonflées. Sa femme laisse échapper un soupir plein de sommeil et se tourne sur le dos. L'étuviste glisse sa main sur le ventre arrondi où palpite la vie. Il est rassuré de sentir la promesse frémissante de l'enfant. Si près, de l'autre côté de la peau.

Demain, il ira à l'hôtel de police, sur le quai Malaquais, faire une déposition. S'il le pouvait il s'y rendrait dès maintenant, pour dissiper l'image obsédante. Mais il est tard. Trois heures. Fouché doit dormir.

19.

Non, Fouché ne dort pas. Il ne dort presque jamais. Dans les sombres bureaux de l'hôtel de police qui s'étendent de la rue des Augustins à la rue des Saints-Pères, il est le premier et le dernier au travail. Sa femme Bonne-Jeanne pourrait en attester. Il y a belle lurette qu'elle ne l'attend plus pour souffler la chandelle. Le Premier consul non plus ne dort jamais, paraît-il. Le siècle qui s'annonce est un siècle d'insomniaques. Ou de somnambules qui agissent l'esprit embrumé de rêves.

Fouché relit le signalement rédigé par le vétérinaire Huzard :

« *Jument de trait, poil bai, crinière usée, queue en balai, nez de renard, flancs et fesses lavés, marquées en tête, ayant des traces blanches sur le toupet, derrière les oreilles, et des taches blanches sur le dos. Taille : un mètre cinquante. Grasse et en bon état.* »

La description est précise. Une sacrée gageure, quand on sait ce qu'il restait du cheval. Il a fallu ramasser les miettes dispersées entre les gravats des maisons soufflées, parmi les lambeaux de chair humaine, le verre pilé. Ensuite, on a reconstitué la bête. C'est fou ce qu'un cheval compte d'os, de viscères, de tendons. Un sacré casse-tête, cent vingt pièces au bas mot dont certaines avaient été projetées à des centaines de mètres – les yeux comme des billes roulées sous les décombres. Fouché ratifie le document. Demain, dès l'aube, on pourra afficher le signalement sur les murs de la ville et le publier dans les journaux.

Le 26 décembre, des hommes en sabot et blouses noires défilent dans la cour de l'hôtel de police pour venir reconnaître l'animal. Comme autrefois les bergers de la crèche, ils avancent en procession sous une neige fondue. Ils tendent le cou et observent, au lieu d'un enfant dans ses langes, le puzzle du cheval mort. Fouché contemple le défilé de la fenêtre de son bureau. Il ne montre ni impatience ni nervosité. Il attend. Il sait déjà ce qui va suivre. On trouvera les coupables. On découvrira que ce sont des royalistes. On les guillotinera. Ce n'est qu'une question de jours. Il connaît cette histoire-là par cœur. La seule chose qui puisse susciter chez lui une certaine jouissance, c'est l'idée de confondre le Premier consul. Fouché froisse lentement entre ses doigts une feuille de papier. Oui, le plaisir d'aller voir Bonaparte et de lui déclarer qu'on a arrêté les coupables, qu'ils sont d'anciens chouans à la solde de Cadoudal, comme il l'avait présumé dès le premier instant, ce plaisir-là, Fouché peut l'envisager et même le goûter, par anticipation.

Il garde un souvenir amer de leur entrevue, la veille, quand, au retour de l'opéra, le Premier consul l'a fait appeler au palais. En entrant dans son bureau, il ne s'est pas départi de son sourire finement moqueur. Bien sûr, il savait tout. L'attentat, les victimes, les morts, la gamine à la charrette… ça ne l'a pas ébranlé. *C'est une chose fâcheuse, certes, mais impossible à prévoir*, a-t-il commenté d'un ton calme. Bonaparte, lui, fulminait. Il voulait des noms, exigeait qu'on lui remette la liste des jacobins suspects. Fouché a protesté faiblement, convaincu que l'explosion était l'œuvre des royalistes. Ses agents lui rapportent chaque jour des rumeurs d'attentats, le retour d'anciens chouans à Paris, et d'ailleurs Cadoudal… Mais le général corse ne voulait rien savoir. Il s'entêtait. Des royalistes ? Sacrifier une enfant une nuit de Noël ? Il n'en croyait rien. Ni nobles, ni prêtres, ni chouans. C'était un coup des anarchistes. Qu'on les déporte au plus vite. Et comme Fouché demeurait imperturbable, un sourire moqueur et un peu méprisant sur ses lèvres décolorées, le Premier consul avait mis son manque d'empressement sur le compte de ses anciennes amitiés jacobines. À ce souvenir, Fouché hausse les épaules. Quelle candeur chez ce petit général parvenu ! Des amis ? Il n'en a jamais eus. Quant à protéger qui que ce soit, ce n'est pas son affaire. Il se protège lui-même et dans ce palais qui bruisse de toutes les ambitions et de toutes les haines, c'est déjà beaucoup. Décidément, ce Premier consul est d'une puérilité confondante. Pourtant, Fouché se tait. Il s'incline. Puisque M. le citoyen Premier consul veut des noms, il fera comme il plaira à M. le citoyen Premier consul.

Ça ne lui coûte rien. Le ministre de la police ne renâcle pas à la trahison. Il nage depuis trop longtemps dans toutes les forfaitures pour s'en émouvoir. Il veut seulement conserver son poste. Il sait que ses ennemis sont nombreux, qu'on a conseillé à Bonaparte de renvoyer le « ministre maudit ». Il paraît que Talleyrand a même suggéré de le faire arrêter et fusiller dans les vingt-quatre heures. Ça ne l'étonne pas. Il ricane. Vingt-quatre heures… c'est plus qu'il n'en faut pour établir la liste des suspects. Il y a autre chose. Fouché, comme tous les besogneux que la fortune a hissés au pouvoir, n'aime pas le gaspillage. Or l'hôtel de la police générale est un dédale de corridors sans fin où s'entassent des lettres de dénonciation signées d'ex-duchesses, de maîtresses, de domestiques, de croupiers, de filles publiques, de concierges, d'anciens prêtres… Le mal qu'ils se sont donné… Ce sera l'occasion de mettre à profit toutes ces informations. De donner suite à ces aimables missives patriotes : « *Je regarde comme un devoir de vous informer…* », « *Vous me rendrez justice, monsieur le ministre, en considérant que je ne fais que mon devoir* », « *Vous êtes vous-même d'une trop grande moralité, monsieur, pour ne pas considérer que je partage votre zèle en vous livrant le nom de…* », etc. Les noms ne manquent pas. Il est grand temps de curer les égouts de l'hôtel de police. La liste sera demain sur le bureau du Premier consul. Bonaparte, avec cet esprit sans nuance des militaires, aime les chiffres ronds. Il a demandé cent noms. Fouché est un ministre zélé, il ne s'interdit pas d'aller au-delà. Et pour ne pas perdre de temps, il va commencer par faire un peu de ménage à la prison du Temple où dorment depuis le 18 vendémiaire les conjurés de la conspiration des poignards, des jacobins fanatiques, dont on ne savait plus quoi faire, attendu qu'on manquait de preuves pour les faire guillotiner. Ceux-là bénéficieront de la vague générale de répression. Fouché vérifie dans ses papiers. Il y a là-bas deux Italiens, un Corse, un ancien du Comité de salut public. Et un peintre, Topino-Lebrun. Fouché entoure son nom. C'est bien de commencer par un artiste, ça marque tout de suite les esprits. Enfin, ceux des autres car lui, personnellement, n'entend rien à la peinture.

20.

La peinture, c'est David qui la lui a enseignée. Avant de le rencontrer, Topino-Lebrun n'était qu'un obscur barbouilleur venu de Marseille, avec son accent, ses culottes trouées et ses rêves de gloire. David lui a tout appris. À Rome, où ils se sont connus. À Paris, où il l'a invité à suivre ses cours dans son atelier. Pendant quatre ans, Topino-Lebrun a tenté de reproduire ses gestes, d'imiter son style. Il a guetté l'approbation dans les yeux du maître. Il l'a attendue avidement. Il l'a devinée, parfois. Un jour, David lui a proposé de devenir juré du tribunal révolutionnaire. C'était la marque de sa confiance la plus absolue, la récompense suprême. Il a accepté avec enthousiasme. Pour lui complaire mais aussi par conviction personnelle. Il a toujours été un patriote, un vrai, monté sur le char de la Révolution à ses commencements. À l'atelier, on l'enviait, on le raillait de cette préférence trop marquée du maître. Certains jaloux disaient que la politique était le tombeau de l'art. Qu'il ne ferait jamais rien de bon s'il trempait ses pinceaux dans cette tambouille infecte. Il haussait les épaules. Comment aurait-il pu les croire, lui qui voyait David siéger le jour et peindre la nuit ? Depuis qu'il était député à la Convention, le maître peignait comme jamais auparavant. Son art s'était gonflé d'une sève révolutionnaire qui irriguait son talent et crevait sur la toile en éclats de génie. Topino rêvait d'un destin identique. Il prendrait les pinceaux comme on prend les armes, pour défendre la république, parfaitement. Il deviendrait comme lui. La vérité, c'est que ces années passées au Tribunal révolutionnaire ont tari son talent. Trop d'agitation, trop de trahisons, de parjures, d'iniquités. Quand tout a été fini et qu'il est rentré dans son atelier, il était si écœuré que la seule vue de son chevalet lui harassait l'âme. Il a tenté de s'y remettre. Des esquisses, des projets de tableaux grandioses, un peu pompeux, le siège de Lacédémone, la mort de Caius Gracchus, des sujets qui auraient plu à David. Mais c'était sans plaisir, sans envie. Peut-être que pour créer, il faut un fond d'idéal, une vague croyance en l'homme. L'aventure politique avait saccagé la sienne.

Dans sa cellule, où il attend son procès depuis trois mois, Topino pense toujours à David. C'est en lui qu'il place ses espoirs de salut. Le maître, ancien Robespierriste, a renoncé à la république depuis qu'il a rencontré Bonaparte. Il ne jure que par le général corse qu'il appelle devant ses élèves son « héros ». Ce retournement a désespéré Topino. Était-ce possible que le défenseur de la république, le président du Club des

Jacobins, le député de la Convention ferme les yeux sur le coup d'État du 18 brumaire ? Il lui a fallu se rendre à l'évidence : non seulement David avait tourné le dos à ses idéaux révolutionnaires mais encore il mettait son immense talent au service de ce nabot corse, ce fossoyeur de la république. Il en a fait le premier portrait officiel, en pied et grandeur nature, ce *Bonaparte franchissant le Grand-Saint-Bernard*, dans son costume de Premier consul. Cheval fougueux qui se cabre, regard calme et puissant, geste de commandement, visage juvénile… le cœur de Topino s'est soulevé devant cette mise en scène antique, la flatterie obscène de ces inscriptions sur la roche « Hannibal, Charlemagne, Bonaparte, Imperator » : tant de bassesse courtisane chez l'homme qu'il admirait le plus, c'était à pleurer. Il aurait bien pleuré, en effet, s'il n'avait senti sur lui le regard de David. Il s'est contenté de hocher la tête, soulignant la beauté de la composition, les couleurs, le mouvement… des banalités, les seules qu'il pût formuler sans réfléchir tandis qu'il maudissait intérieurement le talent qui conférait au tyran une grandeur usurpée. Il a serré les dents. Il était écœuré mais lucide. Le tableau avait de quoi séduire les Français, tellement étourdis par la grande roue des régimes politiques qu'ils succomberaient sans résistance à l'homme qui commande aux Alpes de s'entrouvrir pour le laisser passer. Paraît que le cheval qui se cabre, c'est une allégorie de la France, que le Premier consul maîtrise d'une main ferme… Possible. Après avoir eu les oreilles saturées du mot « liberté », les Français sont capables d'embrasser la tyrannie. Il y a des hommes qui aiment être asservis. Lui aurait voulu un État sans maître, sans propriété, sans autre ordre que celui, naturel, que s'imposeraient les citoyens. Il avait des rêves très grands où la liberté s'engouffrait de toutes parts. Et maintenant il est là, sur le sol humide de sa cellule, à compter les barreaux qui ferment sa fenêtre et découpent en tranches égales la lumière d'un jour pâle.

On dit que le tableau a plu au Premier consul. Qu'il en a commandé d'autres pour faire des cadeaux aux cours étrangères. Et des reproductions, des miniatures à diffuser dans tout le pays, sur les vases, les étoffes, les pendules, les papiers peints… Sur son grabat, Topino se retourne. Lui aussi voit le portrait équestre de Bonaparte partout : dans une tache d'humidité du mur. Sur les draps jaunis. Au fond de sa gamelle que la graisse du bouillon irise. Le Premier consul le surveille avec son geste puissant et son regard impérieux. Pourvu que David puisse le faire fléchir… Topino a écrit plusieurs lettres à son maître pour le supplier d'intervenir. De convaincre Bonaparte qu'il n'a jamais participé à cette conjuration des poignards. Que ses réunions avec les accusés Arena, Ceracchi et Demerville étaient d'ordre purement artistique. Qu'il n'a jamais eu l'intention d'assassiner le Premier consul. Qu'il n'a pas distribué d'armes à ses complices pour qu'ils poignardent Bonaparte le 10 octobre au soir, pendant le deuxième acte des *Horaces* à l'Opéra. Qu'il n'a jamais eu d'autres ambitions que de laisser une œuvre. David le sait bien.

Mais David ne répond pas.

Topino tente de se raisonner. Pas de réponse, ça ne veut rien dire. David est un homme discret. Il ne veut pas que ses démarches soient connues. Il travaille dans l'ombre. Il en glissera un mot au Premier consul à la prochaine occasion, lorsqu'il lui montrera la nouvelle version de son portrait équestre. L'autre dira : « J'en parlerai à Fouché. » Fouché en parlera à Bertrand, Bertrand au gardien du Temple, et le gardien ordonnera sa libération. On viendra le chercher, on lui dira « tu es libre, ordre du citoyen Premier consul Bonaparte », il aimera cet ordre, ce titre et jusqu'à ce nom de Bonaparte. Il quittera sa cellule sans se retourner, un peu hagard, un peu étourdi, il se cognera aux murs, il titubera, il traversera le jardin, passera devant les guichets, franchira la grosse porte cochère, il courra dans les rues au hasard, en offrant son visage au soleil, au souffle du vent, comme un homme qui se noie et reprend de l'air lorsqu'on le hisse hors de l'eau. Qu'est-ce qu'il fera ensuite ? Où est-ce qu'il ira ? Il se voit rentrer dans son atelier, il sent l'odeur de l'huile et du vernis séché, il s'emplit les poumons de térébenthine, la tête lui tourne un peu… Il reprend ses pinceaux et ses bocaux de pigments. Au fond, il n'a jamais été un politique, ni un juré, ni un conspirateur, il est un artiste. « Tu es libre. » Le prisonnier porte sa main sur sa poitrine. Son cœur s'emballe. Maintenant qu'il est privé de ses pinceaux, il a des idées de sujets. Des tonnes d'idées. Plus de scènes antiques, de serments, de batailles. Il va abandonner ce *Siège de Lacédémone* sur lequel il peine depuis trop longtemps. Derrière ses paupières closes, il voit des collines sous le ciel de Provence. Un port. Des voiles. Des femmes nues. Des soleils. Il faudra des nouvelles toiles. Plein. Et retrouver cette fille aux yeux vairons qu'il a aimée entre deux procès, du temps où il était juré, et dont il fera son modèle. Ou sa femme, éventuellement.

— Citoyen Topino-Lebrun !

Il se redresse d'un coup. Dans son délire, il n'a pas entendu le pas des gardes, ni le cliquetis des clefs. La porte s'ouvre dans un grincement.

— Tu as ordre de nous suivre.

Topino presse sa main devant sa bouche pour retenir un cri. Libéré ! Enfin ! Ses lèvres tremblent. Ses jambes le soutiennent à peine tandis qu'il passe le seuil de sa cellule. Il savait que David ne l'abandonnerait pas. Il y a la politique, il y a l'Histoire, mais sous ces lames de fond qui les submergent il y a les hommes, leurs vieilles fidélités, leurs amitiés intactes.

Un gardien passe les menottes aux poignets du peintre.

— Tu es appelé à comparaître. Ton procès s'ouvre dans une heure. Tentative d'assassinat sur la personne du Premier consul.

— Autant dire que tu es un homme mort, ajoute l'autre.

21.

Il n'est pas mort. Dans la rivière, Joseph de Limoëlan a retrouvé les gestes qu'il faisait quand il était gamin dans les douves du château pour échapper aux carpes qui lui mordaient les pieds dans la vase, tandis que ses sœurs riaient sur les berges boueuses. Sans savoir comment, il a sorti sa tête de l'eau et s'est agrippé au quai Voltaire. Ses mains glissent sur les pierres salies par la bavure des égouts, mais ses doigts ont trouvé des cavités où s'accrocher. Cependant, la Seine va toujours, entraînant ses jambes dans le courant glacial. Il éprouve la douce séduction de ce mouvement, cette tentation de cesser la lutte. C'est si nouveau pour lui d'aller dans le sens du fleuve quand, pendant des années, il a nagé à contre-courant : contre la Révolution, contre la constitution civile du clergé, contre la république, contre le Directoire, contre le Consulat, contre, contre… C'est un pli qu'on finit par prendre. La vanité de ses combats lui apparaît nettement à présent. Il est comme un homme qui croyait tenir un glaive et sent son arme tomber en poussière entre ses mains. Tout devient clair, c'est-à-dire que tout devient sombre. Est-ce là un effet de cette lucidité qui, dit-on, précède la mort ?

Une voix crie au loin, une barque fend les eaux. Il s'imagine un instant qu'on vient le chercher, il pense au nautonier de la mythologie, Charon, le Styx, des notions lointaines de cours de latin quand il était élève au collège de Rennes. Mais ces images-là ne sont pas compatibles avec les sermons de l'oncle Clorivière, les peintures de la chapelle, ce paradis moelleux plein d'angelots et de nuages. Il donnerait cher maintenant pour Le voir, ce Christ sauveur dont l'oncle jésuite lui parlait. Celui-là n'a pas besoin de barque, Il marche sur les eaux et calme les tempêtes. La barque se rapproche. On vient le chercher. Il plonge sa tête sous l'eau. Elle pénètre ses narines, ses oreilles. Il essaie de calculer, très vite, la chute des corps, le coefficient d'accélération de la chute des corps, la gravité, le principe d'immersion. Son esprit est plein d'algues qui s'emmêlent. Cette fois, c'est sûr, c'est la mort. Il sent pourtant toujours l'eau, la pierre, le froid…

On l'appelle, des cris entrecoupés par le bruit des rames sur les flots. Qui est-ce ? D'autres souvenirs en vrac, *L'Enfer* de Dante, Virgile dans sa barque qui passe le cinquième cercle. Celui des coléreux et des moroses, ombres gémissantes condamnées à se frapper et à se mordre dans les eaux fangeuses du fleuve. Une frayeur le saisit. Est-ce qu'il en est ? Il veut se défendre. Oui, c'est vrai, il était plein de colère, mais il n'en reste rien. Sa rage s'est subitement effondrée avec la détonation, laissant place à la stupeur. Les cris se rapprochent, Joseph ne répond pas – et d'ailleurs, à qui ? Les rames ont cessé de battre les flots, la barque s'éloigne. Il soupire. Il demeure immobile, les doigts plantés dans les pierres de la rive, les pieds ballants au-dessus des noyés de la Seine. Il craint, en bougeant, de basculer dans sa fureur d'avant, de réveiller le tumulte de son cœur, ou bien de verser dans le désespoir. Une torpeur le gagne. Il va s'endormir. Une heure, deux heures. Ses jambes s'engourdissent. Il ne sent plus le froid. Il ne sait pas ce qu'il attend au juste. Une transformation, une métamorphose. Ne jamais redevenir semblable à ce qu'il était. Être sauvé du dégoût de lui-même, de sa lassitude, de son impuissance. Du néant de sa vie.

Au milieu de ses pensées anesthésiées se déploie une image obsédante, celle de l'enfant à la jument qui le fixe de ses yeux sombres. Il voudrait lui demander pardon mais l'eau emplit sa bouche d'un goût de vase et d'égout. Pardonne-moi, petite fille. Ses paroles crèvent à la surface de l'eau en bulles verdâtres. Pardonne-moi. Mais tandis qu'il tend les bras vers elle, elle s'échappe en secouant la tête comme devant un fantôme ou une créature diabolique dont on ne peut rien accepter sans être damné à son tour.

Et soudain un autre visage surgit des profondeurs du fleuve, un visage sale et tuméfié, dont les cheveux pouilleux arrachés par poignées laissent voir de grandes plaques écailleuses. L'enfant le fixe de ses yeux emplis de misère et Joseph reconnaît avec effroi l'enfant du Temple, le petit Louis XVII. Leurs visages se confondent, celui de Louis et celui de Marianne. Ce sont deux visages et ce n'en est qu'un seul, celui de l'innocence sacrifiée aux jeux des adultes. Nouvelle flambée de douleur dans sa poitrine. Il se sent le complice de tous les tortionnaires d'enfants, du cordonnier Simon, d'Hébert, de tous ceux qui ont abandonné le dauphin dans sa cellule, des gardes qui chaque jour ont glissé une assiette sous la porte sans lui parler, sans le voir, lui et ses genoux gonflés d'œdèmes, sa peau mangée par la vermine, ses cheveux colonisés par les poux. Oui, ils sont liés, indéfectiblement, ceux qui ont associé des enfants à des haines dont ils ignoraient tout. Sont-ils même dignes de damnation ? Il cherche chez Dante : est-ce qu'il y a un cercle spécial, en enfer, pour les bourreaux d'enfants ? Est-ce qu'il existe pour eux une possible rédemption ?

Soudain, il y a ce mouvement en lui, un mouvement organique, qui vient de très loin, peut-être de ses blessures, peut-être de ses défaites, de son dévouement découragé, et, plus loin encore, de l'orgueil de sa race, la vieille noblesse tapie sous les alluvions de ses erreurs, l'honneur inflexible d'un gentilhomme devenu brigand. Une force l'exhausse au-dessus de lui-même, il se hisse sur le quai et c'est comme s'il sortait d'un baptistère, trempé mais sauvé. Il regarde ses mains, son corps qui ruisselle, la chemise blanche qui colle à sa peau. C'est toujours lui et pourtant ce n'est plus lui.

22.

Fouché referme la porte de son bureau. Il a besoin de calme pour dresser sa liste des suspects. C'est incroyable comme ils obéissent à sa plume, tous ces indociles. Comme ils viennent se ranger sur la feuille blanche, eux qui renâclent à rentrer dans les rangs du Consulat parce que, depuis 1789, ils n'ont pas désappris à dire non. Il alterne les anonymes avec des patronymes de députés, de généraux. De connaissances, aussi. Charles de Hesse, Rossignol, Lepeltier, il les a fréquentés pendant la Terreur. Rossignol, surtout. Ils ont des souvenirs communs, quelques affaires, des cadavres sur lesquels ils ont marché ensemble. Pour les inconnus, il se fie entièrement à ses mouchards qui certifient les avoir entendu conspirer contre Bonaparte, participer à des réunions secrètes, réciter des pamphlets contre le Premier consul. Certains étayent leurs propos d'exemples précis, d'autres sont plus vagues. Quand l'accusation est vraiment trop floue, parce que le mouchard écrit mal ou parce qu'il était saoul, ou bien parce qu'il voulait seulement se débarrasser d'un voisin gênant, Fouché inscrit « septembriseur ». « Septembriseur », comme on nomme ceux qui ont participé aux massacres de Septembre 1792 il y a huit ans. C'est un mot pratique, pratique et infâmant. En réalité, des septembriseurs, des vrais, il n'y en a pas eu tant que ça. Cent, cent cinquante types ont suffi à massacrer en une semaine quelque mille prisonniers. La plupart ont disparu depuis. Fouché le sait. Mais il a besoin de noms. Alors il augmente la liste des égorgeurs des simples spectateurs, des curieux, des passifs, ceux qui ont regardé et peut-être applaudi.

Le Bottin jacobin prend forme. Certains n'ont qu'un nom mais la plupart des délateurs sont assez dévoués pour préciser une adresse, parfois une profession. C'est fou ce que l'opposition jacobine brasse de métiers et de fortunes. On croise des instituteurs, des limonadiers, des cordonniers… Un ferblantier, un imprimeur, un concierge, un fleuriste, un marchand de tabac, un autre de peaux de lapin. Vrai, ça va faire une jolie colonie sous les tropiques, quand ils débarqueront là-bas, aux Seychelles ou aux Comores – Fouché ne sait pas encore. En Guyane, peut-être. Loin en tout cas. Il songe à ces destinations inconnues et c'est comme s'il les projetait hors du globe en les poussant hors de France. Il les imagine dans leurs cahuttes de paille construites sur le sable, sous un soleil de plomb, dans la pâleur frémissante des tamariniers. Ah ils auront chaud, les ébénistes, les imprimeurs, les marchands de graines, de faïences et de fleurs ! Certains, sans doute, devront se reconvertir.

Comme le gantier-fourreur ou le perruquier pour dames. Et celui-ci : Nicolas Serpolet, dit « Lyonnais », fabriquant de bas. Ou encore Étienne Michel, né à Cluny, parfumeur et fabricant de « rouge végétal ». Pas sûr que ce soit très utile, le rouge végétal, ou les bas, sur une île brûlante où les femmes vivent à moitié nues, dit-on… Fouché hausse les épaules. Ça ne le concerne pas. Du reste, ils seront sans doute morts avant d'arriver. C'est loin, les Seychelles.

Des voix arrachent le ministre à sa besogne. Il se retourne, lève un coin du rideau. Dehors, les hommes défilent toujours devant le puzzle du cheval. L'un d'eux s'approche du cadavre et parle avec le préfet de police. Fouché ouvre la fenêtre, tend l'oreille. L'homme s'appelle Lambel, il est marchand grainetier, il a reconnu la jument dépecée. C'est celle qu'il a vendue pour deux cents francs le 17 décembre dernier.

— Vendue ? À qui ?

— Est-ce que je sais, moi ? L'homme n'a pas donné son nom ! Je sais seulement qu'il était marchand forain. Il avait besoin d'une charrette pour aller à Laval vendre de la cassonade et rapporter des toiles.

— À quoi ressemblait-il ?

L'homme brosse un portrait rapide en faisant de grands gestes : âgé de quarante à quarante-cinq ans, haut comme ça, cinq pieds deux pouces au bas mot, épaules rentrées, cheveux bruns à la Titus, blouse bleue de maquignon en gros drap, et surtout une balafre, large comme le pouce, longue comme l'index, sur l'œil gauche, horrible à voir.

Fouché referme la fenêtre. Sourire énigmatique des lèvres décolorées. Bien, bien… Il tient le bon bout. Maintenant, il suffit de tirer sur le fil où tout s'enchaîne, où tout est lié, par la prodigieuse prévisibilité des hommes. Il reprend sa liste. Elle ne sert plus à rien, naturellement, mais Fouché n'est pas homme à interrompre une affaire engagée. On fera comme a dit le Premier consul, on déportera les jacobins. On s'occupera des royalistes après. Un coup à droite, un coup à gauche. On frappe à la porte. Allons bon, que se passe-t-il encore ? C'est Bertrand, le chef de la division politique, une sorte de monstre, énorme, borgne et boiteux, qu'on croirait sorti d'une légende rhénane. Il pénètre dans le bureau, suivi d'un homme bien mis – cravate blanche, redingote sombre, fines bésicles, canne d'ivoire –, visiblement impressionné de pénétrer dans l'antre du ministre.

— Pardonnez-moi si je vous importune, monsieur le Premier ministre, mais cet homme est venu faire une déposition et il m'a semblé que celle-ci était de nature à vous intéresser.

Fouché lève un sourcil, voyons ça. Bertrand pousse l'homme devant le bureau, l'invite d'un coup de menton à se présenter.

— Citoyen Pierre Vigier, baigneur-étuviste. Je tiens l'établissement flottant appelé Bains Vigier, sous le pont National, monsieur le citoyen Premier ministre.

Il raconte ensuite : l'obscurité, la chute de l'homme, les efforts pour le retrouver, la barque, le silence. Fouché écoute, les mains jointes.

— Et vous n'avez rien trouvé ? Personne ?

— Personne monsieur le citoyen Premier ministre. Mais au matin, mon employé, Charles Mégerie, a découvert ceci.

Il ouvre un sac de cuir et en sort une blouse de maquignon. Bleue, en gros drap de coton.

Elle flottait à la surface de l'eau. L'homme l'aura jetée avant de se précipiter.

Fouché l'examine. Hum, hum… Une ombre passe dans ses yeux. Une expression lui vient, qu'il déteste : « Se faire justice soi-même. » Le comble de l'anarchie. Il secoue la tête. Est-ce qu'après avoir assassiné une enfant la nuit de Noël, le terroriste se serait suicidé ? Décidément, songe cet ancien moine qui a gagné ses galons en déchristianisant la Nièvre et le Lyonnais, les catholiques de ce pays ne sont plus ce qu'ils étaient. Il ne sait pas très bien s'il doit s'en réjouir ou regretter de perdre des ennemis si dignes de lui.

23.

C'est rare, mais il arrive que Fouché se trompe. Le corps de Limoëlan n'est pas au fond de la Seine. Il est au bord.

Il se réveille aux premières lueurs de l'aube. Un vent froid sèche le pavé. Il tremble. Sa tête lui fait mal, sa vue est brouillée. Il se frotte les yeux. Une fille est à genoux sur le quai, elle brosse énergiquement ses ongles dans une flaque d'eau. Elle relève la tête et le regarde fixement, les joues barrées de cheveux noirs, les yeux ombrés de cernes bistre, la bouche très rouge. Elle se redresse brusquement et, dans un réflexe, porte la main à son corsage où se cache le salaire de ses passes. Joseph la dévisage. Salaire de misère, vie de misère : on n'est pas encore au paradis. Il est vivant et c'est le monde réel, sa poisseuse tristesse qui lui saute à la gorge, avec cette gamine des rues plantée devant lui, le jupon relevé, prête, malgré sa lassitude à elle et ses défroques à lui, à rallonger sa nuit pour quelques pièces de plus.

Il s'ébroue et se met en marche sous un ciel de cendre. Il appuie sa main contre les façades grises, croise des enfants qui jouent avec un chien abandonné. À son passage, un gamin le suit, contrefait sa démarche pour faire rire les autres – sac-à-vin, pochtron, ivrogne ! Il accueille ces insultes avec douceur. Ivrogne, ce n'est rien par rapport à son crime. D'ailleurs, ils n'ont pas tout à fait tort. Il était ivre de haine et de vengeance avant de plonger dans la Seine comme dans l'eau du Jourdain. Il n'y est pas resté. Son heure n'est donc pas encore venue. Il hésite à mettre des mots sur cette remontée des eaux – *pardon, salut, rédemption* sont des termes trop solennels et trop propres pour s'accorder avec ce qu'il sent au fond de lui, ces gravats, les décombres de son âme en friche. Et le visage de l'enfant, toujours planté en lui, la petite fille à la charrette, qui le fait souffrir doucement, sans à-coups. C'est comme un cilice intérieur, invisible, dont les pointes de fer ramènent son esprit vers Dieu, sa douce miséricorde qui l'a renvoyé dans le monde – mais pour quoi faire ? Et pour combien de temps ?

Sur le quai Voltaire, il croise un groupe de muscadins qui se rendent aux bains flottants, parlant haut, riant fort, après une nuit de réjouissances. L'éclat de leurs voix réveille le souvenir de la veille, le tumulte du café Apollon, les lanternes bariolées… Apparemment l'heure est toujours à la fête… Soudain Joseph s'immobilise sous le coup d'une pensée folle. Est-ce que l'attentat aurait réussi ? Est-ce que

Bonaparte serait mort ? Il n'y a même pas pensé ! Avec l'explosion de l'enfant, la culpabilité s'est inscrite en lui comme une tache d'encre sur un buvard, elle a absorbé tout le reste. Pour un peu, il en aurait oublié les motifs de son crime. Mais les muscadins, avec leur gaieté tapageuse, font surgir cette possibilité : le succès de l'attentat, la fin de l'usurpateur (ce sont les mots d'avant : usurpateur, tyran, mais il n'en connaît pas d'autres, son lexique est celui des insoumis). Un instant, Joseph met leur air réjoui sur le compte de cette nouvelle. Ils ont fêté ça.

Un gouffre divise sa conscience. S'il a échoué, il est un criminel. S'il a réussi, il est un héros. On le louera, on lui rendra les honneurs, il partagera la gloire du Roi qu'il aura rétabli sur le trône. La petite fille à la jument ne sera plus qu'une victime nécessaire, sacrifiée pour un plus grand bien. Cette idée lui vrille le cœur. Il ne veut plus être dupe du langage dont les hommes maquillent les crimes. Depuis sa plongée baptismale dans les eaux fangeuses de la Seine, il sait. Le monde pourra le couvrir d'un autre nom, son crime sera toujours un crime. Il serre les poings, secoue la tête. Il ne veut pas avoir réussi. Il faut qu'il ait échoué pour que lui soit refusé toute consolation. Pour qu'il souffre doublement. Pour que la honte s'attache à sa faute.

Les muscadins, eux, doivent évaluer leurs avantages : la restitution de leur fortune, de leurs titres, les places qu'ils pourront briguer, celles qui leur reviennent *de toute éternité*. On va enfin retrouver le monde d'avant. Ils ne savent pas ce que ça aura coûté.

Ils ignorent, le prix de la fidélité. Pas celle qu'on jure avant de déguerpir de l'autre côté de la frontière. L'autre. La fidélité absolue, malgré tout, presque malgré soi. Celle qui s'inscrit dans votre chair comme un tatouage indélébile parce qu'un jour un ancêtre en armure a juré sous son heaume à un Roi mérovingien qu'il le servirait toujours, et après lui son fils, et le fils de son fils.

Il pleut sur le quai Voltaire où Joseph suit les muscadins. Il lui faut savoir. Il tend l'oreille mais aucun des mots échangés entre les noceurs ne le renseigne sur l'issue de l'attentat. Ils parlent d'alcool, d'amour… Ils entonnent des couplets de chansons libertines, lâchent quelques saillies un peu lestes. Tandis qu'ils pénètrent dans les cabines, lui demeure sur le pont, immobile, incapable de partir, incapable de rester, un peu tordu, comme un point d'interrogation face au spectacle incompréhensible de la désinvolture.

Un homme apporte des seaux d'eau qui fument dans l'air vif du petit matin.

— Reste pas là, citoyen ! Tu veux te faire ébouillanter ?

C'est Charles Mégerie, l'employé des bains flottant. Limoëlan s'efface. L'homme le dévisage en passant. Son allure doit être bien misérable pour que l'homme lui dise aussitôt, avec l'autorité d'une gouvernante à un gamin sale :

— Il reste des cabines sur le deuxième ponton. Au fond, à droite !

Joseph secoue la tête.

— Vous êtes le propriétaire des bains ?

— Ah non, pas le propriétaire, citoyen, l'employé ! Le patron, c'est m'sieur Vigier ! Mais si vous le cherchez il n'est pas là, il s'est rendu à l'hôtel de police pour faire une déposition, rapport à l'explosion de cette nuit…

Son cœur s'emballe.

— Justement… Je voulais savoir… cette explosion, vous l'avez entendue ?

C'est un peu suspect, peut-être, cette curiosité, mais Joseph devine en Charles Mégerie un de ces Parisiens toujours à l'affût, trop heureux de montrer ce qu'il sait pour se refuser le plaisir d'en apprendre aux badauds. L'autre se récrie :

— Un peu, oui ! L'attentat s'est déroulé rue Saint-Nicaise, c'est à deux pas d'ici. Paraît que les coupables avaient planqué de l'explosif dans une carriole, *la Machine infernale*, qu'ils ont appelé ça dans les journaux. Un carnage ! Des morts par dizaines, des baraques effondrées, des centaines de blessés… Un coup des jacobins ! Maudits soient-ils ! Mais ces salauds-là ont raté leur coup ! Le Premier consul est toujours vivant et c'est heureux si on veut remettre un peu d'ordre dans ce pays. En voilà un qui va nous débarrasser de la lie des septembriseurs, la queue de Robespierre !

Dans son enthousiasme, il s'agite et laisse tomber un paquet d'eau bouillante sur la jambe gauche de Joseph. Il ne sent rien, absolument rien. Il serait presque soulagé, si ce mot avait encore un sens. Mais il sait que ces mots, « soulagement », « paix », « joie », n'existent plus pour lui, qu'ils sont exclus du monde où il a pénétré cette nuit.

— Ce Bonaparte, c'est le Ciel qui nous l'envoie, continue l'autre. C'est un homme comme lui qu'il nous fallait, pas vrai, citoyen ?

Le porteur d'eau cherche son approbation mais lui demeure stupide, hébété. Un muscadin débraillé les bouscule en riant. Il s'engouffre dans une cabine où une fille à demi nue l'attend. Charles Mégerie le suit.

— Maintenant si vous le voulez bien… J'ai du travail.

24.

Du travail, le docteur Basile Collin n'en manque pas. À l'aube du 4 nivôse, il rentre chez lui, fatigué et un peu étourdi, heureux pourtant. L'aube se lève, des lueurs roses marbrent le ciel gris, les lanternes s'éteignent une à une. La citoyenne Leguilloux attend le docteur sur le pas de sa porte depuis une heure. Un docteur qui rentre à l'aube avec cet air béat, ça ne lui inspire pas confiance. On se demande bien ce qu'il a fait de sa nuit. Mais enfin, le citoyen a été extrêmement clair : pour soigner M. de Saint-Réjant, il fallait le docteur Collin et personne d'autre. Ma foi, la citoyenne Leguilloux n'est pas du genre à poser des questions, elle fait ce qu'on lui demande. Si le citoyen veut le docteur Collin, elle ira chercher le docteur Collin. C'est une logeuse, pas une espionne. Et d'ailleurs son locataire était tellement mal en point qu'elle n'avait pas le cœur à le contredire.

— Comment ça, mal en point ?

— Comme je vous le dis, docteur. Je l'ai vu rentrer à l'aube. Il titubait, mais ce n'était point l'effet du vin, je m'y connais ! Il est passé devant moi sans un mot, comme un fantôme. On aurait dit qu'il avait perdu la vue et la parole.

— Et c'est lui qui vous a envoyé me chercher ?

— Non point, citoyen. C'est un ami à lui, qui est arrivé peu de temps après. Un drôle de type avec un air halluciné et des vêtements mouillés qui sentaient la vase. Je lui ai demandé ce qu'avait le citoyen Saint-Réjant, il m'a répondu qu'il avait fait une chute sur la chaussée et qu'un cheval lui avait marché sur le corps. Il m'a dit d'aller quérir le docteur Collin rue de Seine pendant qu'il allait chercher un confesseur. Il faut venir, docteur. Il est très mal, il crache du sang.

Basile Collin est embarrassé d'être ainsi sollicité. Il avait d'autres projets pour la matinée. Bien sûr, il connaît M. de Saint-Réjant et ne peut pas refuser. Son frère a chouanné avec lui dans les forêts bretonnes. C'est pour ça qu'il est régulièrement appelé par ces Messieurs lorsqu'ils ont besoin de soins. On connaît sa discrétion et ses idées, on mise sur une complicité tacite. On n'a pas tort d'ailleurs, car Basile Collin, Breton de naissance, est acquis à la cause royaliste. Mais il commence à trouver que la chose dure. Qu'il serait temps de poser les armes. Et que le Premier consul, on a beau dire, n'est pas si mal après tout. On murmure même qu'il pourrait rétablir le Roi sur le trône et devenir son grand chambellan. Ma foi, pourquoi pas, si ça peut ramener l'ordre et la prospérité en France… Au fond, Basile Collin ne s'y entend guère en politique, il a d'autres chats à fouetter.

S'il rentre chez lui à l'aube, c'est qu'il suit les cours nocturnes d'accouchement dispensés par le docteur Delbart, rue de la Huchette. La chose ne se fait pas sans provoquer les sarcasmes de ses amis carabins qui considèrent que l'accouchement est d'abord une affaire de bonnes femmes. Mais Basile Collin ne se laisse pas décourager. Depuis toujours, il éprouve une fascination pour la naissance, les premiers frémissements, cette vie vierge, pleine de promesses, que rien n'a encore entamée.

— Alors, vous venez ou vous ne venez point ?

— Où se trouve le malade ?

— Rue des Prouvaires. Ce n'est pas loin, ajoute-t-elle avec un geste vague vers son quartier.

— Je viens, naturellement… Une minute et je suis à vous.

Il a dit ça, mais on voit bien qu'il n'est pas tellement pressé. Sous prétexte de se rafraîchir, il disparaît dans sa chambre, fait quelques ablutions, se recoiffe, change de chemise. La femme Leguilloux soupire. À ce rythme-là, son locataire aura eu le temps de mourir dix fois. Ce n'est pas qu'elle tienne tant que cela à lui mais enfin, un cadavre dans une maison honnête, ça fait toujours désordre. Déjà, elle n'était pas à son aise quand l'ami de Saint-Réjant, l'homme qui sentait la vase, a déclaré qu'il irait chercher un prêtre pendant qu'elle allait quérir le médecin. Elle n'a rien contre les prêtres mais elle ne veut pas d'histoires…

Dans les rues qui mènent au logis où attend le mourant, Simone Leguilloux se presse. Derrière elle, le docteur Collin avance d'un pas dolent, l'air ailleurs. Il se remémore la leçon de la nuit afin de ne rien en perdre. Par professionnalisme, mais aussi pour une autre raison, moins avouable. Depuis que sa maîtresse, la belle et sage Élise Vigier, est enceinte, il espère être appelé pour la naissance prochaine. Hypothèse probable, au vu de la confiance que lui accorde le mari, baigneur-étuviste de son état. Pierre Vigier le fait venir régulièrement dans son hôtel quai Voltaire pour son propre compte. Basile Collin a su se rendre indispensable en diagnostiquant chez cet entrepreneur à qui tout réussit une peur farouche de la syphilis – peur qui ne l'empêche pas de fréquenter les prostituées du palais Égalité, ainsi qu'on joue avec le feu pour éprouver le plaisir de ne s'y être pas brûlé. Une rougeur, une fièvre, un peu d'anémie : le baigneur-étuviste s'alarme facilement. Basile Collin ausculte et rassure.

Il a aussi rassuré son épouse, quand celle-ci pleurait sur les infidélités de son mari aux premiers mois de leur mariage. Il l'a consolée, ému par ce chagrin candide, ces déconvenues de jeune mariée élevée au couvent, ignorant tout des choses du sexe. Il lui a expliqué le mécanisme du désir chez l'homme et, en bon pédagogue, joignant les gestes à la parole, lui en a démontré le caractère impérieux. Il a fallu la rassurer encore quand elle a découvert qu'elle était enceinte et qu'elle s'est inquiétée de mettre au monde un enfant qui ne ressemblerait guère au père. Maintenant, Élise Vigier, distraite, tient le médecin à distance. Elle s'est repliée sur elle-même, attentive seulement à cette vie nouvelle qui la déforme et l'alanguit. Les hommes lui sont devenus indifférents. Même le médecin est de trop, elle assure qu'elle n'a besoin de personne, merci mon ami.

Basile Collin en conçoit un peu de dépit. Bien sûr, il ne lui viendrait pas à l'idée de réclamer l'enfant. Il aime trop sa liberté et d'ailleurs, il n'a pas d'argent. L'enfant sera élevé par le baigneur qui a trop d'amour-propre pour soupçonner qu'un autre puisse en être le père. On lui donnera une nourrice, puis un précepteur, de beaux habits, de l'éducation. Mais Collin aimerait quand même le voir, ce fils. Il y songe dans ses nuits sans sommeil, accoudé à la lucarne de sa chambre, rue de Seine. C'est là que l'idée lui est venue, simple et lumineuse. Il va accoucher sa maîtresse. Il ne donnera peut-être pas son nom à l'enfant mais il lui donnera la vie. Il sera le premier à le tenir dans ses bras. C'est dans cette perspective qu'il s'est inscrit aux cours du docteur Delbart. Depuis, il se rend tous les soirs rue de la Huchette pour être initié aux mystères de la naissance.

Lorsque le docteur Collin, précédé de la citoyenne Leguilloux, pénètre dans la chambre de Saint-Réjant, il reconnaît Joseph de Limoëlan. Il semble mal en point, le teint cireux, les yeux cernés. Il y a aussi l'abbé Picot de Clorivière, son oncle, qui murmure des prières au chevet du malade. Le docteur salue d'un signe de tête et prend le pouls du patient. Hum… très précipité… pas bon ça… La respiration de Saint-Réjant est haletante, il rend le sang par la bouche et les narines. Collin l'ausculte. Une chute ? Il n'y a pourtant ni plaie, ni contusion. Mais Joseph de Limoëlan hoche la tête, si, si, une chute je vous dis… Le prêtre garde les yeux baissés, sa longue figure pâle semble de marbre. Saint-Réjant se plaint de fortes douleurs abdominales, il ne voit plus et n'entend plus de l'oreille gauche. Comme le docteur hésite sur le diagnostic, il va faire ce que font tous les médecins confrontés à une énigme : il va procéder à une saignée. Leguilloux propose d'aller chercher des sangsues chez l'apothicaire et revient, essoufflée, avec un bocal plein de bestioles grouillantes :

— J'ai eu toutes les peines du monde à les trouver. Comme elles ont déjà servi une fois, on me les a faites à moitié prix. C'étaient les dernières. Entre les indigestions du réveillon et les blessés de la rue Saint-Nicaise, c'est tout ce qu'il restait…

À ces mots, le docteur relève la tête. Joseph baisse la sienne. Le prêtre lui jette un regard furtif.

— Les blessés ? La rue Saint-Nicaise ?

La logeuse répète les explications entendues à l'officine. Les jacobins ont voulu éliminer le Premier consul. Des dizaines de morts. Des dégâts dans toute la rue. Vous n'avez donc rien entendu ? Le docteur hoche la tête en posant une sangsue sur le dos du patient. C'était donc ça, le bruit sourd survenu cette nuit pendant son cours ? Les étudiants ont tous sursauté. Certains disaient que c'était un coup de canon qui saluait une victoire, d'autres qu'il annonçait la paix. Collin ne disait rien. Il était occupé à extirper une poupée de chiffon d'un bassin de bois. Plongé dans l'obscurité, éclairé seulement par le halo de quelques chandelles, il lui semblait pénétrer le mystère archaïque, le secret des origines. Il découvrait le monde avant le monde, la vie qui précède la vie, sans deviner que dehors, on comptait les morts.

Maintenant, les sangsues sont abouchées au dos du malade, des milliers de dents minuscules cisaillent la peau tandis que les estomacs des bêtes se gonflent du sang avalé. Des auréoles rougeâtres se forment sous les ventouses. Joseph observe le travail en silence, le regard fixe, l'air absent. Il se demande si cette saignée ôte la bile jaune, la bile noire, la colère et la violence, toutes les humeurs qui macèrent dans les veines de son complice comme dans les siennes. Puis, une à une, les bêtes se détachent de leur proie. Il regarde avec un peu de dégoût les bestioles tombées sur le sol, gonflées, repues. Il songe qu'ici gisent leurs vieilles haines, toutes ces luttes inutiles où leur jeunesse s'est abîmée.

— Celles-ci ne serviront plus, constate le docteur en palpant l'abdomen plein d'une sangsue.

Joseph secoue la tête, non, elles ne serviront plus. L'oncle de Clorivière, qui n'a pas quitté son neveu des yeux, se penche vers lui, pose sa main sur son bras et lui souffle à l'oreille :

— Viens me voir, demain, rue Notre-Dame-des-Champs. Je t'entendrai en confession.

25.

Du travail, Fouché en a aussi. Méthodiquement, il remonte du maquignon au maréchal ferrant qui s'est occupé de la jument, du maréchal ferrant au grainier qui a vendu l'avoine, du grainier au tonnelier qui a cerclé les barils de poudre, du tonnelier au charretier. Puis du charretier à la rue où la charrette a été remisée, au portier qui a loué la remise, au fripier où l'homme avait acheté les blouses bleues, et au terme de cette longue chaîne du petit peuple de Paris qui ressemble tant à ces comptines enfantines un peu cruelles à la fin desquelles le dernier est battu, il fait le rapprochement avec le signalement d'un individu fiché au ministère, dans la *topographie chouanne* : François Jean Carbon, dit Petit François, ancien domestique, royaliste, bandit spécialisé dans l'attaque des diligences publiques. Tous les signalements concordent et la balafre n'est pas de celles qu'on peut confondre avec une autre. Allons, il suffit de tirer encore un peu et de remonter du domestique au maître, du maître à l'ami, de l'ami au chef.

Le 5 janvier 1801, Fouché envoie sa police sur la trace de Carbon. Pas difficile : il a des mouchards dans toute la ville, des hommes qu'il a recrutés parmi les bagnards et les galériens et qui se faufilent partout, dans les tavernes, les tripots, les bordels de Paris où les femmes livrent leurs informations gratis entre deux passes. C'est un bon filon, les prostituées. Si elles apprenaient que la taxe sur la prostitution destinée à les soigner de la syphilis est détournée par le ministre de la police pour payer ses espions, peut-être qu'elles seraient moins coopératives. Mais il n'y a aucune raison qu'elles l'apprennent. Et puis, il faut bien trouver l'argent quelque part quand on doit, comme lui, rétribuer des milliers d'informateurs…

Pour retrouver Carbon, nul besoin du service des syphilitiques. Fouché sollicite la police des garnis, comme on appelle les agents qui ont le pouvoir d'entrer dans tous les hôtels et de ficher les logeurs de la capitale. Ils ne sont pas longs à débusquer la piste du chouan. Carbon vit chez sa sœur, la citoyenne Vallon, repasseuse dans la rue Saint-Martin. Il n'y est pas. On interroge la logeuse, elle déclare n'avoir pas vu son frère depuis des jours… Tiens, tiens… Depuis quand, exactement ? La repasseuse pose son fer brûlant, compte sur ses doigts rougis : depuis le soir du 3 nivôse. Fouché hoche la tête. Parfait, parfait… C'est la confirmation qu'il attendait. S'il n'était pas coupable, il ne se cacherait pas.

Maintenant, le ministre va pouvoir annoncer à ce petit consul un peu trop impatient qu'il s'est fourvoyé. C'est bien un complot royaliste. Les jacobins n'y sont pour rien. Il avait raison depuis le début. Pour autant, Fouché se garde bien de révéler le nom des coupables. C'est trop tôt. Il ne voudrait pas arrêter la machine qui va broyer les jacobins, ces innocents qu'il veut envoyer cramer au soleil. Comme il enverra à la guillotine le peintre Topino et ses amis italiens. Le procès n'a pas traîné. Deux jours, une centaine de témoins, une défense assez molle et l'affaire était conclue. Ce qui a bien accéléré les choses, c'est que dans l'esprit des jurés les deux conspirations se sont mélangées, celle des poignards et celle de la rue Saint-Nicaise, sans qu'on ait vraiment envie de démêler les deux. À mort les anarchistes, s'il faut résumer l'idée générale des débats. À mort les anarchistes, les Ceracchi, Arena, Demerville et Topino, ce peintre assez naïf pour penser que son ami David plaiderait en sa faveur. Mais David est occupé : il exécute un nouveau *Bonaparte franchissant le Grand-Saint-Bernard,* pour le Roi d'Espagne cette fois, désolé. Topino et ses camarades seront guillotinés le 11 pluviôse en place de Grève. Ça fera de la place dans les prisons pour les jacobins à venir.

Fouché regarde sa montre. Trois heures. Ce n'est plus qu'une question de minutes. Le premier janvier, il a déposé sur le bureau du Premier consul la liste des cent trente-trois proscrits, condamnés au nom du salut public. Comme il s'y attendait, le Tribunat et le Corps législatif ont fait la fine bouche. La mesure leur a semblé un peu arbitraire, expéditive. Il a fallu argumenter : bien sûr, ces hommes n'ont pas été vus le poignard à la main mais ils sont connus pour être capable de l'aiguiser et de le prendre. Pour contourner l'obstacle, le Premier consul a soumis la liste au vote du sénat dont les délibérations ont l'avantage de se faire à huis clos. Le sénat est conservateur. Il ne craint rien de plus que l'anarchie. Il est quatre heures. Dans une heure, deux au plus, la liste sera ratifiée.

Après ce sera le début du drame. On armera les navires pour traverser les mers jusqu'aux Seychelles. On procèdera aux arrestations. Un instant, il songe à toutes les histoires contenues dans ces noms, Sulpice Michel, Théodore Lamberthé, Pierre-Athanase Pépin. Bientôt ils vont être tirés de leur sommeil de leur mansarde humide, rue des Fossés-Bernard, rue du Vert-Bois, rue du Faubourg-Saint-Jacques. Ils se frotteront les yeux, quoi ? il doit y avoir une erreur, je n'ai rien fait. Peut-être qu'un enfant pleurera, une femme, un nouveau-né réveillé par la brutalité des gardes. Ensuite on les emmènera à Nantes ou à La Rochelle, deux par deux, pieds et mains liés, on les poussera sur le ponton, avance donc !, il fera froid, les mains gèleront sur les cordages, il y aura des poux, des épidémies, pas assez de vivres, la houle, des cris, on maudira son nom, celui de Talleyrand, celui de Bonaparte. Puis, à mesure qu'on s'éloignera des côtes françaises, les cris se perdront dans le fracas des flots, la révolte deviendra résignation. Fouché ferme les yeux. Il voit des naufrages, des cadavres jetés à l'eau, mangés par les requins, un radeau dérivant sous un soleil de plomb. On pourrait en faire une tragédie. Ou un opéra, avec de gros moyens et une machinerie formidable. Au siècle dernier, on était friand de ces histoires-là…

Cinq heures. On frappe à sa porte.

— Monsieur le ministre ? Le Sénat vient de ratifier la liste des proscrits. Vous pouvez procéder aux arrestations.

Fouché se lève brusquement et quitte son bureau. Il va donner des ordres précis à Bertrand : agir avant le lever du soleil. Rapidement, le plus discrètement possible. Ne pas laisser aux condamnés le temps de se cacher – les rumeurs vont vite dans Paris et le mot « injustice » est encore de ceux qui excitent le peuple. Tandis qu'il traverse les couloirs, son esprit divague. Sur cent trente-trois déportés, combien survivront à la traversée ? Au climat de l'île ? Aux indigènes ? Aux fièvres, aux moustiques, aux bêtes sauvages ? Dix ? Douze, peut-être ? Il croise son regard dans un miroir, s'arrête un instant. Il a un vague souvenir des confessions du temps où il était religieux. Comment disait-on déjà ? Ah oui ! *Mea culpa, mea culpa, mea maxima culpa.* Ses lèvres blanches esquissent un sourire narquois.

26.

— Bénissez-moi mon père parce que j'ai péché.

La formule rituelle est venue toute seule, comme un corps mort remonté à la surface de l'eau sans qu'on ait eu besoin de remuer la vase. Joseph, à genoux sur les tomettes disjointes d'une sacristie obscure, débite la litanie des pénitents. Il ne s'est pas confessé depuis des années mais il n'a rien oublié de la prière augurale. Vestige d'une enfance passée à l'ombre des crucifix, des calvaires, des chapelles de Bretagne… Crucifix et calvaires, sa route est pleine de croix. Mais la plus lourde de toutes, c'est celle qu'il porte sur les épaules depuis qu'il est sorti des eaux de la Seine, celle qui le broie et l'empêche de respirer.

— Confiteor Deo omnipotenti
beatae Mariae semper Virgini
beato Michaeli Archangelo
beato Joannni Baptistae
sanctis apostolis Petro et Paulo

Never Mind

omnibus Sanctis
et tibi Pater
quia peccavi nimis cogitatione
verbo et opere
mea culpa, mea culpa, mea maxima culpa

Jusqu'ici, c'est très simple, il se souvient de tout. Mais ces mots, répétés machinalement dans les confessionnaux de sa jeunesse, tombent aujourd'hui comme des enclumes aux pieds du prêtre. *Mea maxima culpa… c'est ma très grande faute* : la formule consacrée se leste d'un poids nouveau, celui d'une vieille jument morte et d'une fillette de douze ans. Joseph en détache chaque mot. Il lève les yeux. On devine dans l'obscurité de la sacristie une statue mutilée, quelques ex-voto. Une odeur de salpêtre se mêle au parfum douceâtre de la bougie posée à terre. Les ombres se découpent sur le mur et rejouent la scène antique de l'enfant prodigue. La sienne, genoux au sol, tête courbée, poing fermé martelant sa poitrine. Celle de l'oncle, le père Picot de Clorivière, dos droit, yeux clos, mains jointes.

C'est lui qui a insisté pour confesser son neveu. Quand le prêtre a vu surgir Joseph le lendemain du 3 nivôse, l'air hagard, les vêtements mouillés exhalant une odeur de vase, il n'a pas eu besoin qu'on lui raconte. Il a deviné tout de suite. Il l'a suivi chez Saint-Réjant, qui était au plus mal, lui a administré l'extrême onction sans rien demander. Maintenant, il écoute ce qu'il sait déjà. Le complot, la Machine infernale, l'attentat manqué, c'est lui. Les morts, l'enfant sacrifié – une nuit de Noël ! Pardonne-leur Seigneur, ils ne savaient pas ce qu'ils faisaient… –, c'est lui aussi. Le pénitent avoue tout. Il voulait tuer Napoléon. Il n'a pas songé à ceux qui étaient sur sa route. Il devait donner le signal, il ne l'a pas fait. À cause de la fillette. Il s'est enfui. Il s'est jeté dans la Seine. Les mots roulent tout seul, dans l'éboulement du péché, comme s'ils cherchaient à tâtons l'abîme de la miséricorde. Il y a d'autres gravats que le prêtre ne soupçonnait pas, la haine de la vie, la vengeance, la tentation du désespoir, mais il ne s'en étonne pas. Les péchés sont solidaires les uns des autres. Ils se tiennent par tous les coudes à la fois, ce sont les maillons d'une même chaîne. Un silence suit l'aveu. Les lèvres du prêtre remuent, comme s'il prononçait des prières inaudibles. Son ombre hoche la tête.

— Qu'attendais-tu de cet acte ?

— En finir avec la Révolution. Restaurer un ordre fondé sur le trône et l'autel.

— Un ordre fondé sur le crime.

— Celui de Bonaparte l'est aussi. Il a les mains pleines de sang. Le sang des nôtres.

— *Le sang des nôtres* ?

L'ombre du prêtre sur le mur hausse les épaules.

— Ça reste du sang. Pour Dieu, toutes les veines se ressemblent. Penses-tu que ce sang était plus pur que celui que tu as fait couler rue Saint-Nicaise ? Le sang d'une enfant de douze ans !

Joseph courbe la tête. Il se sent tomber au fond d'un précipice.

a dévoré sainte Blandine dans les arènes de Lyon. Mais ce fauve terrible, tu as refusé de le combattre à main nues. Tu l'as même caressé, et avec quelle complaisance !

Ces mots se plantent en lui comme dans une cible. Dans un éclair, il se voit caressant la toison d'un lion et cette image fait ressurgir celle de l'enfant se réchauffant les mains dans la crinière de la jument noire sous les lanternes bariolées de Noël. Comme à chaque fois qu'il pense à elle, il se sent emporté dans un naufrage invisible, les digues de sa raison cèdent, ses vieilles résistances prennent l'eau. Il hasarde d'une voix étranglée :

— Quand il n'y aura plus ni couvent, ni églises…

Le père Picot de Clorivière hoche la tête.

— Les couvents, les églises, ce ne sont jamais que des pierres. Dieu a fondé son Ciel en nous, au plus profond de nous, c'est là qu'Il nous attend.

Le prêtre sait cela mieux que personne, lui qui est devenu jésuite alors que la Compagnie de Jésus était expulsée de France, chassée non par un tyran hérétique mais par un Roi très chrétien. Il a prononcé ses vœux en Belgique le 14 août 1773, la veille du jour où l'ordre était supprimé par Clément XIV. Il a été prêtre réfractaire quand les églises devenaient des greniers à grain, des fabriques de salpêtre. Expulsé par Louis XV, renié par le Pape, chassé par la Révolution. Toute sa vie, il a été un paria. C'est sa vocation, la place que Dieu lui a assignée de toute éternité. Ou plutôt, l'absence de place…

— Pour les brebis que nous sommes, il n'y a pas de bon enclos, Joseph. Il n'y a qu'un bon berger. Et Il nous précède.

— Alors tout est bien ?

— Non, tout n'est pas bien. Mais tout est grâce.

Puis, un peu rudement :

— Allons, récite ton acte de contrition.

Joseph s'exécute. Il dit qu'il a le très grand regret d'avoir offensé Dieu, qu'il prend la ferme résolution de ne plus l'offenser et de faire pénitence. Cette pénitence, il la connaît déjà. Il va porter ces morts avec lui, pour toujours. Ils seront là, dans chacune de ses nuits sans sommeil, dans ses pensées, dans ses prières, comme une blessure à vif qu'on fait au flanc des ânes pour les faire avancer.

Maintenant, l'ombre du prêtre étend les mains au-dessus de sa tête courbée.

— *Ego te absolvo a peccatis tuis, in nominee Patris et Filii et Spiritus Sancti. Passio Domini nostri Jesu Christi, quidquid boni feceris, et mali sustinueris, sint tibi in remissionem peccatorum, augmentum gratiae, et praemium vitae aeternae. Amen.*

Il prononce les paroles de l'absolution, celles, efficientes, du pardon, et c'est comme s'il brisait un lac gelé. De cet éclat jaillit la paix divine, une paix que Joseph n'a pas goûtée depuis longtemps et dont les brisures pénètrent en lui un peu douloureusement, comme des tessons tombés du ciel pour ouvrir les brèches d'une vie nouvelle.

27.

À l'aube, lorsque Joseph quitte la sacristie, il pleut à verse. Le père de Clorivière le retient sur le seuil de l'église.

— Où vas-tu aller, maintenant ?

— Je dois me rendre chez Saint-Réjant pour l'emmener en lieu sûr. Je lui ai trouvé un logement chez une raccommodeuse de bas de soie, rue d'Aguessau. La veuve Jourdan. Dès qu'il pourra marcher, je l'y installerai.

— Il est donc mieux ?

— Beaucoup mieux. Il semble que le Ciel ne veuille pas de lui non plus.

— Tant mieux. Vous n'aurez pas assez d'une vie pour expier votre faute. Carbon ?

— On lui a trouvé une place au couvent de la mère Duquesne, rue Notre-Dame-des-champs.

Le père de Clorivière hoche la tête. Il connaît bien ce couvent en ruine, sa chapelle décrépite où il a parfois célébré la messe en secret. C'est là qu'une ancienne professe de Saint-Michel, Anne-Marie

Duquesne, a rassemblé ses compagnes dispersées par la Révolution – du moins celles qui n'avaient pas abjuré.

— La mère n'a rien demandé ?

— Il a suffi que je dise que c'était un honnête homme dont les papiers n'étaient pas en règle. Elle a dû croire à un prêtre réfractaire traqué par la police. Elle a seulement demandé qu'il vienne assister aux *Te Deum* pour rendre grâce au Ciel d'avoir préservé le Premier consul. Qu'il se joigne à leurs prières. Je crois qu'il a obéi.

— Et toi ?

— Moi ? Je ne sais pas. La vie ne m'est rien et je ne crains pas la mort.

— Ce ne sont pas les paroles d'un chrétien, encore moins d'un pénitent… Quand tu auras fini tes affaires, viens me voir. Je te mettrai en sûreté dans les caveaux d'une église dont j'ai la clef. Il ne va pas faire bon musarder dans les rues de Paris dans les jours qui viennent. Fouché doit déjà être à pied d'œuvre.

Le père de Clorivière a raison. Au moment où il rejoint sa chambre rue neuve Saint-Roch, Joseph aperçoit la police. Elle se tient sur le seuil d'une maison à la façade lépreuse, devant un homme qui regarde l'agent les bras croisés et secoue la tête avec obstination.

28.

Sulpice Michel ne comprend pas. Il se fait répéter le chef d'accusation. « Septembriseur », ils ont dit. « Septembriseur » ? Il répète ce mot lentement, d'une voix chargée de sommeil, comme s'il était d'une autre langue. C'est en effet un peu une autre langue, qui viendrait non pas d'un pays lointain mais d'une époque finie. Les massacres de septembre 92, bien sûr, il en était, comme toute la rue d'ailleurs. Il avait quoi, vingt, vingt et un ans… Il n'a pas de souvenirs précis de ces journées. Il y avait beaucoup de bruit, des chants, des cris… Des hommes montaient sur des statues pour lancer des imprécations. Lui était timide, incapable de prendre la parole en public, et ces gaillards qui hier n'étaient rien, comme lui, ces hommes qu'il avait connus jouant dans les flaques, allant chercher l'eau, le bois, le pain – quand il y avait du pain – et qui devenaient soudain des orateurs, parlaient comme des messieurs, avec des grands mots superbes qui vous mettaient du feu dans le ventre, ça l'impressionnait. S'il avait embrassé la Révolution immédiatement et avec fougue, c'était pour ce spectacle qu'elle mettait dans le quartier, dans la rue de la Harpe, aux cafés. Lui était un besogneux, un taiseux comme son père, imprimeur, occupé depuis l'enfance à ranger des caractères en fonte, grands comme des pattes de mouches, dans des cassetins, toujours en silence. Mais après la Prise de la Bastille, toutes les tables étaient des estrades, tous les trottoirs étaient des prétoires, qui bruissaient de mots nouveaux – « égaux », « heureux », « audace », « affranchi », « justice » –, des mots inusités, qu'il n'avait jamais entendus dans la bouche de ses parents et qui lui remuaient les entrailles, comme quand il était gamin et que le curé en chaire parlait du paradis.

C'est à ce moment-là qu'il s'est mis à fréquenter les clubs, les cafés, allant aux Cordeliers, au Procope, au café de Foy, au Corrazza. Il ne parlait jamais, il restait discret, les mains dans le dos, il se mettait au fond de la salle, dans un coin, et il les écoutait des heures durant. Il n'avait pas besoin de les voir, il les reconnaissait à leurs voix : celle de Danton, rude et tonitruante, celle d'Hébert, rocailleuse, celle de Saint-Just, jeune et mordante, celle de Marat, sifflante et étranglée. Il ne comprenait pas tout mais il saisissait toujours l'intonation et celle-ci ouvrait des pans de ciel pour le transporter dans des mondes inexplorés, à la fois lointains et tout proches.

« Septembriseur », Sulpice Michel ? Ses souvenirs des massacres de septembre se limitent à ça, des voix, des appels, des sentences. À un moment, quelqu'un avait dit qu'on allait prendre la prison du Châtelet, et ça avait été une houle incontrôlable. Des hommes levaient leurs bras armés de piques, de couteaux, de hachoirs, on s'engouffrait dans les rues en hurlant des mots comme « Justice ! » ou encore « Vive la Nation ! ». Seulement, il était tombé sur le pavé, la face la première, la foule affolée passait sur son corps avec cette rage aveugle née de la peur surmontée. Quand il avait rouvert les yeux, il était sur un lit, dans une maison qu'il ne connaissait pas, avec, au-dessus de son corps cabossé, le visage d'une fille inconnue. C'était l'autre miracle de ce temps, ces rencontres inopinées, ces amours qui naissaient à la faveur d'un mouvement de foule, d'une bousculade, d'une cocarde égarée dans un corsage. Elle s'appelait Clémence, venait de Nevers pour aider sa tante, laquelle fabriquait des poupées en feuilles de maïs rue Marivaux. Il l'avait trouvé belle avec sa grande figure calme, cet air de santé et ses traits un peu forts qu'adoucissait la gaieté de ses yeux noirs. Elle l'avait veillé pendant dix jours. Il avait le crâne enfoncé et des côtes cassées. À la fin, il l'avait aimée, là, dans ce lit qui n'était pas le sien, ragaillardi par ses soins, lui qui était si timide qu'il n'avait jamais osé regarder en face le visage d'une femme. Elle disait « non, ce n'est pas raisonnable, vos côtes vont casser », il riait, c'était vif et un peu douloureux, comme un bonheur trop bref.

Maintenant il n'a plus mal mais il ne rit plus, depuis qu'on a raccourci les orateurs de la Révolution. À la mort de son père, il a repris l'imprimerie de la rue de la Harpe. C'est presque comme avant, l'imprimerie, les lettres, les casses… En moins silencieux pourtant depuis qu'il y a le petit qui pleure, et Clémence qui chante tout le temps parce que l'enfant ne veut jamais dormir. Il faut s'allonger près de lui pour qu'il accepte de fermer les yeux, et attendre qu'il s'endorme les poings enfin ouverts, le souffle haché de sanglots.

L'officier de paix s'impatiente. La liste des proscrits est longue et il aimerait bien ne pas trop traîner dans le coin. Fouché leur a conseillé d'agir rapidement, avant le lever du soleil, et le plus discrètement possible. Une lueur claire au fond de la rue annonce le jour. L'officier de paix répète :

— Vous êtes en état d'arrestation. Au nom du salut public.

Sulpice Michel jette un regard à l'intérieur de la maison. Il craint que l'officier réveille le petit.

Pour éloigner les agents qui parlent fort, il va suivre les messieurs de Fouché. Il tend les mains, on lui passe les menottes. L'officier désigne la porte ouverte d'un coup de menton :

— Vous pouvez faire vos adieux.

Sulpice secoue la tête. Il ne veut pas réveiller Clémence qui est si fatiguée. Et puis c'est inutile, puisqu'il est innocent. Il sera rentré avant la nuit.

29.

Mais Sulpice Michel ne rentre pas et sa femme court dans les rues, son petit porté sur la hanche, à la recherche de son époux. Elle va un peu inquiète, puis franchement perdue, dans tout le quartier. Comme il pleut toujours, elle marche la tête baissée, les pieds immergés dans des ruisseaux de boue, en protégeant son fils des trombes d'eau qui dévalent. Elle frappe aux portes des maisons, elle demande partout :

— Vous n'avez pas vu Sulpice ? Mon mari, il n'est pas chez vous ?

L'imprimeur n'est nulle part, personne ne l'a vu. On la plaint parce qu'une femme abandonnée avec un petit comme ça, c'est une misère. On s'interroge aussi. Sulpice, avec son air placide et son embarras devant l'autre sexe, n'est pas du genre à découcher. Mais avec les hommes, on ne peut jamais savoir… C'est le cordonnier qui la tire de ces soupçons maléfiques. Il dit que des gens ont été arrêtés, ce matin même, par la police de Fouché, au nom du salut public. Quant à savoir où on les a emmenés… Clémence Michel le remercie. Sur la route qui la ramène chez elle, elle murmure des prières mais le ciel reste obstinément sourd, obstinément gris, avec tous ces nuages gorgés d'eau qui crèvent sur son malheur. Elle s'assoit sur le pas de la porte, à l'entrée de l'imprimerie, l'enfant accroché à son sein. Les yeux dans le vague, elle guette le retour de son mari, occupée à échafauder des plans avec cette imagination que les femmes puisent au fond de leurs angoisses. Elle pense à un rendez-vous avec le Premier consul, une audience avec le ministre de la police, on le dit intraitable mais qui sait ? Il est marié, il a des enfants lui aussi… Il paraît même que c'est un excellent père, affectueux. Ceux qui l'ont vu chez lui, à l'hôtel de Juigné, jurent qu'on ne le reconnaîtrait pas : l'inflexible ministre de la police, à genoux sur le tapis parmi ses quatre mioches, se montre taquin, gai, sensible.

Oui, c'est ce qu'on dit. Alors Clémence Michel lui écrit. Le soir même, à la bougie, elle rédige une missive poignante et très polie pour demander la grâce de son mari. Elle boit un grand verre de vin pour se donner du courage et des idées. Puis elle puise dans les casses de l'imprimerie chacune des lettres, des *s*, des *l*, des *p*, tous les caractères de plomb nécessaires pour mettre en ordre sa supplique. Dans son idée, l'imprimerie donnera à sa lettre un caractère plus solennel, presque officiel, qui lui permettra de se distinguer des autres, d'être prise en compte plus vite, d'être considérée. Maintenant, ses doigts fouillent frénétiquement les cassetins – minuscules, majuscules, espaces, cadratins – elle se trompe, elle corrige, elle en oublie l'enfant qui braille tandis qu'elle aligne sur la presse les mots de sa prière : *Monsieur le ministre, j'ai l'honneur de solliciter votre bienveillance pour la libération de mon époux, le citoyen Sulpice Michel, arrêté par erreur…*

Arrêté par erreur, elles disent toutes ça, soupire Fouché en parcourant la lettre. Il n'a pas le temps de vérifier, des demandes de grâce, il en reçoit des dizaines par jour. Il ne les met pas au feu, non, car il ne jette jamais rien. Chaque missive est lue, étiquetée, classée dans un de ces énormes casiers qui garnissent les murs des corridors et débordent de liasses jaunies par la lune. Il suffirait de tirer sur un de ces papiers pour voir s'écouler les plaintes de ces femmes toujours la larme à l'œil, la supplique aux lèvres, le mot « justice » à chaque ligne, à croire qu'on ne leur a jamais appris que ce n'est pas la justice qui mène le monde.

Fouché lit distraitement la lettre de Clémence Michel mais son esprit est ailleurs. Un de ses agents vient de l'avertir qu'on a vu l'homme à la balafre, Carbon, dit Petit-François, errer dans la rue Notre-Dame-des-Champs. Ses hommes sont sur place. À l'heure qu'il est, ils ont dû forcer la porte du couvent désaffecté où il s'est réfugié. Ils les tiennent sans doute, lui et ses complices, les ex-religieuses qui jureront la main sur le cœur qu'elles ne savaient rien, qu'elles ne pouvaient se douter que l'homme avait participé à *cette atrocité absolument opposée à leur état, leurs principes, leur religion*. Fouché voit ça d'ici et pourtant il est enfermé dans son bureau, volets clos, à cause de la pluie torrentielle qui s'abat sur Paris.

Il voit ça d'ici, mais il ne voit pas tout. Il lui manque ce moment où les agents pénétrant dans la cour du couvent surprennent la mère Marie-Anne Duquesne en train d'applaudir seule, comme pour transmettre un signal. Il lui manque les cris des pensionnaires voyant surgir dans leurs chambres des hommes en uniformes qui retournent leurs matelas, se glissent sous leurs lits, inspectent la cheminée. Ils ont raison de regarder par-là, Carbon est bien caché derrière la plaque d'une cheminée d'où on l'extirpe sans ménagement. C'est inutile d'utiliser la force, il ne résiste pas. On dirait même qu'il est soulagé. Ce n'est pas un homme fait pour vivre dans un cloître. Et puis les *Te Deum* pour Bonaparte, les actions de grâces pour avoir préservé la vie d'un homme « si nécessaire à la paix et la tranquillité de notre pays », cela n'entre guère dans ses vues. Il s'y est plié pourtant. Il a murmuré des prières en regardant ailleurs, en maudissant le retard du signal de Limoëlan qui a tout fait échouer.

On le fouille et on trouve sur lui un billet anonyme qui dit : « *Tenez-vous bien tranquille mon cher Constant, ne sortez pour rien au monde et n'ayez confiance qu'en moi seul : défiez-vous de tout autre, même de ceux que vous croyez vos amis ou les miens, ils pourraient vous tromper. Je donnerai de vos nouvelles à votre sœur mais restez bien tranquille où vous êtes :*

je ne vous abandonnerai jamais. » « Tenez-vous bien tranquille », « restez bien tranquille » : ce sont les consignes de Limoëlan mais c'est un langage que Carbon n'entend pas. Des années de lutte pied à pied dans les forêts de Bretagne, d'attaques de diligence, de cavales, de traques, ne l'ont pas habitué à demeurer tranquille. Il n'y a que la prison qui pourrait arrêter sa course. Ou la mort.

La mort, c'est ce à quoi pense Fouché quand on vient l'informer que Carbon est pris. Bertrand, le chef de la police politique, chargé de lui annoncer la nouvelle, le trouve à son bureau, songeur devant une lettre écrite avec des caractères d'imprimerie.

— On l'a écroué au Temple, monsieur le citoyen ministre.

— Et les femmes ?

— Aux Madelonnettes. Des ex-religieuses, toutes décrépites et effarées, qui jurent qu'elles ne savaient rien, naturellement. On a aussi arrêté une mère de famille, ses filles, la sœur de Carbon et une certaine Adélaïde de Cicé qui aurait agi sur les recommandations du père de Clorivière pour trouver un refuge à Carbon.

— Et Limoëlan ?

— Pas de trace. Mais tous mes hommes sont aux aguets. C'est une question d'heures.

— Que vos hommes ne se fatiguent pas trop. La question à laquelle nous allons soumettre Carbon devrait suffire à élucider les derniers points obscurs de cette affaire. Demain nous aurons Saint-Réjant. Et

Limoëlan – sauf s'il s'est effectivement suicidé, mais je n'y crois guère…

Bertrand hoche la tête. La torture, il en fait son affaire. La méthode a beau avoir été abolie par Louis XVI au siècle dernier, on n'a rien inventé de mieux pour débusquer des complices. Il connaît quelques recettes simples qui ont fait leurs preuves : écraser les doigts du suspect avec un chien de fusil, ou entre deux planches. Il sait qu'il peut compter sur la complicité de Fouché. En la matière, le ministre ne s'encombre pas des scrupules de l'ex-roi. Et Bonaparte ferme les yeux. Cela rend les interrogatoires plus faciles. Plus efficaces aussi.

Bertrand désigne d'un coup de menton la lettre que Fouché tient toujours dans ses mains :

— Mauvaises nouvelles ?

— Ça ? demande Fouché en tendant la lettre imprimée. Rien. Une femme qui a perdu son mari, l'imprimeur de la rue de la Harpe.

Il plie la lettre, la glisse dans un dossier épais qui déborde d'autres missives assez semblables dans leur commencement. *Monsieur le ministre, excusez-moi si je me permets de m'adresser à vous… Monsieur le ministre je vous serais très reconnaissante de bien vouloir examiner cette requête…* Sauf que les autres sont manuscrites, et que celle-ci est imprimée. Ce qui, en fait, ne change rien.

30.

Fouché connaît bien Bertrand, et Bertrand connaît bien son métier.

Quand les doigts de Carbon, pris en tenaille entre deux planches, commencent à craquer, le suspect garde les lèvres closes, la mâchoire serrée, les yeux révulsés par la douleur. Bertrand fait un signe de tête, on continue à visser, visser, les cris couvrent le bruit des os qu'on brise, d'abord des hurlements de bête incompréhensibles – on visse encore – et puis le mot attendu que l'on entend mal tout de même, à cause de la douleur qui déforme la mâchoire et étrangle la voix : « Grâce ! Grâce ! » Bertrand reste impassible. Le chouan lui jette un regard épouvanté « Grâce ! » répète-t-il. Mais cette supplication semble vaine, quelle grâce peut-on attendre de ce monstre boiteux qui le fixe de son seul œil valide avec un rictus sadique ? S'il le pouvait, Carbon joindrait les mains pour accompagner ses suppliques. Mais les nerfs sont écrasés, les phalanges des plaies ouvertes. Bertrand fait un signe de tête sans se départir de son rictus. On desserre lentement les planches comme on fait pour un herbier : les mains sont deux feuilles mortes de couleur violette, où les os saillent comme des arêtes.

Les aveux sont longs – le temps que le silence gangrène les défenses – d'abord arrachés sous la menace d'un nouveau tour de vis puis sans menace, sans rien d'autre que l'épouvante et la douleur insupportable. Carbon dit ce qu'il sait – et qu'on sait déjà : la Machine infernale, la nuit du 3 nivôse, le nom de ses complices. Et leur adresse ? Saint-Réjant vit rue d'Aguesseau chez la citoyenne Leguilloux, ça il s'en souvient. Bertrand secoue la tête : on a déjà fouillé, il n'y est plus. Qu'on revisse les planches. L'autre secoue la tête – non, non ! on lui aura trouvé une autre cachette, mais où ? Il ne sait pas. Et Limoëlan ? Carbon fixe Bertrand de ses yeux fébriles, exorbités, il tremble, il ne sait rien, il le jure, il le jure, il faut le croire. Limoëlan est une anguille, il se faufile partout, ne se laisse jamais prendre. Il a dix visages, il a vingt noms. Personne ne sait jamais où il se trouve. Et lui, qui n'est que son domestique, moins que personne.

Personne ne sait où il se trouve et surtout pas Laure de Saint-Chef. Elle pense sans cesse à lui depuis le Bal des Victimes de l'hôtel Thellusson où il lui a servi de cavalier. Elle n'a rien oublié de cette nuit-là dont elle entretient le souvenir avec la fidélité scrupuleuse d'une vestale. À Versailles, Laure se promène dans l'appartement silencieux, l'air vague. Elle ouvre un livre qu'elle ne lit pas, s'attable devant des plats qu'elle ne mange pas, se met à son clavecin sans en tirer une seule note. Ses parents l'observent, inquiets de ces langueurs dont ils craignent de deviner la cause. Eux qui ont souhaité si ardemment que leur fille rencontre l'amour étudient avec une anxiété croissante les progrès de ce qu'ils appellent maintenant « son mal ». Mais ils s'en tiennent aux symptômes, ignorent tout des racines. Le soir dans le silence de leur lit, ils regrettent d'avoir favorisé cette rencontre – Si j'avais su…, murmure Mme de Saint-Chef en soufflant la bougie. Ils n'en parlent jamais devant elle, ils craignent, en le nommant, d'affermir un sentiment qu'ils voudraient dissiper. Ils se rassurent à demi-mots – cela passera, n'est-ce pas ?

Mais cela ne passe pas. Cela dure et cela s'entretient. La nuit surtout, quand Laure retrouve le fantôme de Joseph dans le silence de sa chambre obscure. Ses paupières éteignent la mélancolie de son regard, son imagination s'allume dans d'autres rêves. Elle se figure ses mains sur ses épaules, sa respiration sur sa nuque quand il a relevé sa chevelure pour y fixer le peigne. Puis c'est sa caresse quand il a fait coulisser son brassard de velours le long de son bras blanc, la chaleur de sa paume à la faveur d'une contredanse, ses regards profonds quand il la saluait selon l'usage d'un coup de tête – *clac* ! Chaque fois, il faut qu'elle reprenne le fil de cette soirée, parce que son imagination s'emballe et qu'au milieu des contredanses, elle se laisse emporter dans d'autres rêveries qui l'éloignent de ses commémorations silencieuses. Si bien que jamais elle ne parvient à tenir son histoire jusqu'au bout. Elle se sermonne, s'enjoint à plus de rigueur chronologique – le brassard, c'était avant le peigne ou après ?

Elle attend une lettre de lui avec une impatience nerveuse ; puis comme la lettre ne vient pas, elle décide d'écrire elle-même – c'est inconvenant peut-être, mais c'est mieux que de ne pas savoir. Elle recommence plusieurs fois, avec des mots dénichés dans les livres de sa mère – Madeleine de Scudéry, Honoré d'Urfé –, des expressions précieuses qu'elle trouve un peu fausses mais qu'elle recopie car elle n'en connaît pas d'autres et qu'elle ne pense pas à en inventer.

Quand elle tend à sa mère sa lettre cachetée en lui demandant d'un air détaché de la remettre à madame de Limoëlan pour son fils, elle devine que sa requête ne sera pas exaucée. Madame de Saint-Chef secoue la tête d'un air désolé.

— Plus tard peut-être, mais maintenant c'est impossible.

— Impossible ? Mais pourquoi ?

— Parce que Mme de Limoëlan et ses filles sont à Paris.

— Et pour combien de temps ?

— Je l'ignore.

Laure reste stupide, étonnée… Puis elle disparaît brusquement dans sa chambre dont elle ferme le verrou, tandis que sa mère, interdite, soupèse rêveusement la missive dont elle ne sait que faire. M. de Saint-Chef s'approche.

— Pourquoi ne lui avoir rien dit ?

— Je n'en avais pas le cœur.

Ce qu'elle n'a pas dit, c'est que Madame de Limoëlan a été arrêtée la veille avec deux de ses filles. La rumeur court à Versailles que c'est à cause de l'attentat du 3 nivôse. On soupçonne le fils Limoëlan d'en être responsable. Ces révélations ont bouleversé Mme de Saint-Chef – si elle avait su… Elle essuie les larmes qui lui montent aux yeux. Son époux lui tend un mouchoir avec une compassion appuyée. Ils n'ont jamais voulu que le bonheur de leur fille, un bonheur tranquille, le seul qui dure, et voilà que sans le savoir, ils l'ont poussée dans les bras d'un terroriste.

M. de Saint-Chef sort sa tabatière d'ivoire, l'air perplexe et un peu perdu. Tant que sa fille s'ennuyait sur le rocher de Guernesey, il pouvait encore la distraire. Mais le père est démuni face à ce chagrin violent. Il n'y comprend rien. Lui-même, quand il était en âge de se marier, n'aspirait qu'au calme d'une vie conjugale exempte de toute passion – et ça tombait bien car ses parents, depuis sa naissance, avaient arrangé son alliance avec une lointaine cousine bien dotée, au caractère aussi placide que le sien. Décidément, les temps ont changé. Cette génération nouvelle est encline aux amours tourmentées, à croire que la Révolution leur a tourné les sangs – à défaut de l'avoir fait couler.

— Allons, ce n'est pas votre faute, assure-t-il en allumant sa pipe. On ne pouvait pas se douter… Cette famille semblait si respectable. Du reste, Mme de Limoëlan elle-même ne savait peut-être rien.

31.

Non, Mme de Limoëlan ne savait rien, c'est ce qu'elle se tue à répéter à Bertrand quand il vient la visiter aux Madelonnettes où elle est écrouée. D'ailleurs, le chef de la police politique lui fait peur avec sa figure de gargouille et ses méthodes brutales, elle ne veut parler qu'au ministre qu'elle connaît *personnellement*. Bertrand hausse les épaules. Vanité d'ex-aristocrate, personne ne connaît le ministre de la police *personnellement* ! Mme de Limoëlan insiste, elle est de Nantes comme Fouché, elle l'a fréquenté autrefois, quand il a été envoyé dans sa ville sur ordre de la Convention. Il pourra témoigner qu'elle a toujours été une excellente patriote et qu'elle a rompu avec ceux de sa famille qui avaient refusé d'embrasser la cause du peuple – son mari, en premier lieu, et son fils, l'irréductible Joseph.

C'est à lui qu'elle pense depuis qu'on est venu l'arrêter avec ses filles à Versailles. D'abord elle a été soulevée d'effroi devant le crime de son fils, les preuves accablantes de sa culpabilité. Mais Renée de

Limoëlan n'est pas femme à se livrer au désordre de ses émotions. Elle est restée de marbre, impassible, s'exhortant à faire bonne figure devant ses filles, surtout Marie-Thérèse qui est si sensible et qu'on doit marier bientôt… Elle en veut à Joseph de n'avoir pas songé qu'un scandale pareil éclabousserait la famille, compromettrait ses sœurs et son nom. Elle ne comprend pas un tel aveuglement dans le crime. Dans sa cellule, elle cherche les prémices de ce mal, elle relit leur histoire familiale au château de Sévignac. Les naissances des enfants, les moissons de l'été, les veillées, les chasses dans le bois… Il y avait eu des années heureuses avant que la Révolution vienne faire éclater l'unité conjugale, divisant le couple en deux partis irréconciliables. Elle se souvient des premières querelles au lendemain de la prise de la Bastille, les mots sournois de son mari sur ses amitiés républicaines, ses remarques acerbes sur des hommes qu'elle admirait ouvertement, Mirabeau, Lafayette – des traîtres, disait son époux en haussant les épaules avec l'air de dénier aux femmes tout esprit politique. Elle avait su lui répondre, elle n'était pas avare non plus en piques, en coups bas. Elle se découvrait une cruauté inédite. Elle le traitait de conservateur, d'ennemi de la liberté. Leur couple s'effondrait sous leurs sarcasmes plus sûrement que la Bastille sous les coups de pioche. Un soir, il l'avait comparée aux tricoteuses qui comptaient les têtes tombées dans le panier au pied de la guillotine et elle avait senti monter la houle de sa colère, tandis qu'une voix qu'elle reconnaissait comme la sienne lâchait ces mots qui précédaient sa pensée : « Je viendrai applaudir quand ce sera au tour de la tienne. »

Les enfants avaient entre treize et vingt-deux ans, ils abordaient la Révolution à l'âge des illusions et de l'insouciance. Où étaient-ils au moment des querelles ? Où se trouvaient-ils Michel, Joseph, Renée, Marie-Thérèse, Hélène, Amélie, Nicolas ? Derrière la porte, dans le jardin, sous les fenêtres. Il était impossible que les bruits de leurs dissensions ne soient pas venus jusqu'à eux, et pourtant elle ne se souvient pas les avoir jamais vus. Elle aussi a été aveugle. « Je viendrai applaudir quand ce sera au tour de la tienne ». Ces mots sont gravés au frontispice de leur drame familial. Avec la Révolution, une violence inédite avait fait irruption dans leur foyer, rendant impossible le retour à l'harmonie originelle. Les enfants avaient dû grandir ensuite avec ce tiraillement intérieur, la cohabitation impossible que leur imposait leur hérédité entre une mère républicaine farouche et un père martyr de la cause monarchiste. Bien sûr, elle avait volé au secours de son époux quand celui-ci avait été arrêté et condamné à mort, elle avait tenté de faire jouer ses relations avec Fouché, mais c'était trop tard. Joseph s'enfonçait dans ses idées de vengeance, ses filles récitaient en silence des prières pour le père héroïque.

Elle se sent coupable maintenant de toutes les violences de son fils, ou plutôt elle sent la chaîne invisible qui relie toutes ces violences, la solidarité de la parole et du geste, les mots qui portent en germe les crimes de demain. Elle pourrait tendre les mains aux menottes qu'on lui présente mais elle sait qu'il y a pour une mère transpercée plus de courage à vivre qu'à mourir. Elle pense à ses filles qui souffrent dans le cachot contigu au sien – on leur a interdit de se parler. Elle pense à son fils perdu, elle n'a plus de colère, seulement une tristesse immense en se souvenant de l'enfant qu'il était, drôle, bagarreur, infatigable. Elle se rappelle des parties de colin-maillard où il épuisait ses sœurs à force de cachettes introuvables dans les ballots de paille, en haut du pigeonnier, sous les pontons des douves. Elle aimerait que cette fois encore on ne le trouve pas. Pour qu'il puisse avoir encore quelques années devant lui. Une autre vie pour racheter la première.

Elle fouille dans son corsage et tend à Bertrand un billet plié en quatre, le billet signé par Fouché pour la libération de son mari, qu'elle garde toujours sur elle comme un antidote à son indignité.

32.

Bertrand laisse échapper un rire nerveux. Allons donc ! Le coup du billet est vieux comme le monde ! À Nantes, en 1793, Fouché ne manquait pas de travail. Envoyé par la Convention pour écraser l'insurrection de l'ouest, occupé à exterminer la race maudite des Vendéens, il ne devait guère avoir le temps de rédiger des mots doux à une ex-aristocrate qui se piquait d'embrasser la cause du peuple.

— Et que dit-il, ce billet ? demande-t-il, goguenard.

— Ma foi, vous n'aurez qu'à le lire vous-même.

Bertrand saisit avec circonspection le billet qu'on lui tend. C'est un choc quand il reconnaît l'écriture du ministre. Sa signature surtout, qu'il a vue assez souvent au bas des ordres qu'il exécute pour savoir qu'elle vaut un arrêt de mort. À la lumière d'un soupirail, il déchiffre : « *Au citoyen Méaulle, je te recommande la citoyenne Renée de Limoëlan, bonne patriote de tout temps. Ce que tu feras pour elle, je le regarderai comme pour moi. À Nantes, le 1er mai 1793, Joseph*

Fouché. » Le borgne blêmit. Son œil va du billet à la femme et de la femme au billet – en s'attardant un peu sur ce décolleté mystérieux d'où il a surgi, comme pour en sonder le mystère. Bertrand essuie son front. C'est la dernière phrase qui lui donne des sueurs. « *Je le regarderai comme pour moi.* » Un doute le prend et, comme c'est un sentiment qui ne lui est pas familier, il s'en effraie. Et s'il avait commis une bavure ? Il referme la grille de la cellule sans mot dire et retourne à l'hôtel de police, l'esprit embrouillé. La mère de Limoëlan était l'amie de Fouché ? Quelle femme garde dans son corsage le mot d'un homme, pendant huit ans, s'il n'a été son amant ? « *Ce que tu feras pour elle, je le regarderai comme pour moi.* » Il hâte le pas. Il repense à l'autre chouan, ses mains dénervées écrasées entre les planches, au bruit des os pulvérisés. Pour la première fois, la pensée du supplice lui est désagréable. Il chasse ce souvenir tandis qu'il longe la Seine et dépasse les bains Vigier où des muscadins se rhabillent en chantant.

Mais Bertrand peut être tranquille. Fouché n'a jamais été l'amant de la citoyenne Limoëlan. Ni d'aucune autre citoyenne d'ailleurs. C'est un mari exemplaire, fidèle à son épouse bretonne, cette Bonne-Jeanne qui, pour être un laideron, n'en a pas moins su s'attacher l'homme en le délivrant de ses vœux religieux. Il lui a été si reconnaissant de l'avoir initié aux plaisirs de l'amour que, dans la généreuse intention de partager avec tous le bonheur de sa découverte, il a aboli d'un trait de plume le célibat ecclésiastique et a obligé « *tout prêtre à se marier dans un délai d'un mois ou à adopter un enfant* ». C'était en 1792, un arrêt rédigé en pleine lune de miel ! Quel bon temps ! Le temps a passé mais ses sentiments pour Bonne-Jeanne n'ont pas diminué. Ils se sont fortifiés, même, à la faveur des événements traversés ensemble, la fortune soudaine, la gloire de l'épuration – à Nevers, à Lyon où il a remplacé la guillotine, trop lente, par l'exécution en masse à la mitraille, au nom de la « sainte égalité ». Ils ont connu des revers aussi, la disgrâce du 9 thermidor, le désœuvrement, la pauvreté, avant de renouer sous le Directoire avec le pouvoir et la richesse. Vrai, les événements des derniers temps ne les ont pas épargnés. Mais ils les ont unis.

Quand Bertrand lui parle de Mme de Limoëlan avec une gêne inhabituelle, Fouché secoue la tête. Il le rassure. Il se souvient de cette femme, zélée patriote, venue lui demander une lettre de recommandation pour se rendre à Paris et obtenir la grâce de son époux arrêté avec une bande de chouans. Il n'avait pas jugé la démarche suspecte, étant lui-même bien placé pour savoir que l'amour conjugal vous porte à tous les dévouements. Il avait signé le billet, ça n'engageait à rien. La Convention était aux cent coups à cause de la menace vendéenne. Personne à Paris n'aurait pris le risque de libérer ce Picot de Limoëlan, aristocrate, breton, dévot et fanatique, assez dissimulé pour devenir administrateur de son district le jour pendant qu'il conspirait la nuit pour mettre le fils Capet sur le trône. Personne, et surtout pas ce Méaulle, député trop soucieux de dissiper sa fâcheuse réputation de modéré pour prendre le risque d'une grâce.

Bertrand ne comprend plus. Alors pourquoi ce billet ?

— Bah, une femme qui se sépare de son époux pour embrasser la Révolution puis qui regarde comme un devoir de libérer le père de ses enfants, ce n'est pas une menace. C'est français, voilà tout.

Bertrand pousse un soupir de soulagement. Il est ennuyé quand même, à cause du fils de la prisonnière dont on ne connaît toujours pas la cache. Où diable peut-il bien être ? Mais Fouché reste très calme. Aucune inquiétude sur son visage, aucune impatience dans ses gestes. Pourtant, Limoëlan l'obsède, autant que Bertrand, plus que lui sans doute. Il a quadrillé la ville, posté ses informateurs dans tous les quartiers, les cafés, les bordels, les commerces de la capitale. Le chouan ne peut pas lui échapper. Ou bien c'est tout son système qui s'effondre. Soit il aura failli, soit Dieu existe. Aucune de ces deux possibilités n'est envisageable. Il se sert lentement un verre de vin corse et invite Bertrand à trinquer avec lui.

— Patience… – le mot expire sur les lèvres blanches dans un souffle. Demain, c'est le 2 pluviôse…

Le 2 pluviôse, soit le 21 janvier dans le calendrier grégorien, la date anniversaire de la mort du ci-devant Louis XVI. Ce jour-là, Fouché le sait, les royalistes, les jacobins sortent tous de leurs trous, les uns en noir, les autres en habits tricolores, pour se livrer à des commémorations secrètes – mais rien n'est secret pour la police de Fouché –, avec cette inconscience de ceux qui préfèrent la mémoire au présent. Lui est de l'autre race, celle qui prône l'amnésie, celle de la *damnatio memoriae*. Sa devise est signée de Mirabeau lui-même : « L'histoire n'est pas notre affaire. »

Fouché lève son verre. La souricière est prête. Bertrand trinque, son œil unique brille fort. Que la fête commence !

33.

Elle commence tôt, cette fête, car il faut profiter de l'obscurité pour sortir de chez soi et se rendre incognito aux commémorations que la police interdit.

Le premier dehors, c'est Hyde de Neuville. L'irréductible chouan se sait activement recherché par Fouché qui l'accuse d'avoir trempé dans le complot de la Machine infernale, dont il ignorait pourtant à peu près tout. Aussi, il n'attend pas l'aurore pour faire son devoir. Une heure après minuit, il se lève dans la chambre où il a trouvé refuge sous les toits. Il fait un froid glacial dans le galetas. Hyde de Neuville allume une chandelle, souffle sur ses doigts. Il s'habille à la hâte, gilet vert pomme à dix-sept boutons. Il enfile une paire de vieilles bottes de cuir, revêt une pèlerine et attrape un seau rempli d'un liquide épais, blanchâtre et gluant. Sous sa pèlerine il dissimule des rouleaux de papier, une trentaine d'affiches roulées serré.

Dehors, les lanternes sont allumées et trouent la nuit épaisse de leurs flammes faiblardes. La pluie tambourine aux fenêtres des maisons mais les

Parisiens dorment sur leurs deux oreilles, rassurés par la tournure que prennent les événements. Il paraît que la police de Fouché déporte les jacobins et arrête les royalistes. Bientôt, Paris ne sera peuplée que de modérés et d'honnêtes citoyens qui iront acclamer le Premier consul comme on allait autrefois à la messe. En troupeau. C'est rassurant. On peut enfin dormir en paix.

Mais Hyde de Neuville n'appartient pas à cette catégorie. Il divise l'humanité en trois groupes : ceux qui se soumettent aux lois, ceux qui les refusent et ceux qui s'en imposent d'autres. Il est du dernier. Il a vu s'effondrer son monde, sa famille, son château. Alors il se rebâtit une forteresse intérieure dont les pierres sont les devoirs qu'il s'impose. Devoirs stériles, inefficaces qui ne roulent que par le seul principe de la vitesse acquise par des générations de chevaliers au service de la France. Mais c'est son honneur, le dernier quartier de sa noblesse en ruine. Chaque année, il imprime clandestinement le testament de Louis XVI puis il va le coller aux portes des églises de Paris. Chaque année, il pleut. Les affiches dégouttent, l'encre coule, la colle se dilue, qu'importe, il accomplit son devoir avec la même obstination, les doigts gourds, le cœur en feu.

On n'affiche pas cinquante fois le même texte sans que les mots s'impriment sur la rétine. Ces mots disent : *Je sais qu'il y a plusieurs personnes qui m'étaient attachées qui ne se sont pas conduites envers moi comme elles devaient, et qui ont même montré de l'ingratitude, mais je leur pardonne (souvent dans les moments de trouble et d'effervescence on n'est pas maître de soi) ; et je prie mon fils, s'il en trouve l'occasion, de ne songer qu'à leur malheur.*

Ils disent aussi : *Je recommande à mon fils, s'il avait le malheur de devenir Roi, de songer qu'il se doit tout entier au bonheur de ses concitoyens, qu'il doit oublier toute haine et tout ressentiment, et nommément tout ce qui a rapport aux malheurs et aux chagrins que j'éprouve.*

Et plus loin : *Je pardonne de tout mon cœur à ceux qui se sont fait mes ennemis, sans que je leur en aie donné aucun sujet, et je prie Dieu de leur pardonner, de même qu'à ceux qui, par un faux zèle mal entendu, m'ont fait beaucoup de mal.*

Hyde de Neuville barbouille ces mots de sa glue grumeleuse diluée de pluie, il se dit que cette phrase est pour eux, les émigrés, les conspirateurs, les Princes, tous les Limoëlan du monde, ceux dont *le faux zèle mal entendu* a perdu la monarchie. Maintenant, avec la Machine infernale, leur cause est enterrée. Le peuple qui n'aurait pas boudé le retour d'un Roi a pris en haine ces royalistes capables de sacrifier une enfant dans un attentat manqué. Hyde de Neuville jette un regard alentour. Il aimerait voir Joseph de Limoëlan. Certains parmi ses amis disent que le chouan continue de parcourir la ville, la nuit, qu'il visite les églises désaffectées, comme une âme errante en quête de rédemption. Il se demande ce qu'il ferait s'il découvrait son fantôme sous un des porches où il colle ses affiches. D'abord il a pensé qu'il l'abreuverait d'injures et de reproches. Il lui montrerait l'horreur de son crime, il condamnerait le stupide orgueil qui l'a fait agir. Mais à quoi bon ? Atteindre un but contraire à celui qu'on poursuivait, n'est-ce pas le châtiment le plus cruel ? Il pense à cette expression devenue courante, « l'ironie de l'histoire ». Il n'y a pas d'ironie là-dedans, juste le tragique de la condition humaine. Où qu'il soit, Limoëlan ne peut ignorer qu'il a donné par son acte tous les pouvoirs à Bonaparte. Maintenant les Français se tournent vers le Premier consul comme vers un sauveur : délivrez-nous des fanatiques, qu'ils soient jacobins ou monarchistes, ramenez la paix et la concorde en France. Hyde de Neuville hausse les épaules, la paix, tu parles ! Il a rencontré le général corse tantôt, pour lui proposer de restaurer la monarchie – proposition candide qui a fait rire Bonaparte aux éclats. Hyde de Neuville a deviné que le bonhomme aime trop le pouvoir et la guerre pour assurer le bonheur de son peuple… La paix et la concorde ? Il est prêt à gager que les années à venir verront au contraire des batailles terribles, des morts par milliers. Un tel homme précipitera la France dans une guerre interminable, comme ces couples désunis qui font un enfant dans l'espoir illusoire de réparer des fractures irréductibles. Il se souvient des derniers mots du Roi, à l'heure de passer sa tête dans la lunette de la guillotine : *Je prie pour que le sang que vous allez répandre ne retombe jamais sur la France*. Pas sûr qu'il soit entendu.

Soudain, un bruit le fait sursauter. Il laisse tomber son pinceau sur les marches. Une ombre surgit derrière un pilier de l'église Saint-Roch puis s'enfuit dans l'obscurité. Limoëlan ? Hyde de Neuville veut d'abord s'élancer à sa poursuite puis se ravise. Et si c'était un agent de Fouché parti le dénoncer ? Son nom aussi figure sur la liste des suspects. Il ramasse le pinceau et déguerpit. Il reprend sa tournée sous la pluie glaciale. La bise cingle son visage. L'anse du seau scie ses doigts, il tousse. Trois heures sonnent au clocher de l'église. À ses soldats, Bonaparte dit que le vrai courage, c'est celui de trois heures du matin. Un courage sans complice, sans témoin. Un courage sans ivresse, à jeun et à froid.

34.

Ni chouan pénitent, ni agent de Fouché. L'ombre qui se glisse derrière le pilier de l'église Saint-Roch est celle de Justine, la fille du Palais Égalité au corsage défait et aux mains sales. Enfin plus maintenant. Elle les a lavées dans les flaques près de la Seine, comme le lui avait ordonné Pierre Vigier. Elle a frotté ses ongles avec des touffes d'herbe pour lui plaire, mais ça n'a servi à rien. Le baigneur-étuviste n'est jamais revenu au café des Aveugles. Enfin si, une fois. Mais il n'était plus comme avant. Ni cabotin, ni égrillard. Assis au bord du lit, il parlait les yeux dans le vague d'un corps qu'il avait vu tomber dans la Seine, le soir de Noël, un suicidé.

— Fouché pense que c'est l'homme de la Machine infernale.

Justine s'est tue, un peu choquée. Pas à cause de l'attentat, on ne s'occupe pas de politique quand on bat le pavé à la recherche d'un homme. Les royalistes, les jacobins… elle a connu des clients de tous les partis et ma foi, au lit, quand ils sont nus comme des vers, bien malin qui pourrait distinguer les uns des autres. Si elle se tait, c'est à cause du corps tombé dans l'eau. Elle glisse ses mains sous la chemise de son client et elle dit d'une voix blanche : « On ne se suicide pas une nuit de Noël, c'est pas convenable… ». Elle se souvient du visage boursouflé de sa mère qu'on a repêchée près du lavoir d'Asnières, après qu'elle s'est enfoncée dans la rivière, des cailloux pleins les poches, à cause d'un homme qui ne revenait pas. Justine n'avait pas dix ans alors, mais elle n'a rien oublié des chairs vertes, gonflées par les eaux, et de la remarque d'un badaud tandis qu'on tirait le corps sur la berge par les pieds : « La pauvre femme a eu son compte. »

Elle a eu son compte, elle aussi, avec cette misère qui a suivi et l'a poussée dans les faubourgs de Paris à quinze ans, avant d'atteindre le cœur de la capitale, ce Palais Égalité où, depuis, elle vend ses charmes. Elle y a ses clients, ses habitudes, son couvert. Au café des Aveugles où les hommes ont pourtant les yeux grand ouverts, elle boit du champagne en levant ses jupons, une main sur la hanche, un pied sur la table. Mais depuis quelques jours, elle ne s'y amuse plus, à cause du baigneur-étuviste qui ne vient plus la voir. Elle traîne dehors, elle offre sa solitude aux ombres de la nuit. Elle le guette sous les arcades du Palais, pardessus l'épaule des clients empressés, qui fourrent leur nez dans son corsage avant même qu'elle ait fixé le tarif de ses passes. Il ne vient plus et elle est malheureuse. Elle a peur aussi, à cause du souvenir de sa mère ; elle comprend maintenant qu'on puisse vouloir mourir pour un homme, qu'on mette des cailloux dans ses poches pour s'enfoncer tout au fond, sans souci de ceux qui restent sur les berges.

Mais elle a dix-neuf ans, elle ne veut pas mourir. Elle a le souvenir très doux de cette nuit où Pierre Vigier lui a parlé dans l'obscurité, assis dans le grand lit de bois où il fumait la pipe. Dans les volutes de fumées se déroulaient les souvenirs de cet homme parti de rien, une enfance pauvre en Auvergne, la ferme de Cassaniouze, les récoltes, les bêtes. Ses parents, les yeux fixés sur la terre, n'ont rien vu de son intelligence mais le maître du domaine, un seigneur à l'œil vif, a financé ses études de droit et l'a envoyé à Paris où il est devenu procureur au parlement. La suite, Justine ne l'a pas bien comprise à cause de la Révolution qui a tout changé et rendu cet homme suspect. Elle sait qu'il a fait de la prison, mais une prison arrangée pour les pensionnaires trop délicats – la pension Belhomme, « un havre de paix fiché au cœur de la terreur », qu'il disait, avec son parc fleuri, ses marronniers… C'est là que Pierre Vigier a découvert la volupté, parce que les duchesses y étaient peu farouches, que les actrices mutines de l'ex-Comédie-Française y avaient élu domicile, et que, demain n'étant jamais sûr, les serments d'amour y étaient éternels. Entre deux parties de tric-trac et de pharaon, tandis que la duchesse d'Orléans jouait du clavecin, il a goûté la vie folâtre des privilégiés. Et ce n'est pas rien, Justine le sait, cette initiation aux plaisirs quand on a connu une vie sérieuse, de labeur et d'économie, sans jamais une heure d'amusement.

Après ça, Robespierre est tombé, les prisons se sont ouvertes et la libération a semblé rude au procureur converti aux plaisirs derrière les barreaux. Heureusement qu'il a trouvé cette affaire des bains flottants vendus comme « biens nationaux ». Avec cet instinct très sûr des autodidactes, Pierre Vigier a acheté l'entreprise pour devenir « baigneur-étuviste » – une occasion en or en ces temps nouveaux qui favorisent l'entreprise, l'individu, le confort. Il est devenu riche, immensément riche – neuf mille livres de rente, le château de Grandvaux à Savigny-sur-Orge, une centaine d'hectares alentour, l'hôtel de Tessé, deux immeubles quai Voltaire et une maison place des Victoires.

De l'argent, il en a laissé à Justine cette nuit-là alors qu'ils n'ont rien fait ensemble à cause des fantômes qui flottaient entre leurs corps, celui de sa mère et celui du suicidé de la Machine infernale, ces deux noyés qui dérivaient entre les draps de leur nuit blanche et qui, curieusement, les rapprochaient. Depuis, elle pense à lui sans cesse. Peut-être parce qu'on ne lui a jamais parlé ainsi, avec beaucoup de sincérité et un peu d'amitié. Elle respire son odeur de tabac et de musc sur les draps. Elle est piquée. Ses amies lui disent que ce n'est pas bon quand on fait ce métier de tomber amoureuse. Elle s'en fiche. Elle a décidé de l'attendre et, puisqu'il ne vient pas, elle va le retrouver. Elle contourne l'église Saint-Roch, croise sous la pluie un homme pressé qui porte un seau et des rouleaux blancs. Elle connaît le chemin qui mène au quai Voltaire. Elle serre contre elle sa bourse de velours avec le salaire de ses passes. Elle descend l'escalier. Sur les berges, elle distingue une cabine dont la lucarne est éclairée. Il y a donc encore un homme pour prendre un bain à cette heure ? Et si c'était lui ? Elle retient son souffle, tente de réguler les battements désordonnés de son cœur. Elle a hâte de voir à quoi ça ressemble, un établissement de bains flottants. Il paraît qu'autrefois les autorités de Paris exigeaient que le directeur accorde un pourcentage de bains gratuits aux malades et aux prostituées. Mais c'était avant, quand les principes généreux ne s'étaient pas encore dilués dans les eaux du commerce. On dit que maintenant les baignoires sont en cuivre rouge. Et qu'elles sont assez larges pour qu'on tienne à deux dedans. Elle ne demande qu'à voir.

35.

Depuis huit ans, c'est son jour préféré. Le 2 pluviôse de l'an X, Pierre-François Palloy se lève en sifflotant. Un nuage de buée s'échappe de sa bouche : il ne doit pas faire plus de cinq degrés dans la chambre. Pas question pour autant d'allumer un feu. Les bûches doivent être conservées pour le festin de ce soir où on brûlera dans la cheminée l'équivalent d'une semaine de bois. Sa femme émet un grognement plein de sommeil :

— Que fais-tu ?

— C'est aujourd'hui ! Dors ! Je m'occupe de tout.

Palloy remonte la couverture sur son épouse. Il saisit sa bourse, recompte ses pièces. Il n'a plus la fortune des années fastes mais il reste fidèle aux traditions. Le 2 pluviôse, il offre un grand banquet républicain à ses amis : tête de cochon farcie, vin rouge à volonté, dessert, eau-de-vie : on sait encore festoyer chez les Palloy. Sa femme peste un peu parce que les caisses sont vides et que l'argent économisé pendant des semaines part en fumée en une soirée. Mais elle n'a pas le cœur de s'y opposer. Depuis l'avènement du Consulat, les occasions de se réjouir sont rares. Son mari en parle depuis des semaines. Il y tient obstinément. Par patriotisme, bien sûr, mais aussi par nostalgie. Quand on dresse la table, quand on place au milieu des convives la tête de cochon, quand enfin il peut lever son verre en l'honneur de la patrie, Pierre-François Palloy se sent revivre. Il ferme les yeux. Il revoit les fêtes d'autrefois, les danses sur les ruines, dans les jardins. Des farandoles passent devant lui, des filles à peine vêtues, coiffées de couronnes de branchages. Il entend le fifre, le tambourin, la joie dans toutes les gorges. Il aime la fête et la bonne chère. N'a-t-il pas affiché à l'entrée du chantier de démolition de la Bastille, *son* chantier, cet écriteau plein de promesses : « Ici on danse » ?

Palloy ferme la porte et se dirige vers la rue neuve Saint-Roch où demeure le pâtissier Leclerc, l'inventeur du dessert tricolore, le fameux Patriote. Les pavés sont couverts de boue. L'eau s'engouffre dans ses bottes. Qu'importe, il est heureux ! « Ici on danse ». La Bastille… C'est vrai qu'on dansait après des journées à cogner sur les pierres de la forteresse. Ah ! Il a eu là une fameuse idée ! Il n'a pas participé lui-même à la prise de la Bastille mais le maçon qu'il est a tout de suite deviné quel parti il pourrait en tirer. L'époque était aux audacieux et aux entrepreneurs. Dès le 15 juillet, à l'aube, tandis que le soleil se levait sur les décombres encore fumants, il a envoyé sur le chantier quatre cents ouvriers recrutés dans la nuit et s'est autoproclamé « démolisseur officiel de la Bastille ». Ça a été le début de son ascension sociale. À coups de pelle, de pioche, on arrachait les pierres du bâtiment pour édifier le socle de sa nouvelle fortune.

Il y songe encore tandis qu'il traverse le pont National qui enjambe les bains Vigier. Quel bon temps ! Sur le chantier, les bourgeois venus en curieux côtoyaient les ouvriers, le visage blanchi sous un masque de salpêtre et de sueur mêlés. Parfois, des membres de la nouvelle assemblée lui rendaient visite. Mirabeau, Beaumarchais se promenaient dans les ruines, songeurs, philosophes. On venait toucher du doigt la preuve que le règne des tyrans était aboli. Palloy s'improvisait guide officiel, il était intarissable sur les anecdotes, le sort des prisonniers, l'épopée populaire. On applaudissait ses discours, on en redemandait. À ce souvenir, il sourit. C'est là qu'est né son goût des diatribes enflammées, son éloquence. Elle ne lui sert plus. Sauf ce soir, où il va pouvoir à nouveau exprimer son amour illimité de la liberté. Il contemple la Seine, il murmure : « *Nous promettons, en républicains, que nous exterminerons tous les tyrans, tous les despotes coalisés contre notre sainte Liberté, qu'autant qu'il sera en notre pouvoir, nulle Bastille ne restera sur la terre, nul peuple dans les fers ; que tous les hommes trouveront en nous des frères, et tous nos concitoyens des soutiens inébranlables de la république française, une et indivisible !* » Ses mots tombent dans la rivière indifférente aux élans de son cœur patriote.

Il soupire, souffle dans ses doigts engourdis. Dans les rues, des agents de Fouché patrouillent à la recherche des coupables de la Machine infernale. Il paraît qu'on a les noms, trois chouans dont deux sont encore en liberté. Ce qui ne devrait pas durer, attendu que Fouché n'a jamais laissé filer qui que ce soit. Encore moins des royalistes. Sur le quai, une très jeune fille, au corsage échancré, immobile devant le bâtiment des bains flottants, le fixe sans le voir, avec une sorte d'hébétude. D'autres souvenirs affluent. Des jeunes filles jonchées sur leurs chars fleuris, il en a vues, il en a humé autrefois. Sa femme ne participait pas à la liesse populaire. D'une éducation bourgeoise, austère, rompue à la tenue des comptes du ménage, elle regardait les caisses se remplir avec une satisfaction discrète depuis que son mari avait eu l'idée de transformer chaque vestige en un objet souvenir, une Bastille miniature sculptée dans la pierre. Le succès ne s'était pas fait attendre. Le succès ? Le triomphe oui ! Chacun voulait avoir dans sa poche une relique du monument des despotes. Palloy en a fait cadeau à l'hôtel de Ville, aux départements nouvellement créés. Bonhomme, il a même offert au dauphin un jeu de dominos taillés dans le marbre de la cheminée de Launay, le gouverneur décapité. Mais comme son cœur était grand et ses principes d'égalité intangibles, les simples citoyens aussi pouvaient acheter les reliques pour quelques sous. Il suffisait de les commander dans le catalogue que diffusaient les colporteurs, rebaptisés pour l'occasion *Apôtres de la liberté*. Le catalogue, enrichi par son imagination débordante, était épais comme *l'Encyclopédie* : on y trouvait pêle-mêle des médailles souvenirs fabriquées dans le métal des anciens verrous, des encriers creusés dans les vestiges de la forteresse, des dominos, des tabatières, des clefs réalisées dans les chaînes du pont-levis, le buste de Rousseau taillé dans les pierres d'angle… En évitant les flaques, Pierre Palloy récite la liste pour lui-même. C'est comme une litanie qu'il murmure en arrivant rue Neuve-Saint-Roch, l'inventaire de son génie commercial.

— Ah ! Je vous attendais !

Palloy sursaute. Le pâtissier, les bras croisés sur le seuil de sa boutique, se réjouit de le voir. Pour lui c'est un grand jour que ce 2 pluviôse, le seul de l'année où il peut ressortir sa fameuse recette, le dessert aux trois liqueurs élaboré au bon temps de la Terreur. Il n'a pas dormi de la nuit, François Leclerc, pour préparer ses choux montés par trois en pyramide aux couleurs de la république. Depuis l'an I, Palloy lui en commande une centaine pour les convives de son banquet mémoriel. Leclerc le fait entrer dans l'arrière-boutique et, avec un geste plein de fierté, lui présente son travail. Mais l'autre est embarrassé, cent, c'est beaucoup quand même. François Leclerc se récrie, comment ça, beaucoup ?

— Eh bien mon ami, que voulez-vous, c'est ainsi ! Les temps sont durs pour les patriotes. Tenez, sur les cent invitations, je n'ai pas reçu vingt réponses. Fouché arrête les jacobins, les vrais. Les gens ont peur. Ils se cachent. Et puis voyez vous-même, lance-t-il en montrant la fenêtre d'un geste théâtral : il pleut.

Le pâtissier est contrarié, ça par exemple ! D'autant que Palloy ne peut pas payer et demande maintenant qu'on lui fasse crédit, au nom de la république, au nom sacré de la liberté, au nom de… L'autre l'arrête, il a un commerce à faire tourner, lui, et avec son locataire qui vient de filer à la cloche de bois, il ne peut pas se permettre…

— D'accord, d'accord… Je vous en prends vingt que je paye comptant.

— Vingt ? Mais qu'est-ce que je vais faire des autres ?

— Bah, vous trouverez bien. Tenez, pour votre peine !

Palloy laisse tomber les pièces dans la main du pâtissier ahuri. Puis il s'esquive avec son plateau dans les mains. Il est pressé. Il a une tête de cochon à trouver, du vin, des cigares, des liqueurs. Tout ça n'est pas donné, qu'est-ce qu'il croit ? Leclerc fulmine. Il sort sur le seuil, poursuit Palloy – voleur, bandit, profiteur ! L'autre ne l'entend plus, il longe le jardin des Tuileries la tête baissée pour se protéger de la pluie glaciale qui lui fouette le visage.

Du reste, les invectives cessent brusquement quand deux hommes en uniforme surgissent sur le seuil de la boutique, se dressent devant le pâtissier, les bras croisés, et déclarent :

— Vous êtes en état d'arrestation. Au nom du salut public.

36.

C'est lourd, une tête de porc. Huit, dix kilos ? Palloy a des crampes dans les bras. Le trajet qui mène des halles jusqu'à chez lui n'est pas long mais son panier pèse une tonne depuis que la belle charcutière y a glissé la tête de l'animal, enveloppée dans du papier blanc, avec un sourire complice. Elle connaît bien son client qui vient tous les ans chercher sa viande pour la *Saint-Capet*, comme ils disent ensemble en riant. Son mari la regarde d'un œil désapprobateur, il n'aime pas ce genre de connivence avec les clients, la politique et le commerce n'ont jamais fait bon ménage, et puis une femme n'a pas à se mêler de ces sujets. La charcutière hausse les épaules, ça ne mange pas de pain de plaisanter un peu. De toute façon, elle n'a pas d'opinion politique. Tant que le commerce fonctionne, on peut célébrer tout ce qu'on veut – sauf le Carême car alors les gens se piquent de manger du poisson et ses chapelets de saucisses lui restent sur les bras.

Palloy abandonne les charcutiers à leurs querelles conjugales. Il avance sous la pluie, en maugréant. Ses gâteaux ont pris l'eau, les trois couleurs déteignent les unes sur les autres dans une bavure violette. Il va rentrer chez lui mettre les provisions au sec et puis il ressortira pour le vin, qu'il prendra à crédit car il n'a plus d'argent – la tête de porc, avec ses petits yeux et sa langue énorme, a tout avalé. Comme il avance courbé, à cause du poids du panier et des gâteaux qu'il veut protéger de la pluie, il ne voit pas que les rues s'emplissent, à mesure que le jour naît, d'une foule pressée : des bonnes, des valets qu'on a envoyés aux halles pour rapporter des vivres, parfois un bouquet de fleurs – des lys blancs de préférence.

Il ne voit pas non plus l'affiche sur les murs qui réclame la tête de Limoëlan et promet douze mille francs à qui le ramène mort ou vif. Encore moins celle qu'Hyde de Neuville a collée sur les portes de l'église Saint-Eustache. D'autres la voient, et même s'y attardent. Par piété, ou par curiosité le plus souvent. Le testament de l'ex-Roi intrigue, c'est un texte qu'on connaît mal, la Convention s'est bien gardée de le rendre public. Certains ricanent, d'autres s'interrogent, est-on sûr, au moins, que c'est là le vrai, celui qu'il a rédigé au matin de Noël ? Un homme hausse les épaules, il suffit de savoir lire, voyez vous-même il a signé ici *Louis*.

Un petit homme au visage poupin, qui se prétend clerc de notaire, chausse ses bésicles. Il fait à haute voix la lecture du texte, pour ceux qui ne savent pas lire mais qui aimeraient savoir quand même. Sa voix nasillarde s'élève au-dessus des badauds. Le Roi déchu parle de ceux qu'il aurait offensés malgré lui – il leur demande pardon –, de ceux qui lui ont témoigné de l'attachement ou de l'ingratitude dans l'épreuve – à ceux-là, il pardonne –, de ceux qui sont morts ou malheureux à cause de lui – que son fils, s'il le peut, leur témoigne sa gratitude. Il parle de sa femme – *qui peut être sûre que je ne garde rien contre elle, si elle croyait avoir quelque chose à se reprocher* –, de sa sœur la princesse Élisabeth – *qu'elle continue sa tendresse à mes enfants et leur tienne lieu de mère s'ils avaient le malheur de perdre la leur*. Il emploie d'autres termes – « *éternité* », « *miséricorde* », « *âme* », « *sainte Église* », « *sacrée* » –, des mots de l'ancien temps. Pour les plus âgés, c'est comme une réminiscence, la langue d'avant, celle du pays natal.

Il se fait un silence. La pluie tombe toujours et fait des flaques sur le parvis. Une ombre enveloppe l'auditoire. Un fort des halles s'ébroue : précisément, si on a décapité le Roi, c'est pour ne plus subir ce despotisme paternel. Mais il n'y a guère de père dont la mort vous libère, elle fortifie plutôt l'emprise, heureuse ou malheureuse, qu'il exerçait sur vous de son vivant. On lui en veut un peu, tout de même, de cette leçon posthume qui contrarie ses rêves de liberté chérie.

Il reste aussi ces deux fantômes dont on ne sait pas quoi faire, la fille, le fils – celui qui ne doit jamais chercher à le venger, *s'il avait le malheur de devenir*

Roi. Une gamine qui n'avait pas cinq ans à la mort de Capet demande avec candeur :

— Et les enfants, qu'est-ce qu'ils sont devenus ?

Des femmes se poussent du coude, murmurent entre elles, c'est vrai ça, où sont-ils, les gamins ? Le clerc de notaire se rengorge, ils tombent bien par exemple, les généalogies, c'est son affaire ! Marie-Thérèse, l'aînée des enfants royaux, doit avoir une vingtaine d'années, elle est en Autriche, à la cour de Vienne, où on l'a échangée contre des prisonniers français. Trois ans de captivité au Temple lui ont ôté le goût de rire. Il paraît que là-bas, de l'autre côté de la frontière, on l'appelle *la princesse aux yeux rougis*. Et le petit Louis-Charles, l'ex-dauphin ? Le clerc s'éclaircit la gorge.

— Il est mort, le dauphin.

Murmure dans les rangs, rumeur. Certains disent qu'il est parti aux Amériques, d'autres qu'il a été enlevé par son oncle. Un homme secoue la tête, c'est des mensonges, tout ça ! Lui connaît un ancien gardien du Temple. Paraît que le gamin a été retrouvé au fond de sa cellule, où il vivait dans l'obscurité comme une bête, la peau galeuse, les vêtements en loque, les genoux si enflés qu'il ne pouvait se mettre debout et passait sa journée allongé sur le sol, au milieu de ses excréments, à guetter l'assiette qu'on lui glissait sous la porte une fois par jour sans lui adresser la parole. Les regards se font vagues, on tousse, on est embarrassé. Un marchand de vin crache par terre. C'est lui qui résume le sentiment général :

— Vrai, Capet et son Autrichienne n'ont pas volé leur sort. Mais pour les gosses, c'est abject.

Deux hommes habillés de noir qui sont restés silencieux pendant la lecture se signent avant de disparaître, tête baissée. La foule s'écarte pour les laisser passer, comme saisie de respect malgré elle. L'un est de grande taille, l'air grave, les mains osseuses. L'autre plus jeune avec un visage long et maigre, le front haut, le nez aquilin. Le clerc de notaire hoche la tête, à coups sûrs ce sont d'ex-prêtres. Il y pense à cause de cet air qu'ont les curés, aussi étrangers au bonheur qu'au malheur de vivre. Le plus jeune lui rappelle aussi un visage vu récemment. Il est certain qu'il l'a rencontré, où ça peut bien être ? Il plisse les yeux, fouille sa mémoire. Il ne pense pas tout de suite à l'affiche diffusée par Fouché où on a dessiné à gros traits le visage de Limoëlan. Et quand ça lui revient, c'est trop tard. Les deux hommes ont disparu depuis longtemps, happés par la cohue des halles.

37.

C'est une idée du père Picot de Clorivière. Une idée ou plutôt un vœu. Traverser Paris avec son neveu à la lumière du jour, au milieu de la foule, sans masque et sans déguisement. Joseph, qui a pris l'habitude de tous les travestissements et de toutes les dissimulations, s'en étonne d'abord. Il sait que Carbon a été arrêté, que Fouché sait faire parler ses prisonniers grâce à des méthodes très efficaces. Avancer à visage découvert par les temps qui courent, alors que sa tête est mise à prix sur tous les placards de la ville, c'est un suicide.

— Non, rectifie le jésuite. Un abandon à la providence.

La providence les accompagne, en effet, sur ce parcours d'une lieue qu'ils effectuent dans les rues de la capitale, en direction de l'église Saint-Laurent. Il est vrai que le temps est exécrable et n'incite pas les Parisiens à la promenade. Mais il y a du monde tout de même dans les rues. Une certaine agitation aussi, à cause des affiches qu'on a placardées cette nuit sur les portes des églises, qui provoquent des remous et des discussions, comme une vieille querelle de famille qu'on ressort à la fin d'un banquet. Dans cette atmosphère tendue, la présence des deux hommes en noir pourrait passer à peu près inaperçue, mais le père de Clorivière insiste pour qu'on traverse les halles et il faut louvoyer entre les domestiques qui achètent des fleurs de lys et ceux qui choisissent des têtes de porc.

— Ne serait-ce pas plus prudent de contourner ? demande Joseph.

— Si. Mais la prudence ne règle pas la vie du chrétien.

— Et si nous sommes arrêtés ?

— Nous y verrons la volonté de Dieu.

Le prêtre tend son bréviaire à son neveu.

— Allons, prie ! Il n'est pas d'autre bouclier ici-bas.

Joseph ouvre le livre, récite le psaume 22 à voix basse : *Si je traverse les ravins de la mort, je ne crains aucun mal, car tu es avec moi, ton bâton me guide et me rassure.* Mais les paroles restent vaines, elles glissent sur lui comme l'eau sur les plumes d'un canard. Quelque chose en lui se révolte contre cette épreuve de probation, inutile et dangereuse. Bien sûr, il a du courage et n'a jamais craint de prendre des risques. Mais c'étaient des risques assumés, choisis. Tandis que ceux auxquels son oncle le soumet exigent de lui un abandon contraire à sa nature. Il n'est pas une brebis qui avance tête baissée avec pour seul horizon le dos d'une autre brebis. Il veut voir le chemin, sonder le ravin, s'y pencher s'il le souhaite, s'y jeter s'il le décide. D'ailleurs, des années de guérilla lui ont appris qu'il y a parfois plus de grandeur à éviter un danger qu'à s'y exposer. Cette épreuve blesse sa nature indocile, humilie sa fierté de proscrit. Il avance sous la pluie comme si on le menait à l'abattoir.

Voici maintenant que l'oncle s'approche d'un rassemblement devant les portes de l'église Saint-Eustache. Il s'immisce parmi la foule, écoute, les yeux clos, les mains jointes, la voix nasillarde d'un petit homme à lunettes qui fait la lecture du testament de Louis XVI d'un air inspiré. Joseph transpire. Il sent le regard de son voisin tout près de lui, son souffle sur son cou. Les agents de Fouché sont partout et ressemblent à tout le monde. Il jette un regard inquiet à son oncle. Le prêtre ne cille pas. Son visage exprime un calme qui n'est pas de ce monde, une sérénité presque surnaturelle. Il prie, imperturbable au milieu de cette assemblée d'inconnus qui discutent du sort de l'ex-famille royale. Quand la foule s'émeut de la mort misérable du dauphin, le prêtre les bénit d'un geste ample sous les pans de sa cape noire avant de disparaître d'un pas lent. Joseph le suit sans mot dire, en songeant que les ravins de la mort ont parfois des allures de parvis d'église.

Ils empruntent la rue du Temple où la foule est moins nombreuse. Pour autant, Joseph ne peut relâcher sa vigilance, vieux réflexe de proscrit. Nul autre ressort ne le rattache à la vie que ces habitudes contractées pendant des années de guerre et de conspiration. Il ne craint pas la mort. Au contraire : elle serait presque douce. Mais il veut être jugé par Dieu, non par Fouché dont la justice ressemble trop à celle du diable. Il a, au-dessus de son front, le fantôme de l'enfant à la charrette, le regard affolé de la vieille jument. Ce tribunal l'escorte partout où il va, il n'en veut pas d'autre. Le geste de la petite fille, sa main qui se lève au passage du carrosse, est plus sévère que tous les doigts inquisiteurs de la justice des hommes. À la fois plus doux et plus dur. Il est saisi d'un vertige quand il songe au temps qui s'étire devant lui. Que va-t-il faire des années à venir ? Pire : de *chaque minute* contenue dans *chaque heure* de *chaque jour* des années à venir ?

Il craint que son oncle ne se soit trompé à son sujet quand il s'est révolté tout à l'heure, entre les étals des halles, à l'idée de perdre la vie. Il le lui dit.

— Vous savez, j'aimerais mieux mourir.

— Oh, répond le prêtre sans se retourner, cela va sans dire. Nous aimerions tous mourir. Mais il faut vivre.

Puis, après un silence et sans se départir de son ton calme, toujours égal :

— Des nouvelles de Saint-Réjant ?

— Il va mieux. Je l'ai transféré chez une femme dont l'adresse est sûre, la citoyenne Jourdan qui raccommode des bas, rue d'Aguesseau.

Le prêtre hoche la tête. Depuis le 3 nivôse, son neveu n'a pas ménagé sa peine pour mettre à l'abri ses complices, leur procurer du linge, de l'argent, des soins. Ces courses à travers la ville l'ont occupé, elles ont servi de dérivatif à sa souffrance. Joseph s'est étonné de ne pas trouver chez ses anciens acolytes le repentir qui le dévore. Ils sont hagards, comme absents à eux-mêmes. On dirait que leur volonté, leur raison même, se sont dissoutes dans la poudre de la Machine infernale. Sa solitude s'accroît de ne sentir personne qui souffre comme lui, le crime peut être collectif mais le châtiment est toujours individuel. La culpabilité est totalitaire : elle ne se partage pas. Joseph n'a jamais été aussi seul. Il a fallu que le Père de Clorivière insiste pour le mettre en sécurité à son tour. Ce qui tombait bien, c'est que le jésuite détenait la clef de l'église Saint-Laurent, la clef de sa crypte et le plan des souterrains qui relient l'église au ci-devant couvent des Récollets. Le neveu n'a pas demandé à son oncle comment il se l'était procurée. Il sait que le prêtre s'est souvent rendu dans cette église, située près de la maison Saint-Lazare, par piété à l'égard de son fondateur, saint Vincent de Paul, qui y est mort. Maintenant, la maison Saint-Lazare n'existe plus. Elle a été mise à sac le 13 juillet 1789 par des Parisiens qui y cherchaient des armes et n'y trouvèrent que des prêtres occupés à soulager la misère des indigents. Mais l'église Saint-Laurent subsiste. Plus que jamais, depuis qu'elle a été rendue au culte catholique après avoir été successivement un temple de l'Hymen, un lieu de culte pour les théophilanthropes, puis un

Temple de la vieillesse. Elle a souffert de ces consécrations successives qui l'ont un peu défigurée.

Le père de Clorivière pousse la porte de la crypte. Une odeur de salpêtre et de renfermé saisit les visiteurs à la gorge. Joseph allume une chandelle. Au sol, c'est un désordre indescriptible de statues mutilées, de bris de vitraux, d'ouvrages philosophiques et de cocardes au milieu desquelles se promènent des rats.

— Nous ne sommes pas attendus, on dirait.

Le prêtre lui lance un regard réprobateur.

— On est toujours attendu dans une église, dit-il.

38.

— Attendue ? Vous en êtes sûre ?

L'employé des bains flottants qui accueille Justine sur le pont est à peine aimable. Ni « mademoiselle », ni « madame », rien. Il a dû deviner qu'elle était de ces filles que le patron retrouve quand il sort la nuit et rentre à l'aube, un peu débraillé, avec cette odeur de sueur et de foutre qu'il va diluer dans les eaux de son bain.

— Oui. Par le citoyen Vigier. Lui-même.

Les mots sortent de ses lèvres trop rouges, sans hésitation, avec assurance, même. Si on l'avait accueillie comme n'importe quelle cliente, elle aurait bredouillé peut-être. Mais elle a décelé assez de mépris dans les yeux de Charles Mégerie pour mentir avec aplomb. L'autre la regarde par en-dessous tandis qu'il tire un trousseau de clefs de sa poche en soupirant, c'est par ici, suivez-moi. Sur le pont, il ne dit rien mais il est contrarié. Vrai, tout ça ne le regarde pas mais si le patron commence à ramener des filles ici, c'est la fin de la réputation des Bains Vigier.

— Deuxième cabine à gauche. Et fermez bien la porte derrière vous, ordonne-t-il en glissant la clef dans la serrure.

Elle pénètre dans la cabine. Une vapeur moite noie la pièce mais elle reconnaît son odeur, l'alliance du musc et du tabac dont les draps de sa chambre sont imprégnés. Elle avance vers la baignoire lentement, sans rien dire, à peine impressionnée par le luxe du décor – guéridon de marbre, rideau de velours grenat, bergère tapissée de soie sauvage. Elle cherche le visage de l'amant dans le nuage de vapeur augmenté des volutes de fumée. Un visage étonné, pense-t-elle, car enfin, que fait-elle là sans qu'il l'y ait invitée ? Ou bien un visage en colère – elle ne sait pas – des yeux qui diraient : qui t'a autorisée à me rejoindre ici ? Va-t'en !

Maintenant, elle est au bord de la baignoire, le haut de ses cuisses plaqué contre la bordure de laiton, et elle constate qu'il n'est ni surpris, ni en colère, ni heureux. Il est saisi de désir, des orteils jusqu'à la racine des cheveux et tous les sentiments, honte, colère, surprise, se dissolvent dans ce philtre puissant qui métamorphose les hommes – et les femmes aux yeux des hommes. Sûre de ce sortilège qui lui confère les pleins pouvoirs pour une heure au moins, peut-être deux, elle déboutonne sa robe, délace son corset, ôte ses bas et ses bottines sans le quitter du regard. Elle garde sa chemise blanche, lui croit que c'est par coquetterie – pudeur est un mot qui lui est interdit, elle l'a tué dans l'œuf – mais il se trompe, c'est par prudence. Elle ne s'est jamais lavée que dans des bassines de fer et le fer est conducteur, on doit conserver son linge si l'on ne veut pas s'y brûler la peau.

À demi penchée, à demi-nue, Justine observe la surface de l'eau où crèvent des bulles de savon. C'est vrai qu'elle est large, cette baignoire, qu'on doit pouvoir y tenir à deux en se serrant bien l'un contre l'autre – ou l'un sur l'autre. Sous les lagons de mousse qui dérivent, elle devine ses mains avides, son corps impatient, toute une vie sous-marine de creux et de protubérance, de désir et d'obscurité. Elle enjambe le rebord de la baignoire, humecte au passage l'ourlet de sa chemise. Il lui attrape le bras, elle s'immerge à son côté, ses jambes s'emmêlent aux siennes. Ils rient à cause de l'eau qui gonfle sa chemise et fait comme une montgolfière blanche au-dessus de son sexe. L'eau s'engouffre de toutes parts et les fait chavirer ensemble. Ils tanguent et ne savent pas à quoi ou à qui ils doivent ce vertige, si c'est à cause du ressac de la Seine sous le bâtiment ou du sang qui bat dans leurs tempes.

On frappe soudain et Pierre Vigier se redresse brusquement, en gardant ses deux mains autour de ses poignets comme si elle risquait de s'échapper.

— Monsieur ! Monsieur !

Elle reconnaît la voix de l'employé sur le pont. Elle ne tourne pas la tête vers la porte, elle garde les yeux fixés sur son amant pour s'assurer que le philtre ne s'évapore pas, qu'il agit toujours malgré l'irruption du monde réel.

— Monsieur ! C'est la femme de chambre de vot' dame. Elle dit que le travail a commencé cette nuit. L'enfant sera bientôt là. Elle demande s'il faut aller chercher le docteur Collin.

Pierre Vigier ne répond pas. Il lâche les poignets de Justine et donne de grands battements de mains dans les airs pour dissiper la vapeur, comme si c'était elle qui l'empêchait de bien comprendre, de réagir comme il faudrait. Justine a entendu ces mots « vot' dame », « l'enfant », « travail », mais est-ce l'effet du bain ou de la chaleur, elle ne peut faire coïncider ces mots avec l'homme qui se tient à son côté. Ce sont des mots sans substance, d'autres bulles de savon qui crèvent au contact de son désir que rien n'émousse.

Cependant, le baigneur-étuviste s'est levé, dégrisé, désenflé, un peu pâle avec ses cheveux qui dégouttent et ses doigts fripés par le contact de l'eau. Il sort de la baignoire, attrape un drap de coton, se sèche minutieusement.

— Oui, allez chercher le docteur ! crie-t-il en direction de la porte close. Un instant et je suis à vous !

Il est à eux et il n'est plus à elle. Le sortilège est rompu, son règne est fini. Elle s'immerge dans l'eau, d'abord les épaules, puis le cou, enfin le visage tout entier – à nouveau le souvenir de sa mère, sauf que l'eau du lavoir était moins claire, pleine de vase et de bavure d'égout. Moins chaude aussi. Mais c'était la même douleur, lestée par les cailloux dans ses poches, le même désespoir. Il s'approche de la baignoire, elle devine son ombre au-dessus d'elle, son image troublée par les reflets. Elle sort la tête de l'eau. Pantalon et redingote bleus, bottes à soufflet bien cirées, chapeau à boucle de nacre : il est vêtu comme un monsieur – elle pense « un bon père de famille ». Il embrasse son front. Son air est presque tendre.

— Ne te presse pas ! Je donnerai des instructions pour qu'on te laisse la cabine.

Elle, à cause du souvenir de sa mère, se demande s'il l'enjoint à prendre le temps de se noyer ici tranquillement, sans hâte.

Avant de sortir, il pose un billet sur le guéridon, entre le verre de vin et la tabatière. C'est elle qui est venue vers lui, il lui doit au moins le prix de la course.

— Pour ta peine, dit-il.

Puis il quitte la pièce. Un courant d'air froid s'engouffre dans la cabine et dissipe les dernières nuées. Il ferme doucement la porte.

« Pour ta peine », répète-t-elle d'une voix blanche. Tout se chiffre en cette ère nouvelle, tout s'achète. Elle se demande quel est le prix de sa peine, justement, à combien il estime son chagrin, lui qui sait tout évaluer – les bains flottants, leur exploitation, leur rentabilité, cette idée ingénieuse de les amarrer sur la Seine pour éviter le coût des porteurs d'eau. Combien ça vaut, aux yeux d'un affairiste, la peine d'une fille publique qui s'est éprise de son client ? Cette curiosité la sauve. Elle se dit que lorsqu'elle sera fixée sur le prix de sa douleur, celle-ci perdra un peu de son pouvoir nocif. Elle s'extirpe mollement de la baignoire, une flaque d'eau se forme sous ses pieds. Il fait froid à présent. Elle s'approche du guéridon, saisit le billet. Dix sous. Un frisson lui parcourt l'échine. Elle avale d'une traite le verre de vin. Dix sous. Parfait, parfait. Elle ôte sa chemise, enfile sa robe et son jupon qui colle à ses jambes encore mouillées par l'eau du bain. Dix sous. C'était donc ça. C'est-à-dire pas grand-chose.

39.

Pas grand-chose, c'est ce que constate Sophie Palloy quand elle fait les comptes de ce qui va rester pour finir le mois. Le 21 janvier, ce n'est jamais plus que le 2 pluviôse, aussi faut-il tenir encore près de trente jours avant de toucher sa pension. Le calcul est rapide. Il y aura juste de quoi acheter une miche de pain, pas davantage. Bien sûr, il y a la tête de porc, on l'accommodera à tous les repas. Déjà, elle songe aux menus à venir tandis qu'elle enfouit la viande dans un baril de gros sel pour la conserver le plus longtemps possible. Joues de porc, langue de porc, oreilles de porc… les recettes ne manquent pas mais pour accommoder, il faudrait avoir de la sauce, des épices, des lentilles… Inutile d'y compter. Ce sera du porc à rien, avec un goût tenace de sel, de gâchis.

Sophie Palloy essuie ses mains dans son tablier. Elle se laisse tomber sur une chaise paillée. Elle est lasse. Avec unc sorte d'hébétude, elle contemple la table désertée, les assiettes vides, les miettes de pain, les taches de sauce, la cire qui coule et dessine des larmes aux chandeliers. Ça ferait une jolie nature morte de fin de banquet. Mais elle n'a pas l'âme d'une artiste. Elle est une comptable, une intendante domestique. Elle enrage en songeant à cet argent parti en fumée en une journée. Pour rien, pour personne. Pendant des années, elle a accepté ces fêtes somptuaires où s'engouffrait la fortune du ménage. Des feux d'artifice dans les ruines de la Bastille. Des fontaines de vin. Des chars de fleurs. Même quand les temps sont devenus difficiles, elle n'a jamais rechigné à mettre le prix qu'il fallait pour le banquet mémoriel. Elle aime son mari, elle voyait le bien que ça lui faisait de se souvenir, de s'immerger dans la nostalgie des temps heureux – la Bastille, la république, le commerce, la fortune. Elle l'a fait pour lui, avec dévouement, comme ces Reines dans les contes qui troquent leur trésor contre un élixir, pour sauver celui qu'elles aiment.

Sauf que l'élixir ne marche plus. Pour y croire, il faudrait plus de faste, plus de solennité. Qu'il y ait quelques témoins aussi, des figurants. Or personne n'est venu à la fête des Palloy, personne sauf cet ivrogne de Venard qui mange à tous les râteliers depuis qu'il est ruiné. À trois, ils ont trinqué. À trois, ils ont chanté *La Marseillaise* – mais Vénard ne se souvenait plus des couplets, confondait les paroles avec des restes de chansons grivoises. Ensuite Pierre Palloy a réclamé l'attention des convives comme il faisait autrefois quand ils étaient trois cents, en tapotant sa cuillère contre son verre. Il a déclamé son discours citoyen, la rhétorique habituelle des droits de l'homme, les ruines de l'ancien monde, la fin du despotisme, bref, la même histoire qui n'est plus si neuve à force d'être rabâchée depuis dix ans. Sophie a écouté en hochant la tête, elle a applaudi – Venard aussi, un peu à contretemps. Maintenant, Pierre Palloy cuve son vin et sa déception, avachi sur le sofa du salon. Elle redoute son réveil. Elle voudrait lui épargner cette déconvenue.

Sophie Palloy soupire. Qu'aurait-elle pu faire d'autre ? de mieux ? Elle ne peut pas remonter le temps. Elle se souvient que la ci-devant Reine engageait des figurants dans son petit hameau de Versailles pour reconstituer une scène champêtre plus vraie que nature – fausse laitière, faux paysan, faux chevrier… Les laboureurs faisaient semblant de labourer, la fermière trayait du lait qu'on versait dans des jattes de porcelaine fleurie. Elle aurait dû faire de même. Trouver des comédiens, réinvestir les ruines de la Bastille, allumer des feux, danser la Carmagnole, brandir des têtes factices sur des piques. Quitte à jeter l'argent par les fenêtres, autant que ce soit pour un vrai résultat. Au lieu de ce gâchis… Elle lève les yeux vers son mari. Palloy grogne dans son sommeil, émet un rot sonore. Elle s'ébroue. Au moins, qu'il ne voie pas les restes du banquet au réveil… Il faut qu'elle débarrasse la table. Elle s'exhorte au courage, mais une immense lassitude la prend, un engourdissement. Ce doit être les gâteaux imbibés de pluie et de liqueur, écœurants, qu'elle s'est forcée à finir pour ne pas gâcher, mais qui lui restent sur l'estomac comme des éponges qui dégorgent au fond de son ventre.

40.

Pas grand-chose, c'est ce que répond Bertrand en fixant Fouché de son œil valide lorsque le ministre lui demande ce que la police a pris dans ses filets au soir du 2 pluviôse. Enfin, si. Des hommes. Mais pas ceux qu'on cherche. Fouché se lève, fait le tour de son bureau et se place face au chef des renseignements.

— Lesquels, alors ?

— Quelques jacobins, la queue de Robespierre… Un fleuriste, un rentier, deux marchands de vin… Un pâtissier aussi, qui a hébergé Limoëlan mais jure qu'il ne l'a pas revu depuis dix jours. L'homme fabriquait des gâteaux tricolores en cachette.

— Septembriseur ?

— Non… plutôt opportuniste. Le type a sa recette qu'il espère refourguer le jour où on rétablira la république.

Fouché secoue la tête. Il est contrarié. Bientôt un mois que les auteurs de l'attentat se promènent dans Paris, sous les yeux de la police. Ça devient vexant. Passe encore que ces types aient humilié la république dans le bocage vendéen ou les forêts de Bretagne. Ces terres étaient les leurs et ils avaient l'avantage de connaître le terrain. Mais Paris ! Paris est à lui, il en fait sa souricière, un labyrinthe dont lui seul connaît le plan. Il est impossible d'y échapper ! Fouché fait craquer les articulations de ses mains osseuses.

— Aucune trace de Limoëlan ?

— Rien, monsieur le citoyen ministre. Sa mère l'a complètement renié, ses sœurs ne savaient même pas qu'il était encore en vie. Mais tous ceux qui le connaissent le croient capable de ce crime.

— Et l'oncle ? Le prêtre réfractaire ?

— Pas vu.

— C'est de ce côté qu'il faut chercher. Fouillez les chapelles, ratissez les sacristies. Il n'y a donc pas d'indicateurs dans les églises ?

— Oh si ! Plein. Mais les prêtres sont devenus malins avec la Révolution. Ils se cachent, se déguisent. Ils pourront bientôt en remontrer à tous les brigands de la ville en matière de repaire et d'évasion.

— Saint-Réjant ?

— C'est en cours. On a quelques signalements du côté de la rue d'Aguesseau… Il finira par sortir de sa tanière. Ce genre d'homme a trop pris l'habitude d'être sur les routes pour s'accommoder d'une vie confinée. De là, on trouvera Limoëlan. Sauf s'il est au fond de la Seine.

— Je vous l'ai dit, je n'y crois pas. D'ailleurs les recherches pour retrouver le corps du noyé ont été vaines. Mais maintenez cette version. Il est nécessaire que les Français pensent que son sort est réglé, vous entendez ? Il ne faudrait pas qu'ils pensent qu'un chouan a mis en déroute la police consulaire. Pendant ce temps, poursuivez les recherches. Avec acharnement.

Avec acharnement, l'expression est superflue. Bertrand n'a jamais compris son métier autrement. Il n'a jamais *vécu* autrement.

— Quant aux jacobins, il est temps d'en terminer avec eux. On finira par apprendre qu'ils ne sont pour rien dans l'attentat.

— Les effectifs sont au complet, monsieur le Premier ministre. Nous avons arrêté les cent trente-trois hommes dont les noms figuraient sur les listes.

— Parfait.

— Ils sont tous incarcérés. Prison de Pélagie, de la Force, du Temple : les geôles sont pleines de républicains. Ils attendent *leur procès*.

Leur procès ? Les lèvres blanches de Fouché esquissent un rictus. L'œil de Bertrand brille. N'importe quel spectateur attendrait d'une pareille complicité qu'elle se solde par un éclat de rire sonore. Les deux hommes se contentent d'échanger un regard entendu. Ils se comprennent mais ne rient jamais.

— Le convoi partira demain pour Nantes, annonce Bertrand. De là les hommes embarqueront en direction des Seychelles.

— Parfait.

— On a réquisitionné deux navires, *La Flèche* et *La Chiffone*.

— Parfait.

— Le voyage durera six mois.

— Parfait.

— On prévoit cent hommes à l'arrivée, soit une perte d'un quart des effectifs environ. Les aléas d'une traversée.

— Parfait.

Fouché tire sa montre à gousset de sa poche. Huit heures. Il faut qu'il rentre chez lui s'il veut assister au coucher des enfants qu'il ne rate pour rien au monde. Il ouvre un tiroir de son bureau, en tire une superbe maquette de bateau en bois des Indes qu'il enveloppe dans une étoffe. Bertrand ouvre grand son œil.

— C'est l'anniversaire de la naissance de Joseph aujourd'hui, commente Fouché laconiquement.

Le borgne hoche sa lourde tête. Décidément, Fouché est un excellent père de famille.

— C'est tout à votre honneur de vous en souvenir. Le petit sera content.

Le ministre hausse les épaules.

— Bah, c'est sans mérite. Le petit est né le jour anniversaire de la mort du tyran. Une date comme celle-ci, ça ne s'oublie pas.

41.

2 pluviôse de l'an X, huit heures et quarante-quatre minutes.

2 pluviôse de l'an X, huit heures et quarante-quatre minutes.

2 pluviôse de l'an X, huit heures et quarante-quatre minutes.

Sur le chemin qui le ramène chez lui, le docteur Collin rumine ces mots comme on répète ceux d'une formule magique pour s'assurer que le charme agit toujours. Il agit toujours : à chaque fois qu'il énonce le jour et l'heure de la naissance, Basile Collin revoit le petit crâne serré entre les fers, le corps rosé comme un bourgeon, la vie impatiente qui sillonne les membres et éclot dans un cri sonore. À chaque fois, c'est le même étonnement heureux, une joie presque douloureuse qui le brûle en dedans et dessine sur ses lèvres un sourire qui ne veut plus s'effacer.

Ses mains ont tremblé un peu quand il a dû saisir les ferrements pour aller chercher l'enfant dans le ventre qu'il refusait de quitter, le crâne obstinément coincé à l'orée du monde. Il avait beau avoir répété le geste maintes fois sur le bassin de bois des cours de la rue de la Huchette, la situation demeurait inédite. C'était le premier enfant vivant qu'il allait faire naître. Qui plus est, son fils. À cette pensée, son sourire se fige, il revoit Pierre Vigier qui se tord les mains et fait les cent pas, Élise qui repousse les draps en gémissant de douleur, la bonne qui entre et sort en se signant – ce n'est sans doute pas toujours la même mais elles se ressemblent toutes, du reste il ne voit que leurs mains rougies qui posent à ses pieds de grandes bassines où s'échappent des nuages de vapeur. Il entend les bribes de conversation dans la pièce contiguë – *l'enfant est mal engagé, douze heures, c'est trop long pour une naissance, il faut utiliser les ferrements, un médecin ne vaudra jamais une sage-femme*. À un moment, Élise a poussé de grands cris et il lui a été reconnaissant de couvrir les voix de ces prophètes de malheur qui prédisaient la mort de l'enfant et celle de la mère. Puis le cri de l'enfant a couvert ceux d'Élise. Il a glissé sa main sous la nuque frêle et soudain, il n'y a plus eu qu'elle – c'était une fille finalement, sa fille, avec ses yeux clos et son visage fripé, ses membres secoués d'ondes nerveuses, comme si la vie irriguait par à-coups son corps minuscule.

— C'est une fille, a-t-il murmuré, et comme s'il ne le croyait pas, le père a saisi le nouveau-né pour s'en assurer. Le baigneur-étuviste était fou de bonheur, il répétait sans cesse les mêmes mots – des prophéties heureuses pour l'avenir de l'enfant. Il embrassait sa femme, tenait la petite à bout de bras pour l'observer en pleine lumière, détaillait ses qualités, prenait les bonnes à témoin. Lui, le docteur soudain inutile, presqu'incongru au milieu de ce bonheur conjugal, demeurait au pied du lit, les mains pantelantes dans la bassine d'eau chaude teintée de sang. Il n'était ni jaloux, ni triste. Seulement soulagé et très fatigué. La joie bruyante du père l'étourdissait un peu, il a refusé la coupe de champagne qu'il lui tendait, rien vraiment ? Allons, docteur, un jour comme celui-ci… Mais lui, pressé de sortir de la pièce confinée, a décliné. Il a pris le pouls de la mère, a prescrit du repos, beaucoup de repos. Comme elle le remerciait avec un faible sourire, il s'est demandé si c'était pour l'accouchement, pour l'enfant qu'il lui avait donné ou bien pour le secret qu'il promettait de garder, à cet instant, tandis que, sous la pression de ses doigts, le pouls de l'accouchée se faisait plus rapide.

— À bientôt, docteur.

— À bientôt, madame.

Sur le quai Voltaire, la nuit est complètement tombée. Un allumeur de réverbères enflamme des mèches d'amadou dans les lanternes qui se balancent. Un vent froid sèche la chaussée encore humide des pluies du jour. Les affiches qui exposent les portraits des coupables de l'attentat de la rue Saint-Nicaise partent en lambeaux, laissant sur le mur de grandes déchirures où l'on reconnaît les mots « attentat », « police », « récompense ». Basile Collin s'arrête devant l'une d'elles. Il observe les portraits. Son cœur s'accélère. Il tente de se rappeler cette matinée étrange, où la logeuse de la rue des Prouvaires était venue le chercher pour saigner Saint-Réjant. L'atmosphère pesante dans la chambre. Les regards pleins de mystère, les prières murmurées et ce malaise diffus quand on avait évoqué l'attentat de la veille. Il s'éponge le front. Ses mains sont moites. C'était donc ça… C'était donc eux… On disait qu'une enfant avait péri, une gamine de douze ans qu'ils avaient sacrifiée sciemment à la cause. Il a une grimace de dégoût. Douze mille francs, c'est une somme. Bien sûr, il pourrait aller à l'hôtel de police livrer les coupables. Il condamne absolument la violence aveugle de son camp, cette obstination dans la lutte. Et puis douze mille francs, ça ferait un beau cadeau pour la naissance de sa fille. Des images passent dans sa tête, des objets précieux entraperçus dans les vitrines des boutiques : un hochet en ivoire, une robe de dentelles, une timbale d'argent – autant de talismans qui étendraient auprès de sa fille l'ombre tutélaire de sa paternité invisible. « Sa fille »… ces mots interdits palpitent au cœur de son inquiétude. Il est seul, dans l'obscurité silencieuse de la ville, devant les affiches détrempées de ces assassins, les croquis des tueurs d'enfants et c'est à elle qu'il pense comme à une consolation au milieu des carnages des adultes, une juste réponse à la fureur des hommes. Récupérer l'argent de l'avis de recherche pour l'offrir à une petite fille qui vient de naître lui apparaît comme un geste de réparation, un geste nécessaire pour rétablir l'équilibre.

Il sait pourtant qu'il n'en fera rien. Il paraît que Fouché connaît tout des réseaux royalistes. Le nom de Collin doit être inscrit quelque part dans ses registres, accolé à celui de son frère, l'ami de Cadoudal et de Limoëlan. Il est enchaîné aux coupables par toutes les racines familiales, la solidarité aveugle des camaraderies anciennes. C'est bien, finalement, que son enfant ne porte pas son nom. Il voudrait que le nouveau bourgeon, dont nul ne saura jamais qu'il est de son sang, s'épanouisse sur une branche inaccessible, loin des vieilles querelles et des guerres inutiles.

Basile Collin avance à petits pas. Il jette des regards vers la façade sévère de l'hôtel où l'enfant s'est endormie. Il ne sait même pas comment elle s'appelle. Les parents, qui avaient misé sur un fils, avaient prévu de le baptiser Armand. Armand, c'était le prénom du Seigneur de Lamothe, à qui le baigneur-étuviste devait sa réussite. Il y avait un peu de reconnaissance dans ce choix, un peu d'orgueil aussi. Armand sentait bon la vie bourgeoise, l'hôtel particulier confortable, le parquet ciré et les bas de soie. Pierre Vigier voulait faire de son fils l'héritier de son entreprise florissante de bains flottants. Mais voilà que c'est une fille et qu'elle déjoue tous ses plans. Basile Collin sourit, c'est comme si l'enfant avait voulu contrarier les desseins de l'étuviste. Paradoxalement, qu'elle soit née de sexe féminin la rend plus libre. Il va falloir lui tracer un nouveau destin puisqu'elle est inapte à marcher sur les traces de son père. Tant mieux. Le docteur s'en réjouit. Chaque fois qu'elle sera moins la fille de l'entrepreneur, elle sera un peu plus la sienne. Il n'est pas possessif cependant. Il accepte d'observer l'enfant de loin en loin. De la voir grandir entre deux portes, de la croiser dans les couloirs où elle fera ses premiers pas, sur le seuil où elle lui ouvrira peut-être quand il viendra ausculter son père. S'il garde la confiance de sa mère, il soignera peut-être les mauvaises fièvres de l'enfant, épongera son front, prescrira des sirops. Posera des compresses. Conseillera une saignée. Procèdera à son inoculation. Et c'est douloureux, soudain, de songer que, pour l'apercevoir, il faudra qu'elle soit souffrante ou blessée quand il voudrait précisément lui épargner tous les maux de cette vie.

2 pluviôse de l'an X, huit heures et quarante-quatre minutes.

2 pluviôse de l'an X, huit heures et quarante-quatre minutes.

2 pluviôse de l'an X, huit heures et quarante-quatre minutes.

À nouveau, le charme opère. Il essaie de reprendre une à une toutes les heures écoulées depuis la nuit dernière pour tenter de mettre de l'ordre dans les émotions accumulées. Mais c'est peine perdue car chaque fois les événements éclatent et se dissolvent dans la grande rivière qui soulève son cœur.

Comme il s'engage rue de Seine, il distingue une silhouette sur le seuil de son logis. Un instant, il songe à la logeuse de Saint-Réjant, domiciliée rue des Prouvaires. Pourvu qu'elle ne le rappelle pas au chevet de son locataire. Il est si fatigué. Surtout, il a besoin d'être seul. Il est comme un voleur qui rentre chez lui avec un trésor caché sous sa chemise et rêve de le contempler en secret, à l'abri des regards, dans le silence recueilli de sa chambre.

À la faveur de la lanterne, la silhouette se précise. Ce n'est pas la citoyenne Leguilloux. C'est un homme. En uniforme.

— Monsieur Basile Collin ?

— Lui-même.

— Vous êtes en état d'arrestation. Au nom du salut public.

42.

Sur la route qui le mène à la prison du Temple, Basile Collin croise une étrange procession qui fait le chemin inverse. Le 3 pluviôse, à minuit, cent trente-trois jacobins quittent les cachots de la prison pour traverser Paris, en direction de l'ouest. La ville, engourdie par le froid terrible de cette nuit d'hiver, n'entend pas leurs pas sourds, les galoches qui frappent le pavé, le bruit des chaînes qu'on remue. Les Parisiens dorment. Ou du moins ils essayent, les veufs de l'attentat Saint-Nicaise, les prostituées du café des Aveugles, Palloy qui cuve son banquet raté, sa femme qui digère ses gâteaux spongieux, et Élise Vigier qui vient de mettre au monde une fille et s'étonne, après tant de larmes et de sang, d'être toujours vivante. Plus vivante même, depuis qu'elle tient contre son sein cet être frissonnant qui s'agrège à sa chair.

Quelques chiens aboient pour saluer la cohorte des condamnés. Palloy ouvre un œil. Sa tête est lourde, sa bouche pâteuse. Il se lève et se dirige vers la fenêtre. Au passage, il heurte l'angle de la table, saisit un chandelier qu'il allume d'une main tremblante. Il projette les flammes vers la table. Plus rien, ni assiette, ni tête de porc, ni bouteille vide. Sa femme aura tout rangé. Les souvenirs de la veille affluent, les préparatifs du matin, sa gaieté… Puis l'attente, les coups d'œil jetés derrière les rideaux, Sophie qui répétait sans cesse mais assieds-toi donc, sers-toi un verre, ça les fera venir ! Il s'est assis, a bu plusieurs verres mais personne n'est venu. Sauf ce pique-assiettes de Venard, ancien colporteur du catalogue Palloy, un de ces représentants abusivement rebaptisés « apôtres de la liberté », accouru ventre à terre à la perspective de manger à sa faim. Apôtre de la liberté, quelle blague ! Un commerçant, oui, un épicier sans idées, sans lettres, sans esprit. Palloy aurait encore préféré être seul.

Un nuage de buée se forme sur la vitre froide. Il aperçoit sous les lanternes givrées des hommes qui avancent deux par deux, pieds et poings liés, encadrés par des soldats munis de torches dont les flammes découpent les ombres des prisonniers sur les façades d'en face. Il croit à un rêve, une vision favorisée par l'excès de boisson. Il se frotte les yeux. Mais la colonne défile toujours. Alors c'est bien vrai qu'on arrête les patriotes ? Il croyait pourtant qu'on avait établi la culpabilité de trois chouans. Mais apparemment le bras de Fouché est assez long pour ramasser dans un même mouvement royalistes et jacobins. Un frisson lui parcourt l'échine. Et s'il était surveillé ? Et si

Vénard était venu l'espionner pour mieux rapporter les paroles qu'il aurait eues contre le consul ? Voyons, en a-t-il eu, de ces paroles ? Des gouttes de sueur perlent sur son front. Il s'éponge avec son mouchoir. Qu'a-t-il dit déjà ? Qu'a-t-il dit ? Il a parlé des Droits de l'homme mais ça, les Droits de l'homme, on a le droit, hein ? Ce n'est pas interdit encore, si ? Il a levé son verre à la mort du despote, à la liberté, à l'égalité… Jusque-là, rien de compromettant. À la république aussi… et puis – il blêmit – … à Robespierre. Son pouls s'accélère. Quelle tête il avait, l'autre, quand il a levé son verre à la santé de Robespierre ? Il ne sait pas. Il a des souvenirs vagues de la fin de la soirée. L'alcool, la nourriture trop grasse, et ces gâteaux pleins de liqueurs. Infects. Il demandera à sa femme demain. Elle sait tout. Elle veille sur tout. Avec elle, il ne craint rien.

Il va aller la rejoindre dans la chambre où elle s'est couchée seule. Mais d'abord, c'est plus fort que lui, il fait un détour par le saloir. Il a besoin de la voir. Il ouvre le tonneau. La tête de porc est là, à peine entamée, inerte sur son lit de sel. Elle semble le fixer de ses petits yeux narquois, avec un sourire ironique, vaguement menaçant. Palloy approche le chandelier. Les flammes mouvantes creusent des ombres sur la tête de l'animal. Il lâche précipitamment le couvercle qui retombe sur ses doigts. Il tend l'oreille. La rue est redevenue silencieuse. Il jette un dernier coup d'œil par la fenêtre. On ne voit plus rien que les petites flammes des lanternes qui trouent l'ombre fuligineuse de la nuit.

43.

Dans sa nuit sans lumière, il est une taupe, une taupe fouissant la terre, aveuglément. Les souterrains de l'église Saint-Laurent où vit Joseph de Limoëlan sont sombres et étroits. Mais ce sont des boulevards s'il les compare aux boyaux de sa conscience, des artères obscures avec leurs éboulements et leurs culs-de-sac. Le père de Clorivière lui a laissé une bible, une croix, un tonneau de biscuits, un peu de viande séchée, de l'eau. Puis il s'en est allé, les épaules courbées comme s'il portait les fautes de son neveu. Depuis, plus rien. Le silence et le froid. L'humidité suintante de la roche souterraine. Les murailles découpées à la clarté d'une chandelle. Des puits noirs. Parfois, les pas d'un prêtre au-dessus de sa tête, amples enjambées, frôlement de la soutane. Il a appris à reconnaître les offices aux bruits du dessus. Confessions : pas timides des pénitents, genoux qui cognent les dalles, porte des confessionnaux qui grincent. Sépultures : pas traînants des familles, comme si la peine lestait leur démarche, catafalque qu'on dispose, couvercle du cercueil qu'on claque. Et puis aussi, à la nuit tombante, rumeurs de baptêmes, processions, échos de la Sainte Messe. Il tend l'oreille en se frappant la poitrine, *Seigneur, dites seulement une parole et je serai guéri*. Il voudrait entendre les paroles sacrées, celles du salut des hommes, « *Hoc est enim corpus meum, quod pro vobis tradetur* » mais les offices sont silencieux, presque muets depuis qu'ils sont clandestins. N'empêche, à chaque fois, c'est une bouffée d'espérance d'imaginer ces hommes, ces femmes qui communient en secret, comme au temps des premiers chrétiens, avec cette foi plus vive d'avoir été persécutés. Il tente de suivre l'office au bruit de leurs pas, aux chaises qu'on déplace, aux prie-Dieu qui craquent. Il se dit « voici l'heure du *Credo* », « c'est le *Confiteor* » et toutes les paroles lui reviennent, les prières millénaires puisées à la source de Rome qui préparent en lui le travail de la grâce.

À la fin de l'office, quand les pas s'éloignent, il fait une encoche dans la pierre avec son couteau. Puis il passe sa main sur les entailles antérieures : sépultures : 19, mariages : 12, baptêmes : 35. La foi renaissante se lit en relief. C'est une leçon d'humilité cuisante, pour lui, de sentir cette pérennité discrète. L'Église vit toujours, la foi n'est pas morte, tout continue donc, en silence et dans l'ombre, tandis qu'il s'agitait en surface pour défendre un ordre qui ne lui avait rien demandé. La vanité de ses combats lui apparaît avec plus d'évidence, il l'accepte : elle est l'instrument qui brise son orgueil. Dans l'obscurité, ses paupières se décillent, il retrouve la vue. Mais la lumière ainsi entraperçue lui brûle les yeux et consume son cœur.

Certains jours tout s'éteint, il avance à tâtons, s'enfonce dans les ornières de son malheur. La cohorte des jacobins n'est pas passée au-dessus de l'enclos Saint-Laurent mais leurs galoches martèlent sa conscience, leurs pas se mêlent aux sabots de la jument noire, ceux de la petite fille de Noël, toute la cavalerie des victimes qui ne lui laisse aucun répit. Il s'étend sur la terre humide, les bras en croix, face contre terre. Sa soumission est complète. Les murs suintent, la bougie diminue puis s'éteint. L'angoisse le terrasse, sa bouche a un goût de terre, le cilice invisible l'étreint. Il ferme les yeux, psalmodie à voix basse, *le sacrifice qui plaît à Dieu c'est un esprit brisé, tu ne repousses pas, ô Dieu, un esprit brisé et broyé*. Alors c'est la grande saignée, sans ventouses, sans sangsues, Dieu opère à cœur ouvert pour creuser dans sa poitrine un trou où loger sa miséricorde.

Les jours passent, il ignore depuis combien de temps il est caché sous terre. Il attend. Il prie. On dirait que le monde l'a oublié. Certains soirs, il est presque paisible, pas tout à fait pourtant. Pour connaître la paix, il faudrait la partager avec d'autres. Or il est seul, irrémédiablement coupé de la communauté des hommes dont il se sent indigne. Pour tromper sa solitude, il sculpte dans la roche les visages qui l'escortent, ceux de son tribunal intérieur. Il commence par la vieille jument avec ses yeux si résignés qu'on dirait ceux d'un âne, son échine courbée, sa crinière clairsemée. Puis, dans une pierre plus tendre que les autres, il fait surgir la silhouette de l'enfant. D'abord ses galoches, puis son tablier, le mouchoir sur sa tête. Ensuite ses bras, le poing fermé, la main sous la crinière apparaissent lentement. Au cours de ses nuits sans sommeil, il rassemble les membres que l'explosion a dispersés. Le jour il les polit avec la paume de ses mains par des caresses successives qui dessinent des halos blancs sur la pierre. Le visage lui demande un travail minutieux qu'il accomplit avec une patience expiatoire. Il ne possède qu'un petit couteau avec la pointe duquel il ôte lentement de minuscules copeaux d'argile. C'est délicat et difficile. La moindre écorchure peut la défigurer. Il dessine avec soin l'arrête de son nez, les joues pleines de l'enfance, l'arc de ses sourcils. La sueur coule sur son front. Comme il craint trop de l'abîmer, il jette le couteau, façonne ses yeux, sa bouche à mains nues. Ses doigts se coupent, ses ongles se cassent. Il lui parle à voix basse. Un jour enfin, la tête est achevée. Joseph lève en tremblant la chandelle, recule un peu pour mieux le voir. On dirait l'ange d'un bas-relief gothique dont le visage s'éclaire d'un sourire triste. C'est elle, telle qu'elle apparaît dans ses rêves, dans sa conscience éprouvée, c'est elle dans toute son innocence, dans toute sa misère. Il souffle la chandelle et cache son visage dans ses mains.

44.

Leurs visages sont marqués par l'angoisse. La cohorte des jacobins, arrêtés sur les ordres de Fouché, est hétéroclite mais tous présentent un air pareillement effrayé. Ils ne passent pas devant l'église Saint-Laurent. Ils poursuivent leur marche nocturne sans connaître leur destination, dépassent l'hôtel-Dieu où agonisent les estropiés de la rue Saint-Nicaise. Y pensent-ils ? Sans doute pas. Leurs solitudes respectives se croisent mais ne se rencontrent pas. Ils ont d'autres choses en tête, ces condamnés qui voient Paris pour la dernière fois. Comme ils sont réduits au silence, ils raclent leur mémoire à la recherche de celui ou celle qui aurait pu les dénoncer. C'est bien le pire dans cette marche interminable, de n'avoir ni ami ni réconfort, seulement ce cortège malveillant et brumeux, les fantômes de leurs délateurs – ennemi de toujours, voisin jaloux, homme insulté un soir de boisson, femme humiliée : quel ressentiment, quelle rancœur a actionné le levier qui les a menés jusque-là ? Parfois ils tiennent un nom et c'est comme un os à ronger pour les kilomètres à venir, une haine à se mettre sous la dent pour oublier la faim, le froid et cette destination inconnue – certains disent le bagne, d'autres les galères, personne ne sait vraiment.

Tous n'ont pas de ces pensées amères. Sulpice Michel, par exemple. L'imprimeur de la rue de la Harpe a d'autres préoccupations. Il cherche dans l'obscurité le moyen de remettre un courrier à sa femme avant de disparaître. Il a compris qu'il ne serait pas jugé. Il sait qu'il ne les reverra jamais, ni elle ni l'enfant. « Septembriseur » vaut toutes les lettres de cachet d'autrefois. Il veut dire à Clémence qu'il est innocent, qu'il n'a rien à se reprocher. Lui dire aussi qu'il l'aime, qu'il ne regrettera jamais de s'être mêlé aux massacres de septembre, car c'est là qu'il l'a rencontrée et vrai, cet amour, c'est ce qu'il a eu de meilleur. Il a rajouté au dos un mot pour le petit, pour plus tard, quand il aura cessé de pleurer. Il lui demande d'écouter sa mère, de la protéger. Et de reprendre un jour, s'il le peut, l'imprimerie, comme son père avant lui et le père de son père.

Avec des yeux de loup, Sulpice Michel guette un lieu pour déposer sa lettre. Un moment et un lieu, une adresse familière, une porte amie où il pourrait laisser glisser sa missive sur le seuil – à remettre en mains propres à Clémence Michel, 12, rue de la Harpe. Mais il ne reconnaît aucune des façades qu'éclairent les torches des soldats. La cohorte avance toujours, ses pieds sont entraînés par ceux de son voisin, un type immense avec des cheveux de feu, qui lui jette des regards interrogatifs. Un-deux, un-deux, pas moyen de ralentir. Quand il aperçoit la flèche de Notre-Dame, un espoir le saisit. Il suffirait de passer le pont et alors on serait de l'autre côté, dans son quartier, le quartier Saint-Michel où il est né et où il a grandi. Mais la colonne ne traverse pas la Seine, la marche continue sur la rive droite, rue de la Vannerie, rue des Teinturiers, rue de la Vieille-Lanterne. Les tours de Notre-Dame disparaissent dans son dos et c'est un crève-cœur de penser qu'il ne les reverra jamais.

Il marche toujours à pas cadencés, réguliers et pesants, un-deux, un-deux, il s'éloigne de son foyer – l'imprimerie, la chambre, le grand lit de bois. Chaque pas martèle la tombe de ses tendresses passées. Il faut qu'il dépose sa lettre maintenant, quelque part, n'importe où. N'importe où, c'est-à-dire sur le Pont Neuf qu'on traverse, devant l'ancienne pompe de la Samaritaine ou une de ces échoppes de pierre, semelier, marchand de bas, bourrelier, tisanière – ces braves gens feront sans doute la commission, ils n'auront pas le cœur à laisser une femme seule avec son enfant sans nouvelles de son mari, pas vrai ? La lettre est dans sa manche, il suffit de baisser son bras replié contre son flanc pour qu'elle glisse sur la chaussée. D'un coup sec, Sulpice tire sur la chaîne. Son voisin, dont le poignet a été entaillé par l'anneau de fer, hurle. Un garde s'approche. Sulpice sent le parchemin glisser le long de son poignet, effleurer la paume de sa main, courir contre sa jambe.

— Que se passe-t-il ici ?

— Rien, citoyen.

Maintenant, la lettre gît par terre, des centaines de souliers lui passent dessus, des sabots, des galoches. Sulpice poursuit sa marche, il pense à tous les obstacles qui s'opposent à son dessein, les semelles qui trouent le papier, le vent qui pousse la lettre, la Seine qui l'engloutit. Les larmes qu'il retient font danser le pont dans un brouillard. Il ralentit. Le garde lui donne un coup de sabre sur l'épaule.

— Avance !

L'homme à la balafre s'indigne :

— Hé quoi, citoyen ! On peut s'attendrir de quitter son foyer, et nos larmes ne sont pas dangereuses.

Sur le quai Malaquais, la cohorte s'agite un peu. Une rumeur parcourt les rangs quand on passe devant l'hôtel de Juigné où Fouché vit dans le confort bourgeois de ses appartements. Une fenêtre est éclairée. Le bruit court que c'est la chambre du ministre. Sulpice Michel tourne la tête. Il ne doit pas se laisser déconcentrer. Il lui semble que si sa pensée se détourne du sort de la lettre, celle-ci s'en ira finir dans les eaux boueuses de la Seine. Quelques insultes fusent – salaud, fumier, crevure. Un officier dégaine son sabre, lève des yeux inquiets vers la fenêtre. À l'heure qu'il est, Fouché doit observer le défilé jacobin depuis sa chambre. Une mutinerie parmi les détenus serait du pire effet. Quelques prisonniers prennent un coup de fouet sur l'échine. Jean-foutres, salauds ! L'un d'eux a les doigts brisés par un coup de plat de sabre.

La cohorte redevient progressivement silencieuse tandis qu'elle s'enfonce dans la nuit.

— Viens donc dormir…, murmure Bonne-Jeanne Fouché en voyant son mari debout, en robe de chambre, un chandelier à la main.

Dormir ? Mais dormir, c'est impossible tant que Limoëlan sera en liberté, tant qu'il sera encore en vie ! La cavale du dernier chouan humilie l'autorité du ministre.

— Non, il est trop tard. Je vais travailler. Va te recoucher.

— J'ai entendu des cris…

— Ce n'est rien, répond Fouché, ce sont les jacobins qu'on emmène à Nantes.

— Ah… fait Bonne-Jeanne en bâillant. Nantes… ils n'y sont pas. Pourvu qu'ils n'aient pas réveillé les enfants.

C'est vrai, ça, les enfants ! Fouché embrasse le front de sa femme puis se dirige vers la chambre où dorment les trois petits, Joseph-Liberté, Armand, Athanase – la petite Nièvre est morte six ans plus tôt, une douleur atroce au cœur de l'été 1794. L'atmosphère est tiède, ça sent le talc et l'huile d'amande douce. Pas un bruit, sinon celui des poitrines qui se soulèvent sous les édredons, le souffle régulier qui s'échappe des lèvres entrouvertes. Fouché s'avance à pas feutrés. Il dirige la flamme du chandelier vers Joseph-Liberté, qui vient de fêter ses sept ans. L'enfant dort à poings fermés, enserrant dans sa petite main le vaisseau offert par son père. Qui ressemble un peu à celui où les prisonniers vont embarquer dans quelques jours, dans le port de Nantes. Sauf qu'il est plus petit et taillé dans un bois plus précieux.

45.

Le père Picot de Clorivière passe sa main sur les visages taillés dans la pierre sans dire un mot. Depuis un mois, son neveu vit reclus dans les souterrains de l'église Saint-Laurent. Il a maigri, ses joues creuses sont mangées par une barbe grise. Ses yeux brillent. Ses mains sont abîmées par le travail de la pierre. Il tousse. L'oncle hoche la tête, satisfait.

— Celui qui change sans souffrance ne change pas, déclare-t-il calmement.

Joseph ignore si ce sont des paroles de compassion ou d'encouragement. Sa conversion est en cours, il mesure encore le chemin à parcourir, son aridité. Une telle route ne prend-elle jamais fin ? Il devine que sa vie désormais sera une conversion perpétuelle qui ne s'achèvera qu'à l'heure de sa mort. C'est la voie de son salut, la seule qu'il puisse emprunter. Le prêtre apporte du vin, un peu de pain, des pommes. Il dépose une lettre de sa nièce que Joseph décachète en tremblant. Depuis le temps qu'il vit dans la compagnie de ses visages de pierre, il a un peu oublié ce qu'était la chaleur humaine. Une écriture familière, la sollicitude d'une sœur, sa tendresse nécessaire. Il lit avec avidité, comme un homme qui traverserait un désert brûlant et trouverait un peu d'eau fraîche sur son chemin. Marie-Thérèse de Limoëlan a été libérée avec sa sœur et leur mère – grâce à Dieu. Mais l'atmosphère de Versailles est devenue irrespirable avec tous ces gens qui réclament justice pour les victimes de la Machine infernale ou, pire encore, ceux-là qui saluent la famille d'un air de connivence en glissant à mi-voix sur le parvis des églises « toutes nos condoléances. Dieu ait son âme ! ». Elle va rentrer en Bretagne, au château de Limoëlan, avec Renée, Hélène et Amélie. Leur mère ne veut rien entendre, elle restera à Versailles, exposée aux sarcasmes et aux injures : elle dit que c'est sa part et qu'elle doit la prendre. La lettre de Marie-Thérèse se veut rassurante aussi, elle épousera bientôt Jean-Baptiste de Chappedelaine, lointain cousin désargenté grandi au sein de la chouannerie qui a combattu avec lui dans la division de Fougères, s'en souvient-il ? Joseph hoche la tête. Quelques images affleurent, la prise de la ville, les bleus qui battent en retraite, les drapeaux blancs… comme tout cela est loin. Les combats d'alors lui semblent presque paisibles par rapport à ceux qu'il mène maintenant. Il fallait du courage, c'est vrai, pour se battre sabre au clair et à hauts cris, mais la crise qu'il traverse exige de lui un courage plus grand parce qu'intérieur, et solitaire, et continu. Jean-Baptiste de Chappedelaine a reçu la promesse d'un héritage par un oncle des Amériques. Le généreux donateur a mis une condition à son legs : que son neveu se marie et qu'il s'établisse avec son épouse au Nouveau Monde. Les jeunes mariés partiront aux beaux jours depuis le port de Saint-Malo. Assez tard, espère Marie-Thérèse, pour embrasser son frère une dernière fois. D'ici-là, qu'il soit prudent surtout. Qu'il compte sur leurs prières. Un jour, c'est certain, ils se retrouveront tous au château de Sévignac autour de la grande cheminée, comme autrefois, et ce cauchemar sera loin derrière eux.

Joseph ferme les yeux. Une vague de mélancolie soulève son cœur. Les paysages de son enfance lui reviennent, l'odeur des genêts, les chemins mangés de bruyère, les remparts de Vauban. La pluie sur la grève, les parties de pêche dans les rochers, le rire de ses sœurs cachées derrière les brise-lames. Renée, Marie-Thérèse, Hélène, Amélie,... Il revoit leurs visages, leurs sourcils froncés quand il rentrait trop tard, boueux d'avoir couru dans les champs sous la pluie. Le regard faussement sévère de sa jumelle tandis qu'elle nettoyait ses blessures à l'office, en cachette de leur mère qui blâmait son humeur batailleuse. Toute cette tendresse lui saute d'un seul coup au visage, comme une trêve au milieu de ses combats intérieurs.

— J'aimerais rentrer en Bretagne, souffle Joseph.

Le prêtre s'assoit à même le sol.

— L'heure n'est pas venue de quitter ton caveau. Ton procès aura lieu bientôt.

— *Mon* procès ?

— Celui de la Machine infernale. Tu y es jugé par contumace.

— Déjà ?

— Saint-Réjant a été arrêté.

— Quand ? Où ?

— Hier, par la police de Fouché. Il errait comme un vagabond dans les rues, depuis plus d'une semaine. On l'a reconnu rue du Four.

— Je croyais l'avoir mis à l'abri chez la citoyenne Jourdan, rue d'Aguesseau.

— Ses affaires y étaient. De la poudre, des cartouches, une blouse de maquignon. Les hommes de Fouché les ont retrouvées sous le lit en fouillant la chambre.

— La veuve Jourdan a parlé ?

— Je ne crois pas.

— Elle a été arrêtée ?

— On n'en a pas eu le loisir. En voyant arriver la police de Fouché, elle s'est jetée par la fenêtre de la chambre. Elle est morte sur le coup.

Joseph courbe la tête. Le corps de la raccommodeuse de bas tombe au fond de lui-même, dans son mausolée intérieur où sont déjà entassés les cadavres des victimes de l'attentat. Un silence se fait sous la terre, à peine troublé par les gouttes d'eau qui coulent de la roche et s'écrasent sur les pierres. Pas de bruit au-dessus de leurs têtes, pas de messe. Et pourtant Joseph entend distinctement le cercueil qu'on referme sur le corps de celle qui, par sa faute, n'aura pas le droit à une sépulture.

46.

Clac ! Pierre Vigier rabat d'un geste sec le couvercle de sa montre à gousset et la glisse dans la poche de son gilet. Il est en retard.

— Constant ! Faites atteler la voiture ! crie-t-il depuis le vestibule où il s'habille à la hâte.

Il peste contre sa cravate qui refuse de se laisser nouer. Ses doigts tremblent. Il est nerveux en ce matin de germinal. Il doit témoigner au procès de l'attentat Saint-Nicaise. Si ça ne tenait qu'à lui, il n'irait pas. Il resterait chez lui, dans la chaleur bienfaisante du bel hôtel du quai Voltaire. Il n'a plus tellement envie d'en sortir depuis que l'enfant est née. Même plus envie d'aller aux Bains. Au café des Aveugles encore moins. Il surveille depuis sa fenêtre l'établissement flottant, les muscadins qui s'y engouffrent, les femmes qui en ressortent en riant. Parfois, il prend la petite Armance dans ses bras et derrière les carreaux, lui montre l'immense bateau amarré qui tangue tandis qu'il la berce. Les bains ne lui reviendront pas. Une femme à la tête d'un tel établissement, ce serait inconvenant – trop de corps nus, de sueur, de filles. Mais c'est égal. Elle fera un beau mariage, et le gendre qu'il lui choisira développera son affaire. On en fera un établissement convenable, compatible avec la dignité bourgeoise des futurs époux.

D'ailleurs, il va remettre un peu d'ordre dans son affaire. Finies les chemises entrouvertes, ces seins qui pointent sous les robes, ces soupirs qui s'échappent sous les portes. Il interdira d'entrer à deux dans une cabine. Imposera une tenue décente. Des mesures qui vont dans le sens du siècle. Il paraît que le Premier consul n'aime pas les mœurs du temps ni la mode – trop transparente, trop décolletée pour un Corse qui a grandi aux côtés d'une mère couverte de mantille noire. Pierre Vigier enfile ses bottes de cuir. Lui aussi aspire à un retour de la pudeur. Voir le corps de sa femme déformé par l'enfantement, ses chairs déchirées, les seins marbrés de vaisseaux violets l'a choqué. Il pense à sa petite fille. Dans le désir de lui conserver une innocence qu'il a ravie à tant d'autres, il voudrait mettre en cage tous les mâles de la ville.

— Constant ! Mon épée !

Le domestique apporte l'arme, ceint la taille du baigneur-étuviste qui prise pour se donner du courage. Il redoute qu'on l'interroge sur la nuit de l'attentat. Où était-il le 3 nivôse et avec qui ? Il a déjà déposé sur cet homme qu'il a vu plonger dans la Seine. Il ne tient pas à revenir sur ce témoignage. Ni à avouer que son corps exultait dans celui d'une fille publique pendant que d'autres explosaient dans la rue. Il songe à sa carrière, à la réputation des bains flottants. C'est ainsi depuis la fin de l'Église et le début de la Révolution. Le monde autorise tout mais ne pardonne rien, quand l'Église interdisait souvent mais pardonnait toujours.

Une main passe sur son épaule. Pierre Vigier se retourne brusquement. C'est sa femme, fatiguée sous son châle rose, avec ses cernes creusés et ses cheveux défaits. Il embrasse son front. La naissance a été longue, très difficile. L'enfant se présentait mal, la mère était à bout de forces, on a craint le pire. Il a deviné une punition, un châtiment du Ciel. L'événement l'avait trouvé dans une baignoire avec une fille – Perrine ? Sabine ? Justine ? Il s'en est beaucoup voulu de caresser le front suant de sa femme avec la main qui une heure plus tôt pressait le sein de la fille. Le geste avait quelque chose de sacrilège. Il a pensé un instant qu'elle allait mourir par sa faute, et l'enfant avec. Il a murmuré des prières, les vestiges de son enfance auvergnate quand sa mère le traînait à l'église pour sauver les récoltes ou guérir les bêtes. Il ne sait pas si c'est Dieu ou la science du docteur Collin, mais l'enfant est née et Élise a survécu. Depuis, il les couve l'une et l'autre avec un soin jaloux.

— Est-il vraiment nécessaire que vous y alliez, mon ami ? demande la jeune accouchée.

— Si cela ne tenait qu'à moi, je resterais avec vous et la petite. Mais l'amitié, si ce n'est la probité, m'impose de témoigner en faveur du docteur Collin mis en accusation dans cette affaire.

— Oh ! Le bon docteur… Quel mal pourrait-il avoir fait ?

Le baigneur-étuviste enfile ses gants, saisit sa canne.

— Le mal de tous les innocents. Celui de se trouver au mauvais endroit au mauvais moment. On lui a demandé de se porter au chevet d'un homme dont les jours étaient en danger. Il examine l'homme, fait une saignée. Aujourd'hui on découvre que le malade était l'auteur de l'odieux attentat de la rue Saint-Nicaise. Il n'en faut pas plus pour accuser le docteur de complicité.

— Mon Dieu, quelle horreur ! C'est donc cet homme qui est jugé ?

— Lui et son acolyte, un domestique du nom de Carbon, qui a trempé dans la chouannerie. Quant au véritable cerveau de cette affaire, un certain Limoléan, ou Limoëlan, je ne sais plus, il est mort en se jetant dans la Seine après son forfait.

Élise se signe.

— Pourvu que le docteur soit innocenté !

— Hélas, je ne peux l'assurer. La justice va curieusement son train dans ce pays, depuis que nous avons un ministre de la police… Mais je ferai mon devoir d'honnête citoyen en témoignant de la grande probité d'un homme à qui nous devons tant, déclare-t-il solennellement en redressant la tête.

Élise Vigier baisse la sienne, un peu embarrassée. Le rouge lui monte aux joues. Son mari ignore qu'il doit à Collin plus qu'il ne le pense. Peu importe, elle est heureuse. L'enfant est superbe et pleine de santé. Le crâne, un peu déformé par les fers, a retrouvé une belle forme ovale. Quant à son mari, il n'a jamais été aussi présent ni aussi attentionné. Regardez-le qui s'attarde devant le berceau en bois de rose. Il ne peut s'empêcher de sourire. Ainsi placé devant le contenant de la vie, il en oublie le contenu de la sienne et redécouvre son prix intrinsèque. Avant les turpitudes et les désillusions. Quand rien n'est encore gâté.

47.

— Votre nom !
— Pierre Vigier.
— Votre âge !
— Quarante ans.
— Votre état !
— Baigneur-étuviste.
— Votre demeure !
— Quai Voltaire, numéro 28.
— Connaissez-vous les accusés ?
— Je connais le docteur Collin uniquement.
— Déclarez ce qui est à votre connaissance.
— Je connais le docteur Collin comme un excellent médecin, je l'ai toujours vu prodiguer ses soins avec zèle et beaucoup d'humanité. Il a sauvé ma femme d'un accouchement qui ne laissait guère d'espoir.
— Vous n'avez pas connaissance d'autres faits ?
— Non, citoyen.
— Au suivant !

Dans les minutes du procès, la déclaration de Vigier tient en quelques lignes. D'ailleurs, ce n'est pas ce qui intéresse Laure de Saint-Chef. Si elle lit chaque jour avec avidité le compte rendu du procès de Cardon et Saint-Réjant dans le journal en cachette de ses parents, c'est pour entendre le nom de l'homme qu'elle aime et que les témoins déforment, attendu que c'est un coupable.

Le défenseur de Carbon charge le contumax :

« Comment penseriez-vous que Limoëlan, cet homme sombre, audacieux, dissimulé, qui, occupé d'un pareil projet, devait craindre la moindre indiscrétion ; cet homme qui cachait une âme atroce sous les dehors d'amabilité, qui, par son caractère aujourd'hui dévoilé, pourra figurer parmi les conspirateurs du premier ordre ; comment penseriez-vous, dis-je, qu'il eût été assez imprudent pour confier son secret à son domestique… ? »

L'avocat de Saint-Réjant enchérit :

« On pouvait voir Limoëlan sans être le complice de Limoëlan. Limoëlan est venu chez Saint-Réjant, sous le prétexte de lui apporter des secours, jeter sous le lit des pièces qui pourraient servir de preuves contre Saint-Réjant. Limoëlan dont le premier soin a été de cacher Carbon a cherché en même temps à faire tomber le soupçon sur un autre. C'est le genre d'homme que rien ne fait fuir, que rien n'arrête. »

À chacune de ces déclarations, le cœur de Laure de Saint-Chef sursaute comme sous l'effet d'une détonation intérieure qui pulvérise ses certitudes. Elle ne peut faire coïncider le contumax avec le cavalier du bal des Victimes. Se peut-il qu'il ait prémédité cet acte monstrueux pendant qu'ils dansaient ensemble ? Qu'il l'ait exécuté le lendemain, avec les mêmes mains qui ont coiffé ses cheveux ? D'autres certitudes naissent sur les cendres des premières : si elle l'a aimé c'est précisément pour ce gouffre qu'il portait en lui, dont elle a instinctivement deviné la grandeur sans se la formuler. Sa Machine infernale s'emballe : elle l'aime quand même, malgré toute l'horreur que lui inspire sa conduite. Le goût de l'absolu, cette tumeur qui a grandi en elle sur le caillou de Guernesey, s'est incarné en lui avec la force des marées trop longtemps contenues. Il est la revanche sur ses jeunes années d'émigrée, frileuse, désœuvrée, des années sans risque et sans courage. Il est l'abîme ouvert où elle veut se pencher. À partir des minutes du procès, elle reconstitue sa vie, ses errances, ses malheurs : elle l'en aime davantage. Elle voit dans son absence la preuve de sa noblesse : s'il est contumax, c'est pour permettre à ses complices de l'accuser et d'échapper à une condamnation qu'il endosse seul. Laure de Saint-Chef ne peut croire à son suicide dont la rumeur parisienne est trop encouragée par la police pour ne pas être suspecte. Elle sait qu'il n'est pas au fond de la Seine. Elle a vu son visage trop nettement dans ses rêves pour croire à son fantôme. Elle sait qu'il n'est pas noyé, mais elle ignore où il est. Elle se promet de le découvrir. Elle demande un rendez-vous à sa voisine, Marie-Thérèse de Limoëlan. On dit que la jeune fille fait ses malles pour rejoindre la Bretagne. Laure de Saint-Chef doit lui parler avant son départ.

— Naturellement, je ne peux rien vous dire, déclare celle-ci quand la jeune fille entre chez elle. Je ne sais rien. Croyez bien que si mon frère était en vie, je serais la première à en être informée. Mais hélas, tout porte à croire qu'il n'est plus de ce monde.

— Si vous le saviez, vous me le diriez ? demande Laure.

L'autre l'examine avec surprise, stupéfaite de cette audace que rien dans l'arbre généalogique de cette famille tranquille ne laissait prévoir. Un instant, les deux jeunes filles se dévisagent en silence avec la certitude douloureuse qu'elles aiment le même homme, bien que différemment. Marie-Thérèse se dit qu'un tel amour, s'il avait pu se déployer dans des circonstances plus propices, aurait peut-être guéri son frère de ses rêves de vengeance. Un éclair traverse sa conscience et envenime du poison des regrets le baiser qu'ils n'ont pas échangé, l'aveu que Laure n'aura pas osé faire et qui aurait tout changé, peut-être. Marie-Thérèse s'ébroue pour sortir de ce rêve douloureux et inutile. À quoi bon se perdre en conjectures vaines ? Elle secoue la tête.

— Je suis navrée, assure-t-elle en se levant. D'ailleurs, il vaut mieux que vous rentriez chez vous. Notre mère ne va pas tarder, et le seul nom de mon frère suffit à l'accabler. Vous devriez comprendre…

— Je comprends très bien, souffle Laure.

Elle comprend en effet. Elle devrait se résoudre. Rentrer chez elle. Se divertir. Rencontrer d'autres hommes. En épouser un comme son père, paisible et droit. Compter les jours. Broder. Attendre la mort. Quelque chose en elle se cabre à la pensée de cette vie qu'on veut lui imposer pour son bien. Il y a dix-neuf ans qu'elle se repose, elle voudrait vivre un peu maintenant.

— Quand j'étais au bal avec votre frère…

— Je vous l'ai dit, son souvenir nous est douloureux.

— Nous avons dansé…

— Rentrez chez vous, à présent. Je suis très occupée, je dois faire mes bagages. Je vous en prie…

Marie-Thérèse accompagne l'importune vers la sortie, sonne une petite cloche posée sur le buffet. Une vieille domestique surgit en portant sur les bras un manteau de laine et un col en duvet de cygne. Laure secoue la tête.

— Attendez… Vous nous prenez pour des pleutres parce que nous avons émigré, tandis que les vôtres mouraient sous la lame de la guillotine…

— Pas du tout…

— … mais je veux vous dire qu'il n'en a pas toujours été ainsi. Notre nom…

L'autre ouvre la porte, pressée d'en finir avec cette exaltée. Mais Laure poursuit sur le palier avec un entêtement de petite fille.

— Saint-Chef, ce n'est pas le nom originel. On l'a transformé pour favoriser la carrière d'un oncle qui voulait devenir cardinal et trouvait notre patronyme trop violent pour un homme d'Église. Avant, c'était Cinq-Chefs. À cause des cinq têtes d'émirs mahométans que notre ancêtre chevalier avait vaincus à la croisade et qu'il portait attachées sur sa selle d'arçon quand il parut devant son Roi.

Elle a débité son discours d'une traite, comme si elle jouait son va-tout, avec l'accent d'un orgueil blessé.

— Qu'en dites-vous ?

Marie-Thérèse hoche la tête. Elle est prise de pitié devant cette petite démonstration d'héroïsme à rebours.

— Je dis qu'il faut rentrer chez vous.

Elle pousse doucement la porte et se retire dans sa chambre où elle prépare ses malles. Elle soupire. L'autre l'a un peu troublée avec ses protestations d'amour. Sans doute qu'aucune jeune fille n'a aimé son frère ainsi. Mais elle a deviné dans ses traits le goût de l'absolu, le même que son frère, et elle connaît trop cette passion fatale pour ne pas l'en protéger. Un gouffre ne s'est jamais refermé au contact d'un autre gouffre. Ensemble, ils creuseraient leur abîme. Elle soupire. Ellc a bien fait de la renvoyer, elle en est certaine. Pour s'en convaincre, elle tire de sa poche un billet plié en quatre que l'oncle de Clorivière lui a remis la veille au crépuscule. Elle relit les mots écrits de la main de son frère, des phrases un peu décousues alignées sur un papier que l'humidité a gondolé.

Le calme est revenu dans mon cœur et dans mon esprit. Si je subsiste, je m'enterrerai pour la terre entière.

Je ne puis rien te dire du fond de mon affaire. Je ne veux d'autres juges que Dieu. Ne t'alarme point de tout ce qu'on dira de moi. On me dira pris, tué, noyé. Ce seront des faussetés. Je t'écrirai peu, peut-être, ou pas du tout. J'ignore si je pourrai vous rejoindre à S. Je m'en remets à la volonté de Dieu par l'entremise de notre oncle. J'embrasse Renée, et je vous aime toutes deux de tout mon cœur. Adieu, mes chères amies. Il importe absolument de laisser ignorer à la terre entière que vous ayez désormais aucune relation avec moi. Si vous m'aimez encore un peu, ne parlez jamais de moi à qui que ce soit.

Soudain, la porte de l'appartement claque. Sa mère est rentrée. Marie-Thérèse plie le billet et le cache dans sa robe. Avec sa mère, avec ses sœurs, elle ne parle jamais du frère disparu. Elles s'aiment trop tendrement pour risquer les mots qui les blesseraient à coup sûr. Chacune prie pour lui, la nuit, dans le silence de sa chambre, sans rien en dire aux autres. Le matin au réveil, elles ont les mêmes cernes, les yeux un peu bouffis. *Si vous m'aimez encore un peu, ne parlez jamais de moi à qui que ce soit.*

Marie-Thérèse n'a rien dit. Elle l'aime encore beaucoup.

48.

— Le billet, où l'as-tu mis ?

— Ce n'est pas moi qui l'ai. C'est un gars de la file de gauche, derrière nous. Un grand au crâne rasé, lisse comme un œuf. Le 38 ou le 39.

Sulpice Michel se retourne, cherche du regard, dans la longue file des détenus, le détenteur dudit billet. Ce billet, c'est idiot, on a beau le connaître par cœur, on ne se lasse pas de le relire. Même ceux qui parmi les déportés sont analphabètes ont besoin de le voir, de toucher ce talisman tombé au cœur de leur enfer pour leur promettre le salut. Il est doux et fin comme un parchemin à force de circuler entre leurs mains calleuses. Certains mots s'effacent d'être trop caressés. On le garde à tour de rôle. On le cache. On se le transmet pendant la nuit quand on dort sur la paille des écuries, enchaînés les uns aux autres par les mains, les pieds, comme un chapelet de pauvres gens qu'un seul éternuement fait tressaillir ensemble.

On arrive à Nantes par Ancenis. La campagne laisse voir les stigmates des guerres de Vendée, champs à l'abandon, châteaux brûlés, villages rasés. Les proscrits ne s'en émeuvent pas. Ils ont froid, ils ont faim, ils marchent depuis Paris, ça fait des jours et des lunes. L'escorte ne leur laisse presque pas de repos, quatre heures de sommeil dans une étable ou au fond d'un fossé avant de reprendre la route, au bruit des chaînes qui grincent et qui scient la peau. Certains retrouvent dans ces paysages désolés le terrain de leurs premières armes. Ici, un bois incendié, là, l'église où l'on a massacré cent hommes. Des routes où l'on a perdu un ami dans une embuscade. Les anciens combattants comparent leurs souvenirs le soir à la brune. Ça distrait l'assemblée et ça rappelle l'ancien temps où on pouvait massacrer à loisir au nom de la liberté et de l'égalité. Le jour, pourtant, ils se taisent. Ils frémissent de traverser des terres si hostiles, sursautent à l'approche d'un cavalier, gants blancs, cadenette, cœur vendéen cousu sous la chemise – tous ces enragés du Roi et de la religion ne sont donc pas morts ? Et Westermann qui jurait à la Convention, la main sur le cœur : « *Il n'y a plus de Vendée, citoyens républicains, elle est morte sous notre sabre libre, avec ses femmes et ses enfants. Suivant les ordres que vous m'avez donnés, j'ai écrasé les enfants sous les pieds des chevaux et massacré les femmes qui, au moins pour celles-là, n'enfanteront plus de brigands. Je n'ai pas un prisonnier à me reprocher. J'ai tout exterminé.* » Tout exterminé ? Le général était un peu présomptueux, apparemment.

Il y en a un dont les récits fascinent Sulpice Michel, c'est le général Rossignol. L'ancien commandant en chef de l'armée de l'ouest n'a pas son pareil pour ressusciter le temps de la guerre civile qu'il a menée sabre au clair, avec une bravoure et une camaraderie qui lui ont valu en 1793 le surnom de « fils aîné de la Patrie » – fils aîné, lui, le dernier rejeton d'une famille pauvre du Faubourg Saint-Antoine ! Il a livré bataille dans tout l'ouest, des côtes de La Rochelle à celles de Brest, pour finir par les côtes de Cherbourg. Des histoires, il en a plein la caboche, il les raconte avec une verve telle qu'on en oublie les chaînes, les privations, jusqu'à la perspective de l'exil. Même les plus modérés se surprennent à aimer cette brute dont le sens de la camaraderie adoucit la rigueur de ce mois de germinal. Il est comme eux, pieds et poings liés, à cause de Fouché qui a fait semblant de ne pas reconnaître en lui l'ancien camarade de la Révolution, son presque frère. Pourtant Rossignol n'a pas démérité en matière de massacres et de pillages. Ce que Fouché réalisait dans la Nièvre et le Lyonnais, lui l'accomplissait dans l'ouest avec une violence moins calculée peut-être, plus instinctive, mais tout aussi efficace. Fouché a la mémoire courte. Et surtout, il n'a jamais eu d'amis.

Rossignol lui voue maintenant une haine implacable. Mais il n'en dit rien. Peut-être à cause des gardes-chiourmes. Ou parce qu'il économise sa salive pour son morceau de bravoure, sa grande épopée nocturne. Peut-être aussi parce qu'il se méfie des haines trop fortes. Il se souvient qu'il avait souhaité en 1793 « *faire de ce pays un désert afin que nul homme, nul animal, ne trouve sa subsistance sur ce sol* ». Quand la pluie tombe dru, quand les chemins sont de boue et qu'on trouve refuge dans une étable, il se réjouit de n'avoir pas été tout à fait exaucé. C'est la seule leçon de ce pèlerinage funèbre sur ces terres qu'il a parcourues en vainqueur et qu'il traverse aujourd'hui en vaincu.

Heureusement, l'ouest compte aussi de braves citoyens que le sort des proscrits émeut et scandalise, convaincus qu'ils sont de leur innocence. Surtout depuis que la sentence du procès est tombée, le 15 germinal, en ces termes précis : *Le tribunal condamne lesdits Pierre Robinault-Saint-Réjant, dit Pierrot, et François Jean, dit Carbon, à la peine de mort. Il ordonne, conformément à l'article 4 du titre I. de la 1re partie du code pénal, ainsi conçu : « Quiconque aura été condamné à mort pour crime d'assassinat, d'incendie ou de poison, sera conduit au lieu de l'exécution revêtu d'une chemise rouge ; le parricide aura la tête et le visage voilés d'une étoffe noire ; il ne sera découvert qu'au moment de l'exécution », que lesdits Robinault-Saint-Réjant, et Jean, dit Carbon, soient conduits au lieu de l'exécution, revêtus d'une chemise rouge, et qu'ils y soient guillotinés.*

C'est un aubergiste qui, en voyant la cohorte quitter la ville d'Ancenis, les informe. Discrètement, il fait passer à l'un d'entre eux un article découpé à la hâte dans le journal du matin. Dès lors le billet circule de main en main. Les vrais coupables sont trois chouans aux ordres de Cadoudal. Ah ! tout de même ! Il y a une justice ! Chacun jure qu'il le savait bien, lui, qu'on finirait par reconnaître leur innocence dans ce crime atroce ! Il y en a même pour trouver que finalement, ce Bonaparte n'est pas mauvais homme. Un caractère emporté, certes, mais on peut comprendre quand on sait l'horreur de la chose, n'est-ce-pas ? Sulpice Michel sent son cœur battre à tout rompre. Il demande régulièrement à relire le billet, pour s'assurer qu'il n'a pas rêvé. Chaque fois c'est bien là, écrit noir sur blanc : les chouans ont été reconnus coupables de l'attentat de la rue Saint Nicaise. Les jacobins sont innocents. Quel soulagement ! On respire mieux. On marche avec plus d'entrain. D'ailleurs, après quinze jours de pluie continue, le soleil s'est levé sur la campagne angevine. Le général Rossignol constate que les bourgeons éclosent, crèvent en jeunes pousses vertes, que le blé mûrit dans les champs. La nature sans égards pour ses vieux rêves de *tabula rasa* enfante sous ses yeux une saison nouvelle. Les gardes, qui n'ignorent rien de ce qui se passe à Paris, relâchent un peu leur surveillance. Certains se prennent parfois à plaisanter avec les proscrits. Ils se demandent ce qu'ils font là, au fond, à surveiller des hommes qu'on va bientôt relâcher. Tous en sont convaincus, ce n'est plus qu'une question de jours. À Nantes, quand les criminels seront exécutés, on reconnaîtra publiquement leur innocence, on les libèrera. Le gouvernement s'est trompé, veuillez accepter, etc.

Never Mind

Chacun pourra rentrer chez soi. On se souviendra longtemps de la marche dans les déserts de l'ouest comme d'un pèlerinage sur les terres des antiques violences dont on ne veut plus. Sulpice Michel reprendra sa place à l'imprimerie. Sa femme sera plus calme, belle encore malgré les nuits d'angoisse. L'enfant aura grandi, il ne pleurera plus, il dormira désormais du coucher au lever du soleil sans plus les réveiller. Chaque nuit sera pour eux une nouvelle nuit de noces, il cherchera le corps de sa femme dans le noir, elle rira de sa maladresse à ôter sa chemise et il lui fera un autre enfant, qui naîtra avant le prochain printemps.

49.

Deux enfants, c'est bien, mais le vrai bonheur commence à trois. C'est ce que pense Fouché tandis qu'il traverse avec les siens le pont Neuf en cette matinée riante de floréal. Le petit Joseph-Liberté court devant avec son navire miniature, Armand le poursuit, pendant qu'Athanase babille dans son landau qu'une nourrice du Morvan pousse énergiquement. Bonne-Jeanne donne le bras au ministre de la police, aimable, discrète, souriante, d'un tempérament toujours égal, toujours docile. Fouché a de la chance. Ses enfants sont des merveilles de grâce et de gaieté, qui l'attendrissent à volonté. Il a épousé la femme la plus vertueuse de Paris, la plus économe. Laide, peut-être, mais fidèle : elle l'a connu religieux, député, éleveur de porcs, ministre, et l'a servi avec un même dévouement dans la richesse et dans la pauvreté. Jamais une plainte, jamais un murmure. Elle est « le modèle de son sexe », comme il se plaît à le répéter à Bonaparte qui ne voit pas de quoi il parle, avec sa Créole dépensière et volage. Fouché esquisse un rictus. Cette

Joséphine finira par causer la chute du Premier consul s'il n'y prend garde. Il faudra songer au divorce ou à la répudiation. Ça ne devrait pas être trop difficile étant donné qu'à son âge, elle ne lui donnera pas d'héritier. Stérilité : l'argument est imparable. Il faudra qu'il lui en parle à l'occasion.

Mais rien ne presse. Pour l'instant, Joséphine lui est utile. Intrigante, indiscrète, assez manipulable pour rapporter au ministère les paroles et les actes de son époux, ses confidences d'alcôve. Aussi Fouché prend son temps. La vie lui sourit, à lui qui ne sourit jamais. Il est ministre, il est riche, il a vingt millions et trois fils. Sur la rive droite, les arbres sont en fleurs. Un vent frais chargé de parfums champêtres souffle sur la ville. Les gaietés du soleil allument les façades de pierres blanches. C'est une belle journée de printemps. Surtout, et c'est ce qui ajoute à son charme, c'est un jour d'exécution. Pas n'importe laquelle : celle de Carbon et de Saint-Réjant. Deux royalistes, comme il l'a deviné dès le premier jour tandis que le Premier consul accusait les jacobins. Autant dire que, pour Fouché, ce premier floréal ressemble à un jour glorieux. Il ne l'est pas tout à fait, à cause de ce Limoëlan qu'il n'a toujours pas trouvé et qui manque à l'appel des condamnés. Deux sur trois, quel aveu d'impuissance ! Depuis plus de trois mois, il ne pense qu'à l'insaisissable Breton qui hante ses nuits et obscurcit ses jours. Contumax : ce mot est un défi, pire, une provocation pour sa police que rien ne met jamais en échec. L'obsession de cette quête lui gâche son plaisir. Tout à l'heure, il le sait, il ne goûtera pas au sifflement de la lame de la guillotine quand elle s'abattra sur la nuque de ses complices, ni aux éclaboussures de sang sur l'estrade. Il applaudira, pour la forme, mais il ne pensera qu'à l'absent, l'introuvable.

Il faut se déplacer si on veut être sûr de ne rien manquer du spectacle. Depuis la Révolution, la guillotine est nomade : place du Carrousel, place de la Révolution, place de la Bastille, place du Trône renversé : elle traverse la ville en laissant derrière elle des flaques de sang, des sols boursouflés de tombes qui débordent. En ce début de l'an IX, elle est revenue place de Grève, là où tout a commencé. C'est central, mais trop loin pour que les Fouché puissent assister aux festivités depuis leurs fenêtres du quai Voltaire. Aussi sont-ils partis de bon matin pour bénéficier du meilleur emplacement. Le ministre a tenu à se rendre à l'exécution en famille. Bonne-Jeanne l'accompagne volontiers : elle a toujours participé aux événements qui intéressaient son époux. À Nevers, où elle a présidé aux fêtes de Brutus et autres réjouissances civiques *pour honorer la valeur et les mœurs*. À Lyon où elle assistait aux canonnades qui pulvérisaient à coups de boulets les insurgés garrottés deux par deux. Aux Brotteaux où, la décharge des pièces étant pointée trop près, on massacrait à coups de pique, de pioche et de hache les condamnés que la mitraille avait épargnés. La vie à Paris est plus calme sous le Consulat, aussi cette exécution publique lui rappelle-t-elle les belles années de son ménage, quand son mari portait le doux titre de « mitrailleur de Lyon ».

— Allons, les enfants, hâtons le pas. Ou bien nous ne verrons pas l'arrivée des condamnés !

Aussitôt, Joseph-Liberté et Armand se remettent à courir, jouant des coudes pour arriver le premier à l'hôtel de Ville. Depuis que le Comité de salut public l'a déserté, le bâtiment est un peu triste. Le souvenir de l'insurrection de thermidor, le suicide manqué de Robespierre, les corps retrouvés dans l'escalier ont assombri ce haut lieu de la Révolution. Mais la salle des fêtes, somptueuse, garde son avantage qui éclipse les préventions des esprits chagrins : un large balcon ouvert sur la place de Grève, avec vue imprenable sur la guillotine.

Il y a bien du monde sur la place quand Fouché et sa famille s'y installent. La foule, venue en nombre pour voir les deux auteurs de l'attentat, ne prête qu'une attention distraite à l'arrivée du ministre. Avec son teint blafard, ses lèvres blêmes et cet air impassible qui lui donne l'air d'un spectre, il serait presque invisible. Seules sa femme et sa marmaille suscitent un peu d'étonnement : qu'un tel homme ait pu se reproduire, et avec pareil laideron, voilà qui ne manque pas de surprendre… Mais cette curiosité est de courte durée. Ce qu'on attend surtout, c'est la charrette des condamnés. L'exécution de Topino-Lebrun et ses complices, il y a quelques semaines, n'a pas suffi à étancher la soif de justice des Parisiens. C'était comme une répétition avec des conspirateurs d'opérette dont on ne savait même pas, du reste, s'ils étaient réellement coupables. Les poignards, le peintre, et tous ces noms italiens ne faisaient pas très sérieux. On aurait dit une farce de la *commedia dell'arte*, sauf qu'elle s'achevait en tragédie avec plein de têtes au fond d'un panier. Maintenant, on veut la version authentique de l'exécution, avec les vrais coupables. Au moins deux d'entre eux, puisqu'il paraît que l'autre s'est donné la mort.

Pour patienter, on bavarde, on sort des jeux de dés, on pousse la chansonnette. Les marchands ambulants zigzaguent parmi les spectateurs, les tisanières, les limonadiers, les colporteurs qui proposent en souvenir des images de l'attentat, des reproductions miniatures où l'on voit des corps voler, des juments valdinguer cul par-dessus tête dans un ciel indifférent. Chacun essaie d'écouler sa camelote, il y a même un homme qui tente de fourguer des bastilles miniatures taillées dans la roche de la prison, certifiées authentiques par Palloy. Ses cris se perdent parmi ceux de la foule, personne n'y prête attention, la Bastille a fait son temps, c'est loin, c'est passé. Ce qu'on veut à présent, c'est l'exécution des criminels ! D'ailleurs, les voilà qui débouchent à l'angle de la rue. Voyez le petit devant, c'est Carbon, le domestique, et l'autre derrière, aux épaules rentrées, c'est Saint-Réjant. Leurs visages sont camouflés sous une étoffe noire si bien que personne ne peut deviner s'ils ont l'air abattus ou arrogants et qu'on leur prête à loisir la face du diable, des bouches tordues, des yeux injectés de sang, des rires sardoniques sous les cagoules. Les injures fusent : *salauds, assassins, tueurs d'enfants*. Le souvenir de la petite Marianne Peusol est dans tous les esprits, et d'abord dans celui de sa mère, Zélie, qu'on a poussée à venir parce que ça la soulagera d'être vengée, ça lui permettra de tourner la page, comme on dit.

Elle se tient au pied de la lanterne, un peu oppressée par la foule qui l'entoure, un peu étourdie. Elle voit au loin s'avancer la charrette, les têtes coiffées de noir, les corps couverts de rouge, les mains liées qui pendent lamentablement d'avoir eu les phalanges broyées. Il y a bien un troisième criminel dans l'affaire mais il est contumax, mort selon certains, noyé dans les eaux de la Seine. Elle aussi a pensé au plongeon dans les nuits blanches de sa chambre désormais vide, mais l'idée de rencontrer au fond de la rivière l'assassin de sa fille lui interdit cette issue. Elle ne peut envisager de partager son sort, ils se retrouveraient en enfer sans doute, côte à côte, à soulever des pelletées de charbon dans la fournaise éternelle, et rien qu'à cette idée, elle préfère encore vivre – c'est devenu un autre enfer mais au moins elle y est seule avec le souvenir de Marianne. Des huées la tirent de sa torpeur, les insultes et les malédictions redoublent – que le diable les emporte, qu'ils rôtissent dans la géhenne jusqu'à la fin des temps ! La foule s'échauffe, les bras se lèvent, les poings crient vengeance. Zélie Peusol a un vertige. Elle se laisse glisser le long de la lanterne, s'assoit par terre. Elle se demande si elle a bien fait de venir. Si vraiment ça va lui rendre la paix d'avoir vu ces deux-là se faire trancher la tête. Et puis, ce qu'elle voudrait retrouver, ce n'est pas la paix, c'est sa fille.

Les deux condamnés descendent de la charrette en titubant un peu. Le bourreau dévoile leurs visages. Une immense clameur soulève la foule en découvrant que ce sont des hommes, alors qu'elle avait imaginé des monstres. On s'étonne de les trouver si semblables à soi-même. C'est Carbon qui monte en premier, la tête basse. Il s'allonge sur la planche. On lui lie les mains puis on fait basculer son corps à l'horizontale et passer sa tête dans la lunette. Au balcon de l'hôtel de ville, les yeux s'agrandissent. Joseph-Liberté se penche par-dessus la balustrade pour mieux voir.

— Attention…, murmure Bonne-Jeanne. Tu pourrais faire tomber ton navire.

Zélie Peusol se redresse. Elle entend la lame s'abattre, un bruit sec, immédiatement suivi par les cris de la foule. Elle ferme les yeux. Elle pense aux légumes que sa fille tranchait pour la soupe, *clac*, les carottes, les betteraves, *clac*, les navets débités en cubes avec le petit couteau qu'elle avait trouvé sur les pavés des halles.

Saint-Réjant monte à son tour les marches de l'échafaud. Il jette sur la foule un œil égaré comme s'il y cherchait un visage familier, un souvenir, un pardon. Alors qu'on l'allonge sur la planche, il ouvre la bouche mais aucun mot ne sort, on entend un son rauque et étouffé, un râle qui cesse quand la lame s'abat sur sa nuque, *clac*.

— C'est déjà fini ? demande Joseph-Liberté à son père.

Fouché hoche la tête. Oui c'est fini. Pour aujourd'hui. Car la pensée du contumax poursuit le ministre. Tandis qu'il descend les marches de pierre, il songe à la suite. Il va exhorter la police à durcir les contrôles, aiguillonner les indicateurs. Il finira par l'avoir. Personne ne peut lui échapper. Il caresse les cheveux blonds de son fils. Ne sois pas triste, mon Joseph. Le sang coulera à nouveau en place de Grève… L'enfant redresse la tête.

— Bientôt ?

— C'est promis.

50.

Bientôt : c'est ce qu'on leur a répondu lorsqu'ils ont demandé quand ils rentreraient chez eux. Sur les pontons de *La Cayenne*, à Nantes, les cent trente-trois proscrits entassés ne parlent que de ça. Puisque les coupables de l'attentat du 3 nivôse ont été exécutés, rien ne s'oppose plus à leur retour. Alors, c'est pour quand, dites ? Les gardes sont embarrassés. Ils ont reçu des lettres de Paris, des ordres pour la détention des proscrits, du ravitaillement, mais pas de date. Les prisonniers récriminent. Pour arrêter et déporter, le gouvernement était autrement plus rapide ! Est-ce qu'on pourrait au moins écrire à ses proches, calmer l'inquiétude des femmes, donner des instructions pour tenir la boutique ou préparer les moissons en attendant son retour ? Là-dessus, l'escorte est formelle. Pas de courrier. On a eu des ordres. Quant à demander à recevoir des paquets, des vivres, de l'argent, c'est inutile. On sera bientôt sur le chemin du retour, ces envois croiseraient leurs récipiendaires et se perdraient en route. Alors là, c'est trop fort !

Pourquoi attendre ? Puisqu'ils sont reconnus innocents, ils peuvent tous partir immédiatement ! Les plus véhéments parlent d'une mutinerie. Les autres les modèrent : à quoi bon risquer de perdre la bienveillance du gouvernement, maintenant que la mésaventure s'achève ? Soyons patients. Ce n'est qu'une question de jours. Peut-être même d'heures.

Mais les heures semblent bien longues sur les pontons de *La Cayenne*. Le navire ancré dans le port de Nantes est éventré, avarié, privé de mât, inapte à la navigation depuis des années. Les rats et la vermine ont élu domicile dans les cales où l'air est si fétide que les proscrits préfèrent encore dormir sur le pont à la belle étoile malgré la fraîcheur des nuits. Pour tromper l'ennui, Sulpice Michel écrit les lettres qu'il n'a pas le droit d'envoyer. Avec beaucoup de soin, il trempe la plume d'un goéland dans un brouet noir, fait de suie et de boue, et reproduit les lettres des caractères de son imprimerie. Les *e* gonflés, les *b* ventrus, les *o* ronds comme des œufs. Et tous ces jambages qui tiennent debout quand son moral flanche, ces *d*, ces *t*, bien droits, très fiers, ces *l* aux boucles pleines d'espérance – *ma chère Clémence as-tu reçu mon courrier, nous sommes retenus à Nantes mais nous rentrerons bientôt, surtout ne t'inquiète pas, embrasse le petit, dis-lui que je ne tarderai plus*… Il ne dit rien de l'eau saumâtre pour laquelle on se bat, des biscuits véreux, du saindoux rance, des fruits pourris. Ni du premier mort, hier, dans la cale, Claude Flamant, c'était son nom. Il était jardinier-fleuriste, malade déjà quand il fut arrêté, père de six enfants qui s'appelaient tous Jean. On a jeté son corps par-dessus bord avant de brûler ses vêtements par peur de la contagion. Ça non plus, Sulpice Michel n'en parlera pas. Il connaît sa femme, toujours à se ronger les sangs pour un rien. Il se relit, plie soigneusement le billet et le glisse dans les anfractuosités du navire avant de s'endormir.

On le réveille au plus profond de son sommeil. Sulpice se frotte les yeux mais ce n'est pas un songe, ces ordres criés depuis le quai, ces torches dans la nuit, cette fébrilité, ces frusques amassées à la hâte. On quitte le navire. Il était temps. La mort de Claude Flamant a démoralisé les troupes. Elle a semé l'inquiétude aussi. Plusieurs prisonniers se plaignent de fièvre, de diarrhées, de crampes d'estomac. Et si c'était la dysenterie ? Certains s'inquiètent tout de même du trajet du retour. Les souliers sont usés, les semelles en lambeaux. Un mois d'attente sur les pontons a réduit en guenilles les vêtements d'hiver qu'on porte depuis trois mois sans pouvoir les laver. L'idée de traverser dans l'autre sens ces provinces de l'ouest qui leur sont si hostiles effraie les plus faibles : à l'aller, on était vaincu, mais au retour ? Les jacobins seront libres et ce nouvel état pourrait donner des idées à ces enragés de chouans. C'est pour ça qu'on garde une escorte, répond Rossignol, toujours optimiste, quand d'autres se plaignent d'être maintenus sous la surveillance d'hommes armés. D'ailleurs, il le jure, la route semblera plus courte. Il a assez traversé la France sous la Révolution pour savoir que la liberté vous enivre, que la promesse du bonheur est un narcotique puissant qui endort la fatigue et raccourcit les distances.

En fait de distance, quelques lieues seulement sont nécessaires pour rejoindre *La Flèche* et *La Chiffone*, amarrés dans le même port, un quai plus loin. Les prisonniers sont divisés en deux groupes, à coups de cris, de sabre. On met du temps à comprendre à cause de l'obscurité et de cette apathie qui a gagné les hommes à force d'espérer et d'attendre. Les gardes sont nerveux, ils frappent facilement. Des cris isolés s'élèvent.

— Justice, justice !

Mais ils se perdent dans les ordres qu'on vocifère, les tonneaux qu'on roule, les chiens qui aboient. On pousse les proscrits dans l'entrepont, leurs têtes se cognent au plafond, si bas qu'on ne tient que courbé. Ils devinent à la lueur des torches une pièce où sont jetés des grabats de paille dans une odeur infecte de moisi et de vomissure. Les torches s'éteignent, la porte est cadenassée. La stupéfaction est telle que nul ne dit mot. Les hommes se jettent sur les paillasses comme dans une fosse commune. Dans l'obscurité de la pièce, on entend des murmures, les sanglots d'un vieux qui pleure, il mourra loin de chez lui. Une rumeur enfle, un homme a entendu les mousses parler d'une île, mais laquelle ? Madagascar, la Martinique ? Ni l'une ni l'autre. Les Seychelles. Personne ne sait où c'est. Sulpice Michel non plus. Mais il n'y pense pas. Il pense à ses lettres abandonnées sur *La Cayenne*. Il se demande si on les retrouvera, si on les enverra à sa femme. Ou si, la chose est plus probable, elles ont déjà été mangées par les rats.

On entend soudain le bruit des chaînes qu'on tire, ce sont les ancres qu'on lève. Un coup de canon annonce le départ de *La Chiffone*. La frégate s'écarte insensiblement du port, la cale se met à tanguer. Les hommes se taisent, stupéfaits. On ouvre les sabords, une odeur de varech et de goémon s'engouffre dans l'entrepont. Mais le port est plongé dans les ténèbres, pas un rayon de lune, pas une étoile pour éclairer la terre natale. L'adieu au pays est aveugle et muet. La frégate s'éloigne, la terre rétrécit et l'obscurité entombe le regard des exilés.

51.

Maintenant, il voit même en pleine nuit. Joseph de Limoëlan, après quatre mois passés dans les souterrains de l'église Saint-Laurent, est devenu nyctalope. Cela ne lui sert plus guère depuis qu'il a rejoint le château familial en Bretagne, sous la protection de son oncle, sauf quand les gendarmes viennent patrouiller de ce côté et qu'il doit se cacher derrière la boiserie amovible de la bibliothèque. Le refuge est étroit mais une porte donne sur l'extérieur et permet de disparaître dans les fourrés voisins et la forêt toute proche. Du reste, les descentes deviennent de plus en plus rares en cet automne 1801. Si ça ne tenait qu'aux autorités locales, cette chasse au contumax aurait cessé depuis longtemps. On a d'autres chats à fouetter dans les Côtes-du-Nord et le maire de Sévignac est un obligé de la famille Limoëlan. Mais le secrétaire général du préfet Boullé, envoyé par Fouché, est un acharné de la même espèce que son maître, qui écoute aux portes, fouille les papiers et envoie au ministre de la police des rapports réguliers et précis.

Pendant ce temps, Joseph relit les évangiles et grave des versets dans la pierre de sa cachette.

Il doute encore, pourtant, du dessein de Dieu sur lui. Il a échappé à la mort, c'est vrai, mais pour quoi ? Comment occuper ce temps infini qui s'étend devant lui comme une plaine brûlée ? Quand il songe aux années qui lui restent à vivre, il sent un immense découragement. Jamais plus il ne pourra reprendre sa place parmi les hommes et mener la vie ordinaire d'un gentilhomme breton. Il se sent indigne de l'amour d'une femme à qui il donnerait, avec son nom, l'opprobre qui y est attaché. Quant à l'idée d'une descendance… c'est bien simple : il ne peut voir une fillette sans penser à celle qui est morte par sa faute. Tous les visages d'enfant auront désormais son regard. Dès lors comment oserait-il y plonger le sien ? Sa rédemption, il le sait, exige de lui qu'il emprunte une autre voie. Il ignore laquelle. Il connaît des heures sombres où il est très abattu. Il demeure prostré dans la bibliothèque ou assis sur les marches du perron, les yeux dans le vague, le regard errant sur les prés où paissent des poulains. Parfois des enfants rient dans les champs alentour, des fillettes de dix ans passent devant le château avec des couronnes de fleurs. Il se détourne brusquement. Des sanglots l'étouffent, il se réfugie dans sa cachette et n'en sort qu'à la nuit.

Un jour, un paysan en sabots fait irruption dans la bibliothèque :

— Monsieur, les gendarmes ! Ils se dirigent vers le château ! Ils sont au moins huit !

Joseph remercie et secoue la tête. À nouveau, il éprouve la tentation d'en finir. Il ne bougera pas. Il ne se cachera pas. Il va se présenter à eux et attendre qu'on l'arrête. Si cela ne se fait pas, il en fait le serment, il emploiera son existence à *soulager les misères des hommes*. Il ne sait pas exactement ce que cela signifie, car, de misère, il ne voit pour l'instant que la sienne qui occulte toute autre perspective. Mais il se souvient de cette formule inscrite dans les vies de saints que lui lisait son oncle quand il était enfant et il devine qu'il y a là un expédient à son propre malheur. Plus que ça : une voie de salut.

Sa sœur le presse :

— Cache-toi donc ! Je vais les retenir un peu.

Marie-Thérèse est devenue coutumière de ce rôle qu'elle endosse avec un naturel confondant. C'est elle qui, chaque fois, accueille la patrouille, fait visiter les lieux, admirer la vue, ouvre les portes, les fenêtres, ces messieurs veulent-ils un rafraîchissement ? Mais aujourd'hui, elle manque de perdre son sang-froid lorsque, introduisant les hommes dans le petit salon, elle découvre son frère imperturbable, assis sur la bergère, une bible à la main. Quand la patrouille pénètre dans la pièce à sa suite, Joseph lève la tête de l'ouvrage, salue ces messieurs et plante dans leurs yeux son regard qui dit : « Ne me reconnaissez-vous pas ? Je suis celui que vous cherchez, Joseph de Limoëlan, criminel et contumax. » Mais les hommes n'entendent rien, ils ne voient rien, ils saluent poliment ce parent lointain en visite à Sévignac et poursuivent leur visite – impossible d'imaginer que l'homme qu'ils traquent depuis des mois se trouve paisiblement assis devant eux.

Marie-Thérèse éponge son front devenu moite :

— Il fait chaud n'est-ce pas ? Puis-je vous proposer un rafraîchissement ?

Après le départ des gendarmes, elle sermonne son frère, veut-il se perdre et les perdre tous avec lui ? À quoi bon avoir échappé à la police de Fouché si c'est pour se livrer des mois plus tard ? Cependant Joseph a obtenu ce qu'il cherchait, l'assurance que son salut obéit à la volonté divine. Il s'y raccroche aveuglément. Chaque fois qu'il sombre, il sent cette force le saisir et le secouer, comme un harpon dont la pointe perce sa peau. Il devine confusément pourquoi il a été sauvé. Il sait que sa rédemption informera sa vie, ou ce qu'il en reste. *Soulager les misères des hommes*, oui, mais comment ? Il demande à son oncle, en visite à Sévignac, de l'éclairer. Le père de Clorivière secoue la tête.

— Tu devrais te réjouir d'ignorer la volonté de Dieu sur toi et accepter sans les connaître tous les desseins qu'Il te cache.

Ces voies, du reste, ne tardent pas à se révéler. Dans la petite chapelle désaffectée du château des Limoëlan, Marie-Thérèse a épousé Hyacinthe de Chappedelaine, le cousin héritier de l'oncle des Amériques. Les jeunes mariés doivent embarquer le 12 germinal sur le

Richemond, un vaisseau pris aux Anglais qui partira de Saint-Malo pour Norfolk en Virginie. Ils ont obtenu du maire de Sévignac quatre passeports commandant aux autorités civiles et militaires de *n'apporter aucun empêchement à leur route et de leur accorder au contraire assistance et protection*. Marie-Thérèse brandit le précieux sésame dans un geste de triomphe. Elle a beau être une femme prudente, habituée aux revers de la fortune, elle ne peut contenir sa joie de sauver ce frère adoré, qui s'est perdu lui-même et qu'elle a retrouvé. Joseph saisit les documents avec plus de réserve. Sur les quatre pages signées du maire, on trouve les noms des époux Chappedelaine. Une certaine Victoire Aubin de Sévignac, dix-neuf ans, femme de chambre. Et un Pierre Jacques Renier de Paris, domicilié à Rouen, valet du citoyen Chappedelaine.

Joseph hoche la tête. Dans les bois de la chouannerie, il s'est appelé Tape-dur, Pourleroy, Beaumont, Durand, Tape-à-mort, Frogé. Mais Pierre Rénier, jamais. Il adopte ce nouveau nom, en songeant qu'il lui en faudra encore un autre sur les terres d'Amériques. Celui-là, il devra bien le choisir car il lui durera jusqu'à la mort. Sa sœur lui sourit, il aura toute la traversée pour y réfléchir, soixante jours en mer. C'est loin, l'Amérique… Mais soudain, Marie-Thérèse se redresse, saisie d'effroi. Elle a entendu une voiture s'arrêter devant le château. Elle cache précipitamment les papiers dans son corsage et pousse son frère vers la cachette de la bibliothèque. Elle tremble un peu. Si tout venait à échouer maintenant, si près du but ? Elle soupire, elle commence à être lasse de ces visites, de cette peur avec laquelle elle a appris à vivre sans jamais rien laisser voir mais qu'elle supporte moins bien depuis qu'elle est enceinte.

Elle se recoiffe à la hâte, lisse sa jupe du plat de la main, vérifie que rien ne traîne qui puisse trahir la présence de son frère. Il ne fait plus assez chaud pour proposer de la limonade, mais les soldats ne refusent jamais un verre de vin. Elle appelle Victoire :

— Sors une bouteille et huit verres !

Elle se précipite dans l'entrée, inspire profondément. Elle adresse au valet un signe de tête et, tandis qu'elle tente de contrôler les battements désordonnés de son cœur, le domestique ouvre la porte.

52.

— Monsieur de Saint-Chef ? Mademoiselle de Saint-Chef ?

— Elle-même.

Marie-Thérèse ne peut en croire ses yeux. Ses anciens voisins versaillais sont là, devant elle, sur le seuil du château de Sévignac. Lui toujours débonnaire avec sa redingote bleu roi, sa cravate immaculée, sa tabatière d'ivoire, elle, mûrie, plus belle encore depuis que son visage s'est obscurci d'un chagrin d'amour qui lui a agrandi les yeux et un peu creusé les joues. Elle porte une robe blanche dont les ourlets sont entachés de la boue des chemins de Bretagne.

— Ne restez pas là, je vous en prie, entrez.

Marie-Thérèse ne méconnaît pas ses devoirs de maîtresse de maison, fonction qu'elle exerce à la perfection depuis que sa mère s'obstine à vivre à Versailles. Mais elle tremble un peu de voir cette jeune exaltée pénétrer dans le château qui est comme une poudrière depuis qu'il abrite le contumax. Laure de Saint-Chef, avec ses regards et son cœur ardents, ne risquerait-elle pas de mettre le feu là où on s'échine à le contenir depuis bientôt un an ? M. de Saint-Chef jette un œil sur le parc, admire les douves marécageuses, le colombier en ruine, la chapelle désaffectée.

— Voulez-vous que mon époux vous montre le parc ?

Les deux hommes s'éloignent tandis que Marie-Thérèse invite la jeune fille à s'asseoir au salon. L'autre refuse.

— Je préfère rester debout.

Elle fait les cent pas dans la pièce, visiblement nerveuse, se cogne à la bergère, s'approche des miroirs, examine les boiseries, comme si elle cherchait quelque chose, ou quelqu'un.

— Vous devez vous demander ce qui m'amène sur vos terres, commence-t-elle.

— Non. Je me demande plutôt *qui* vous a menée ici.

— C'est votre mère qui m'a dit que vous aviez quitté Versailles. J'ai appris que vous vous étiez mariée. Je voulais vous féliciter.

Elle a prononcé cette phrase sans ironie, d'une voix un peu triste comme si elle évoquait un pays dont elle était exilée, un paradis perdu.

— Je vous remercie de votre sollicitude, mais il ne fallait pas vous déplacer pour si peu.

— Ce n'était pas un si long voyage. Ma mère a encouragé cette visite. Elle pense que l'air de la province me fera le plus grand bien. Elle me trouve pâle et amaigrie.

Elle fait soudain volte-face.

— Le trouvez-vous aussi ?

— Non, je…

Mais elle l'interrompt d'une voix grave.

— Il ne faut pas me flatter, madame, ou dire le contraire de ce que vous pensez.

Elle s'approche du miroir, pince ses pommettes, et à voix basse, comme pour elle-même :

— Je sais bien, moi, que j'ai changé.

Marie-Thérèse s'assoit, un peu étourdie par ce manège dont elle ne saisit pas le sens. Elle sent, contre son sein, les passeports, la vie à venir, le salut de son frère, toutes ses espérances patiemment amassées qui risquent d'être anéanties.

— Vous croyez que je suis venue voir votre frère.

— Je vous ai déjà répondu que j'ignorais…

Mais l'autre l'arrête d'un geste impérieux.

— Ne vous donnez pas tant de mal. Le mensonge ne vous sied pas, madame. Je sais qu'il est ici. Derrière un mur… ou un arbre du parc. À l'étage… Dans la chapelle… J'espère seulement qu'il me voit.

Qu'il la voit, non. Mais derrière la boiserie de la bibliothèque, Joseph l'entend et cette voix grave remue la vase de sa mémoire pour en exhumer des fragments de sa vie d'avant, les débris d'un bonheur entrevu. Sa dernière soirée d'homme libre. Sa dernière danse. La dernière fois qu'il a aimé. La voix dans le salon poursuit son discours. Il se rappelle maintenant cette jeune fille qu'il a recoiffée pour le bal des Victimes, sa main dans ses cheveux défaits. Une espérance trop forte lui avait sauté au visage, mais c'était trop tard, on avait commandé la poudre, acheté la jument, loué la remise, réparti les rôles. Bonaparte devait mourir.

Comment a-t-il pu l'oublier ? Après l'attentat, dans la Seine ou sous l'église Saint-Laurent, il n'a jamais pensé à elle. Une sorte de pureté la maintenait hors des eaux fangeuses où il se débattait. Mais à présent, dans l'obscurité de sa cachette, il est saisi d'un remords. Ce n'est pas de l'amour, mais la nostalgie de l'amour, c'est plus fort et bien plus douloureux. Il pousse un peu la boiserie, il entend mieux sa voix, le glissement de ses pas sur le parquet du salon. Son cœur s'emballe. Il ouvre plus largement. Le panneau de bois grince. La voix s'arrête comme suspendue. Dans l'encadrement de la porte, il distingue une ombre blanche, une silhouette que la lumière traverse, et c'est comme une apparition dont il est le spectateur impuissant.

Laure de Saint-Chef porte son regard vers la bibliothèque, dans la pièce contiguë au salon, et déclare d'une voix plus forte.

— Ne vous inquiétez pas, je ne reviendrai jamais. J'ai fait le vœu d'entrer au Carmel si votre frère était sauf. Je me dois d'honorer cette promesse puisque tout autre héroïsme m'a été refusé.

Marie-Thérèse demeure impassible. Est-ce une ruse pour l'attendrir et la faire fléchir ? Elle secoue la tête. Entrer au couvent par héroïsme ne lui semble pas très chrétien. Mais la jeune fille a cet air buté qui ne laisse guère de place au doute. Le goût de l'absolu, songe Marie-Thérèse, qui a assez étudié les symptômes dans sa propre famille pour les reconnaître en un regard chez les autres. Le goût de l'absolu, c'est-à-dire, l'incapacité pour le sujet d'être heureux.

Il se fait un silence qu'aucune des deux femmes n'ose rompre. Laure de Saint-Chef a cessé de marcher. Elle se tient immobile devant la cheminée, les bras pendants, les mains ouvertes, le regard fixe. Elle est un peu déçue tout de même que l'annonce de son sacrifice ait été si rapide. Qu'elle soit tombée d'un coup, comme une pierre au fond d'un puits sans faire une ride à la surface de l'eau.

— Voilà, ajoute-t-elle d'une voix rompue. Je voulais juste qu'il le sache.

Il le sait. Il le sait et il en éprouve une douleur inattendue. Il se dit que c'est la dernière épreuve de son expiation, son ultime renoncement. Dieu ne voulait pas qu'il le choisisse par dépit. Il fallait ce sacrifice pour que commence sa vie nouvelle. Cette pensée calme un peu sa brûlure. Il referme lentement la boiserie. L'ombre qui l'enveloppe est presque douce. C'est sa place, celle qu'il s'est choisie pour le reste de sa vie. Pour la première fois, cette pensée ne l'effraie pas. Même : il y adhère.

Il ne sort de sa cachette qu'une heure plus tard, alors que les Saint-Chef quittent le domaine.

— Ne t'inquiète pas, lui souffle Marie-Thérèse tandis qu'ils regardent ensemble la voiture s'éloigner sur le chemin boueux. J'ai vu le regard du père. Il a voué à sa fille un amour exclusif et infaillible. L'enfant qui a connu cet amour ne peut jamais sombrer. Quoi qu'il lui arrive, elle se relèvera toujours.

— Mais… le Carmel ?

— Soit elle se toque d'héroïsme et elle sortira. Soit elle y est réellement appelée et alors c'est la volonté de Dieu.

Joseph hoche la tête. Il sait que sa sœur dit vrai. Il sait aussi, depuis cette visite, que le bonheur était possible en ce monde mais qu'il s'en est définitivement exclu. Il lui reste l'autre, lointain, mais éternel, dit-on.

53.

Une éternité : c'est le temps que dure la traversée de *La Chiffone*. Trois mois en mer pour trente-huit hommes enfermés dans l'obscurité fétide de l'entrepont à tenter de trouver une place entre les grabats de paille et les ordures, pour dormir en chien de fusil ; une place où bouger un peu, faire quelques pas, des mouvements de gymnastique, attendu, selon Rossignol, que les exercices du corps sont nécessaires pour le moral des prisonniers. Les proscrits s'y prêtent volontiers. Du moins les premiers jours. Ensuite, vaincus par le mal de mer et le désespoir, beaucoup attendent, prostrés, que tout cela finisse. Parfois l'un d'entre eux meurt, on s'en rend compte avec retard, il est silencieux, il est immobile, il dégage une odeur infecte – mais les autres aussi, et il est difficile de distinguer les vivants des morts. On attend que passe le mousse chargé de distribuer des vivres et de l'eau saumâtre, on lui indique le corps d'un coup de menton, il revient avec du renfort pour le jeter par-dessus bord. Par les sabords entrouverts, on entend sa chute au fond de l'océan, un grand *plouf*, certains se signent, d'autres étendent un peu les jambes, c'est malheureux à dire mais un homme en moins, c'est de l'espace en plus.

La traversée se poursuit, les vivres s'amenuisent, on mange des biscuits véreux ou plutôt on les suce depuis que les gencives se déchaussent l'une après l'autre. On commence à voir apparaître des plaies sur le corps, des ecchymoses, des œdèmes, personne ne dit rien mais les anciens marins savent reconnaître les symptômes du scorbut, la peste des mers, comme ils disent. Au milieu de ce marasme, le général Rossignol continue de raconter des histoires populaires et d'entonner, chaque matin, des chants patriotiques. Il faut tendre l'oreille pour l'entendre au milieu des râles des mourants, des malades qui délirent, ceux qui hurlent qu'ils tueront ce tyran de Bonaparte et veulent se jeter par-dessus bord.

D'abord Sulpice Michel a voulu les retenir, ces candidats au suicide. Il ne sait si c'est par humanité – ce mot devenu incongru dans la cale de la *Chiffone* – ou pour se protéger lui-même d'une tentation qu'il devine tapie en lui. Il a eu toutes les peines du monde à les ceinturer, les malheureux battaient des mains en tous sens, le mordaient aux poignets avec leurs dernières dents valides. Il sortait de ces crises épuisé. Maintenant, quand un suicidaire jure qu'il va en finir, il ne bouge plus, il ne lui prête pas un regard. Il attend que ça passe. De toute façon, les sabords sont étroits et même si on n'a plus que la peau sur les os, le crâne est toujours plus volumineux qu'une gueule de canon – inutile de s'échiner : il ne passera pas. Prostré dans un angle de l'entrepont, Sulpice Michel demeure pendant des heures perdu dans ses pensées, si l'on peut donner ce nom aux lambeaux qui lui traversent l'esprit sans rien laisser que des courants d'air. Il a renoncé à écrire des lettres. Il a pourtant une provision de plumes arrachées à un goéland, une encre faite de goémon et d'eau de mer. Mais pas de papier, et surtout rien à dire maintenant que toute promesse de retour est caduque et tout serment un mensonge.

Soudain, Sulpice Michel est tiré de sa torpeur par des coups de canon et un branle-bas de combat qui secoue le toit de l'entrepont et fait sursauter les rats. Rossignol se précipite vers les sabords.

— Les Anglais ! J'en étais sûr !

Quelques prisonniers se redressent, mais la majorité reste indifférente, en proie à une apathie profonde. Rossignol se rue sur la porte et cogne de toutes ses forces :

— Capitaine ! Ouvrez ! crie-t-il. Au nom de la France ! Ouvrez !

Le capitaine doit être autrement occupé sur le pont car il n'ouvre pas. Rossignol tape de plus belle. Un mousse finit par ouvrir de peur que le loquet cède.

— Appelez le capitaine ! ordonne Rossignol, galvanisé par le bruit des canons et le cliquetis des sabres.

Il a dû retrouver l'accent du commandement dont il a usé en Bretagne pour que le mousse s'exécute sans moufter.

— Capitaine, lance Rossignol lorsque se présente enfin son interlocuteur, cette situation est intolérable pour des soldats. Nous sommes tous français ici, ne l'oubliez pas, monsieur !

Le capitaine rend justice à la loyauté de Rossignol. Mais un rapide coup d'œil à l'intérieur de la cale le convainc de décliner cette offre généreuse : des dizaines de loqueteux affamés ne forment pas un équipage.

Les captifs en sont réduits à deviner l'issue de la bataille par l'ouverture des sabords. Des corps tombent à l'eau qu'on identifie aux couleurs de l'uniforme. On compte les points. Sulpice Michel inscrit à la plume les résultats dans le bois de la cale. France : 12, Angleterre : 9. Ceux qui, parmi les prisonniers, tiennent encore à la vie redoutent la victoire anglaise. Il est à peu près évident qu'un commandement ennemi jetterait par-dessus bord cette cargaison malodorante de jacobins malades. Certains s'en alarment, Rossignol les réduit au silence : il est persuadé de la victoire française.

Il a raison. Au soleil couchant la frégate anglaise s'éloigne. Une clameur éclate sur le pont. Double ration de vin et de saindoux ! Même pour les proscrits ? Même pour les proscrits ! On est tous français ici, pas vrai ? Dans la cale, cette nouvelle sort les prisonniers de leur torpeur. Finalement, on n'est pas si à plaindre. Être noyé par des Anglais, c'est pire qu'être déporté par des Français. Sulpice Michel inscrit la date de la victoire en grandes lettres noires tandis que Rossignol entonne un chant qui parle d'un jour de gloire, et réclame un sang impur pour abreuver ses sillons.

En réalité, *La Chiffone* n'est plus française pour très longtemps. Sur la route du retour, prise par les Anglais, elle rejoindra la flotte ennemie. Nul n'y pense à l'aube du 22 messidor, lorsqu'après quatre-vingt-neuf jours de traversée, la frégate s'approche d'un archipel d'îles basses aux contours déchiquetés. Sulpice Michel, qui n'a pas fermé l'œil de la nuit, soulève le volet du sabord. Dans la lumière poudreuse de l'aurore, il distingue des rochers de granit, des forêts luxuriantes, d'immenses plages désertes de sable blanc. Un homme à demi éveillé s'approche à son tour, au coude-à-coude. C'est un ancien gantier-fourreur toujours bien peigné, à la chemise presque blanche.

— Ainsi donc, voici notre prison, souffle-t-il.

Sulpice secoue la tête.

— Non, voici notre tombeau.

54.

Quatre-vingt-neuf jours en mer, c'est long. Mais ce n'est rien au regard des sept mois qu'il faut à la corvette *La Flèche* pour acheminer les trente-deux autres proscrits jusqu'aux rivages des Seychelles.

En comparaison, les soixante-trois jours nécessaires au *Richmond* – ce bâtiment pris aux Anglais, à croire qu'il n'est pas un navire sur les mers dont le pavillon soit d'origine – pour relier Saint-Malo à Norfolk semblent très raisonnables, le temps passe vite sur le pont du vaisseau. Joseph, alias Pierre-Jacques Rénier, reste des heures, accoudé au bastingage, à regarder la mer. Il a laissé derrière lui son pays, son nom et son histoire. Mais il emporte tous les fantômes de sa faute qui l'escortent, partout et pour toujours, et dont la compagnie est presque douce à force de lui être familière. Sa sœur berce l'enfant à naître dans une chaise à bascule tandis que son mari épluche les placements de l'héritage en Amérique – parts dans la compagnie de l'Ohio, moulin dans le New Jersey, bois de Sapelo en Géorgie. À force d'échanger avec les passagers, émigrés vers l'Amérique pour y défricher les terres de l'avenir, Hyacinthe de Chappedelaine est gagné par la fièvre des pionniers. Quand on a vu à vingt ans son monde sombrer, on trouve une consolation à s'extirper de la colonne des vaincus, de tous ceux qui sont nés trop tard et qu'un hasard railleur a condamnés à admirer la queue de la comète.

Le soir, à la lueur des candélabres, le légataire étale sur la table une carte du littoral situé entre la Caroline du Sud et la Géorgie. Il pointe du doigt un chapelet d'îlots verts séparés par le large feston des eaux et désigne les terres héritées de l'oncle d'Amérique, comme les pièces d'un puzzle dérivant le long des côtes : là, là, là et là. Ossabow, Sapelo, Sainte-Catherine, Jekyll… les îles ont des noms hétéroclites et vaguement inquiétants, qui rappellent que leur histoire est un autre puzzle, composé d'Indiens, d'Anglais, d'Espagnols dont les pièces se sont agencées à la faveur de procès, de faillites, de jeux et de scandales.

Sur les recommandations du père de Clorivière qui a béni le départ de la famille, Joseph a entrepris la lecture des *Relations jésuites*, ou pour être plus précis des *Relations des Jésuites contenant ce qui s'est passé de plus remarquable dans les missions des Pères de la Compagnie de Jésus dans la Nouvelle-France*. Soixante-treize volumes d'une correspondance suivie entre les frères envoyés aux Amériques et leurs supérieurs restés en France. Ces lettres racontent la vie des missionnaires au cœur des forêts canadiennes, les hivers glacials, les chapelles de rondins. Elles racontent aussi leurs martyrs, les parodies où l'on baptise les prêtres avec de la mélasse bouillante, un fer rouge enfoncé dans la gorge et l'autre dans l'anus, les scalps sauvages qui laissent le crâne à nu, les cœurs arrachés mangés par les Iroquois. Marie-Thérèse presse un mouchoir sur sa bouche.

— C'est atroce. Dieu merci, il n'y a plus guère d'Indiens là où nous allons.

Plus d'Indiens peut-être. Mais il y a des bandits, des criminels, d'anciennes prostituées et des nouvelles, des bagnards, des galériens, des chercheurs d'or, des aventuriers, des truands, toutes les misères humaines sur un même continent. Il les soulagera. Il y aussi des esclaves, dit-on, des enfants noirs qui vont pieds nus dans les champs de canne à sucre, privés de liberté et d'instruction. Il s'en occupera. Il y a enfin des pasteurs qui ont juré de chasser de ce pays les prêtres catholiques, des calvinistes qui leur tirent dessus à coups de fusil, des gosses qui leur jettent des pierres. Il acceptera ces persécutions comme une expiation. Il y a du travail, et peut-être encore des places de martyr à prendre. C'est une terre faite pour lui.

— Mais comment ? Et sous quel nom ? demande la sœur.

Il réfléchit un instant. On l'appellera Joseph de Clorivière, comme cet oncle qui l'a accueilli quand il était un misérable et lui a montré le chemin de sa rédemption. Quant à sa mission… Son doigt erre sur la carte étalée sur la courtepointe de son lit, s'enfonce dans les terres inconnues de ce pays. Il ferme les yeux, s'en remet à la Providence. Le doigt remonte le long des côtes, s'égare sur l'océan, revient sur la terre ferme, caresse des noms de femme, Caroline, Charlotte, Virginie, avant de s'arrêter sur un petit cercle noir, au nord de Washington. Joseph ouvre les yeux, déchiffre le nom de la ville, puis déclare avec un sourire :

— Baltimore. Il doit bien y avoir un séminaire catholique, là-bas.

55.

— 215 Blancs
— 86 Noirs libres
— 1 820 esclaves

La population des Seychelles a été recensée au début de l'an IX. Autant dire que l'arrivée sur l'île des soixante-neuf proscrits, ceux de *La Chiffone* et ceux de *La Flèche*, ne va pas passer inaperçue. Le commandant Quincy, administrateur colonial en charge de l'océan Indien, est bien embarrassé. Assis dans son bureau, il relit le courrier du ministre de la Marine :

Vous recevrez les nouveaux colons français, disait le ministre, *vous leur donnerez des concessions et leur fournirez des instruments aratoires dont ils auront besoin ; les habitants de Mahé qui se trouveraient formalisés de la présence de ces nouveaux colons pourront passer à l'île-de-France, où on les indemnisera de la perte de leurs habitations. Traitez ces Français avec douceur ; ce sont les intentions du Premier consul : il désire que ces malheureux changent de principes et reviennent de leurs erreurs.*

Les ordres du gouvernement sont clairs. Reste à faire accepter à la population l'arrivée des exilés. Obtenir qu'elle les loge et les nourrisse. Ce ne sera pas une mince affaire. La rumeur de leur débarquement prochain a fait souffler un vent de panique sur l'archipel et plusieurs propriétaires terriens sont déjà venus lui exposer leurs craintes et leur mécontentement. Le commandant Quincy s'éponge le front. Un navire lui a rapporté que *La Chiffone* avait été aperçue au large de Mahé. Cette nuit, ils viendront mouiller dans l'anse de Mahé. Demain, ils débarqueront. Avec un peu de chance, quelques cas de scorbut et de typhus, ils seront moins nombreux que prévu. N'empêche, il va falloir faire avec les survivants. Quincy hausse les épaules, demain sera un autre jour. Il souffle la chandelle mais reste longtemps sans dormir, l'oreille attentive aux chants des esclaves qui s'échappent des cases en paille.

Naturellement, le lendemain, lorsque Quincy rappelle à la population les ordres du Premier consul sur la plage de Mahé, il se heurte à l'hostilité des notables. Ceux qui ont bâti sur l'île des maisons cossues n'ont nulle envie de les céder, même provisoirement, à ces bannis qu'on dit être des jacobins féroces. Encore moins de les héberger sous leur toit. Quant à les nourrir…

— Trop facile, monsieur, d'être généreux avec l'argent des autres !

— « Avec douceur », dites-vous ? Et c'est le gouvernement de Bonaparte qui emploie ce terme ? Allons, c'est une mauvaise farce !

— Nos îles ne sont point des bagnes ! S'ils sont coupables, qu'on les envoie à Cayenne ! S'ils sont innocents, qu'on les ramène en France !

Cette dernière proposition remporte tous les suffrages. Un certain M. de Malavois, ingénieur des Ponts et Chaussées, monte sur une souche de cocofesses et proclame :

— Messieurs les colons ! Ne vous laissez pas abuser par les paroles du commandant ! Ce ne sont pas des malheureux que l'on vous envoie, ce sont des criminels. S'ils n'ont pas trempé dans l'horrible attentat du 3 nivôse, ils en ont fomenté d'autres tout aussi sanglants ! Ils ont participé aux massacres de septembre qui coûtèrent la vie à plus de mille victimes ! Croyez-vous qu'une traversée suffise à changer pareils monstres ? Je vous le dis : ceux qui accueilleront ces jacobins se rendront coupables des malheurs qui en découleront.

— Allons monsieur, s'exclame le commandant Quincy, pareilles prédictions ne peuvent être proclamées sans preuves. De quels malheurs parlez-vous ? Et qui vous dit que ces hommes nous veulent du mal ? Il est au contraire dans leur intérêt de cohabiter pacifiquement avec une population dont ils sont en toutes choses tributaires.

Malavois lui lance un regard plein de défi.

— Vous verrez ! Vous vous souviendrez de ce que je vous ai dit lorsque ces enragés soulèveront nos esclaves contre nous et nous jetteront hors de l'île pour y créer une colonie à l'image de leur république.

Cet avertissement provoque de vives discussions parmi les notables. Mais bientôt, l'arrivée du commandant de *La Chiffone* met un terme aux débats. Celui-ci assure que ses passagers ont tenu sur son bord une conduite louable en tous points et que l'on aurait tort de s'alarmer de leur présence. Ce discours reçoit un accueil réservé. Cependant, les défenses tombent lorsque descend de l'entrepont l'affreux cortège des déportés. Maigres, hirsutes, titubant de n'avoir pas marché pendant trois mois, aveuglés de retrouver soudain la lumière, ils tombent à genoux sur le sable et laissent voir leur extrême dénuement, comme les esclaves qu'on achemine sur l'archipel. Sauf que ce sont des Français, et que ce spectacle pourtant familier devient insupportable. Les mères se détournent et cachent d'une main les yeux de leurs enfants. Un murmure parcourt l'assemblée. Ce sont là les terribles jacobins qui ont massacré leurs compatriotes ? Les furieux de la Bastille ? Les enragés de la Terreur ?

M. de Quincy se tourne vers les colons.

— Messieurs, ce que votre hospitalité refuse, la charité vous l'ordonne ! Si vous ne voulez pas que je réquisitionne vos maisons, partagez-vous ces hommes et accueillez-les sous votre toit.

Cette menace finit par convaincre la majorité des habitants. On dévisage les proscrits, on chuchote. Il paraît qu'il y a parmi eux le général Rossignol, mais bien malin qui pourrait reconnaître le héros de la Révolution parmi ces efflanqués. Chacun choisit son hôte en veillant à ce qu'il ne soit pas marqué d'ecchymoses ou d'œdèmes. Le capitaine Quincy s'engage à mettre en quarantaine les cas suspects. Un homme en bas de soie et redingote jaune tend la main à Sulpice Michel, les genoux dans le sable blanc.

— Savez-vous lire ? écrire ?

— J'étais imprimeur, monsieur.

Le gentilhomme le relève.

— Il donnera des leçons de français aux enfants, explique-t-il en emmenant son homme. Que chacun fasse comme moi et nous pourrons continuer à vivre en paix !

56.

Mais chacun ne fait pas comme lui. Chacun voit midi à sa porte, et c'est même la seule leçon d'histoire qui vaille, il n'y a ni sens, ni perspective, seulement des individus, leurs intérêts propres, leurs ambitions bornées qui se trouvent un jour balayés par le déferlement de forces imprévisibles et tragiques.

Quelques mois après leur arrivée, et malgré une cohabitation plutôt paisible, les proscrits rencontrent toujours l'hostilité d'une poignée de colons menés par M. de Malavois. Chaque jour, le commandant Quincy reçoit les plaintes des mécontents. On lui affirme que les ressources naturelles de l'île ne peuvent suffire et qu'on frôle la disette. On lui rapporte qu'un proscrit s'est rendu une nuit chez les esclaves pour les voir danser, que tel autre a accepté de boire avec les nègres. Une même peur anime chaque témoignage : celle du soulèvement des esclaves, excités par ces adeptes de l'égalité. Quincy reçoit des récits apocalyptiques où les Noirs, armés par les jacobins, se révoltent, massacrent leurs maîtres, les volent et s'installent dans leurs maisons : *c'est ce qui ne manquera pas d'arriver, monsieur, si l'on s'entête à faire vivre aux Seychelles un nombre si élevé de ces hommes aux idées dangereuses pour la paix et la tranquillité de notre île.* L'administrateur s'éponge le front. Ça ne s'arrêtera donc jamais. Maintenant, l'Assemblée coloniale demande au commandant de prendre des mesures, de trouver une solution, et vite. Quincy soupire. De solutions, il n'en voit qu'une : renvoyer les proscrits à la métropole. À leurs frais, car l'administration coloniale n'a certes pas les moyens d'armer un bâtiment pour les soixante-neuf passagers. Soixante-cinq, depuis que trois d'entre eux ont succombé à une mauvaise fièvre – et qu'un quatrième s'est noyé au large de l'île de Mahé, on ne sait pas très bien comment au juste.

Les émigrés à qui le commandant Quincy présente sa proposition ne cachent pas leur joie. Tous n'ont pas été mal accueillis. Sulpice Michel, par exemple, qui s'est piqué au jeu du professeur à force de donner des leçons de calligraphie aux fils de son hôte. Le général Rossignol, qui s'est construit une cabane isolée sur l'île de Praslin où il vit de pêche et de la cueillette de fruits sauvages. Le gantier-fourreur qui a rencontré l'amour en la personne d'une négresse libre nommée Vola Maelfa. N'empêche : tous rêvent de retrouver la France, tous se languissent du pays natal. Ils se concertent, font affaire avec un certain citoyen Pianot qui leur construit un petit navire pour six mille piastres. On réunit la somme de mille, le reste est avancé par les habitants que les proscrits s'engagent à rembourser sitôt de retour au pays, lettre de change à l'appui. Quincy ne cache pas son soulagement. Voilà une affaire qui trouve un dénouement heureux. Ouf ! Les déportés n'étaient pas de mauvais bougres mais on ne peut pas forcer les hommes à vivre ensemble malgré eux, n'est-ce pas ? Chacun chez soi, c'est le meilleur moyen d'éviter les ennuis. Quincy se sert un verre de rhum qu'il sirote sur la terrasse en regardant le jour qui décline. On dira ce qu'on voudra, ce n'est pas de tout repos d'être l'administrateur colonial de l'océan Indien.

Sulpice Michel écrit à sa femme Clémence : *Attends-moi, dans six mois au plus tard je serai rentré à Paris et c'en sera fini des jours de malheur, dis au petit de ne pas trop grandir avant mon retour pour que je le reconnaisse, je t'embrasse comme je t'aime.* C'est la première lettre qu'il lui envoie depuis qu'il est arrivé à Mahé. Il ne manque pourtant ni d'encre, ni de plume, ni de papier. Mais qu'aurait-il pu lui dire lorsqu'aucune perspective ne venait rompre les jours tous semblables de sa vie insulaire à des lieues de la sienne ? Il faut un peu de volonté pour écrire, ou du moins d'espérance, qui est la forme heureuse de la volonté. Sinon, autant s'asseoir sur le sable et pleurer. Mais pleurer, Sulpice n'en a plus le temps ni l'envie depuis que le navire qui va le ramener en France est amarré dans la baie de Mahé. Ce sont ses derniers jours sur l'île, il est fébrile, il va rentrer. Il prépare son bagage, maigre mais augmenté des présents de son hôte, un honnête homme aux idées des Lumières. Un livre de Rousseau et *L'esprit des lois* de Montesquieu, auteur qu'il admire avec passion et dont il épouse toutes les vues – sauf sur l'esclavage, car enfin il a des terres, tout de même. Sulpice Michel remercie, il les lira sur le pont, si la mer est calme.

La dernière nuit, trop excité pour fermer l'œil, Sulpice sort de sa case. L'air est doux, les palmes se balancent au gré du vent, des oiseaux dont il ignore le nom font entendre un chant qui se mêle au bruit des vagues. Il marche sur la plage, s'agenouille, ramasse un peu de sable blanc dans une bouteille vide. Il le montrera à sa femme quand il sera rentré rue de la Harpe où elle l'attend sûrement. Il le fera couler entre ses doigts, elle le trouvera très doux, les grains tomberont sur les tomettes de leur chambre et ce sera la seule preuve que ce voyage n'était pas qu'un mauvais rêve car, pour le reste, tout sera redevenu comme avant. À cette perspective, Sulpice Michel sourit. Il relève la tête, voit le ciel plein d'étoiles, la lune ronde, les torches devant les cases des esclaves, et soudain une corvette qui jette l'ancre dans la baie et arbore un pavillon français.

Cette corvette, appelée *Le Bélier*, n'est pas assez large pour accueillir tous les proscrits. On s'en rend compte le lendemain à l'aube, lorsqu'on tente de les y faire entrer de force. Après une rapide enquête auprès des insulaires qui désignent les plus dangereux *a priori*, le capitaine Lafitte en fait emmener trente-deux. Le général Rossignol en est. Sulpice Michel aussi : on l'a vu écrire des lettres et lire des ouvrages séditieux *propres à exciter le soulèvement des esclaves.*

Sur la plage, Malavoy se frotte les mains. Il ne regrette pas d'avoir prévenu l'Assemblée coloniale des dangers que les réfugiés faisaient courir à la tranquillité de l'île. L'administrateur était bien trop mou et trop lent. Il n'y a qu'à le voir s'émouvoir du sort des administrés pour comprendre qu'il est incapable de la fermeté qu'exige sa fonction. Fébrile, le commandant Quincy s'approche du capitaine, s'enquiert de la destination du *Bélier* :

— Les Comores, mon Capitaine, répond Laffite en fermant la cale où l'on a entassé les bannis.

— Monsieur, si vous les envoyez là-bas, il n'en restera pas un dans trois mois. Je connais le climat.

— Ce sont les ordres.

Trois mois… le commandant Quincy a été optimiste. En vérité, il n'en a fallu qu'un pour décimer la population des exilés débarqués le 14 germinal de l'an X à Anjouan. Condamnés à vivre à même le sol dans un hangar en feuilles de cocotiers, brûlés par le soleil, dévorés par les insectes, interdits de séjour dans la seule ville de l'île, ils succombèrent à une fièvre maligne en quelques jours. Sulpice Michel lisait *L'esprit des lois* lorsqu'il ressentit les premiers symptômes de son mal. Il corna la page de son livre, comme pour en reprendre la lecture plus tard et s'éteignit comme il avait vécu : sans mot dire. À son côté le général Rossignol, pris de mouvements convulsifs, fut plus éloquent. Ses dernières paroles s'adressaient à Bonaparte. En se tordant les bras, il s'écria : « Je meurs accablé des plus horribles douleurs, mais je mourrais content, si je pouvais savoir que l'oppresseur de ma patrie, l'auteur de tous nos maux, endurât les mêmes souffrances ! » C'est du moins ce que rapporte Chateaubriand dans ses *Mémoires d'outre-tombe*.

Mais peut-être que Rossignol fut moins éloquent que l'affirme Chateaubriand. Peut-être que, saisi par la peur de mourir, il n'eut pas de pensée pour Bonaparte. Ni pour Limoëlan, ce chouan qui avait échappé à la justice de Fouché et devait se la couler douce en Bretagne ou ailleurs, il ne sait pas, tandis que lui crevait sur cette terre étrangère. Peut-être n'eut-il, en ce 8 floréal, ni déclaration, ni parole claire. Pas un de ces ultimes éclairs de lucidité qui viennent crever à la surface des consciences abîmées par la fièvre. Seulement des cris sauvages, venus du fond de son abîme, le précipice intérieur creusé par la douleur, ce grand vide viscéral d'où montent les râles des mourants.

57.

De fait, Napoléon Bonaparte n'endure pas les mêmes souffrances que le général Rossignol. Il est désormais consul *à vie*, il a pris l'Italie, imposé à l'Autriche la paix de Lunéville, signé avec l'Angleterre celle d'Amiens. Pourtant, il n'est pas en paix. Dans son bureau où il attend Fouché, il rumine les dernières nouvelles venues d'Angleterre. Chaque jour, des courriers signés de ses agents lui rapportent des rumeurs de complots dont il est la cible. Depuis l'attentat de la rue Saint-Nicaise, il a échappé à sept tentatives d'assassinat ! Une nouvelle lettre est arrivée ce matin révélant que Cadoudal et Pichegru envisagent de l'enlever et de le tuer. Décidément, il n'en finira jamais avec les monarchistes ! Et dire qu'il a cru, en guillotinant Carbon et Saint-Réjant, qu'il avait éradiqué la peste blanche… Comment peut-il travailler avec cette défiance continuelle qui l'empêche d'établir son pouvoir ? Il froisse la lettre, la jette à terre dans un mouvement de rage. *consul à vie*, ça ne veut rien dire ! Le titre lui-même porte en lui une menace, presque une provocation : *à vie*, cela signifie qu'il suffit de la lui ôter pour que la fonction disparaisse. Il faut trouver autre chose. Un de ces titres qui contient une promesse d'éternité sans qu'on soit obligé de le préciser. On ne dit pas d'un roi qu'il est roi *à vie*, d'un empereur non plus, ça tombe sous le sens… empereur… des images lui reviennent, des souvenirs du collège de Brienne, cours de latin, Antiquité, Titus, Hadrien, César… des noms gravés sur les arcs de triomphe, des statues, des regards de pierre éternellement fixes…

Fixe, c'est ce qu'il voudrait. Tandis que sa place demeure instable, sans cesse menacée par ces monarchistes qui veulent mettre sur le trône leur nouveau roi, le comte de Provence, frère de Louis XVI qui se fait désormais appeler Louis XVIII, depuis la mort de son neveu dans la prison du Temple. Sur les conseils de Talleyrand, Bonaparte lui a écrit une lettre dans laquelle il lui propose un marché très simple : le prétendant au trône y renonce, en échange de quoi Bonaparte lui donnera le royaume de Pologne et beaucoup d'argent. Louis XVIII a décliné l'offre avec courtoisie mais fermement, *non merci M. le consul.* Il paraît que cette proposition fait encore beaucoup rire en Angleterre, où l'on raconte à l'heure du thé comment le petit général corse a voulu négocier la couronne comme le ferait un pêcheur d'oursins sur le port d'Ajaccio.

Napoléon vérifie l'heure sur sa montre. Huit heures dix. Fouché est en retard. Il le fait exprès, naturellement. Depuis que le consul lui a signifié la disparition de son poste, l'ex-ministre ne se presse plus. On a beau avoir pris les précautions nécessaires pour amortir sa disgrâce – une place de sénateur, 1 200 000 francs de compensation et des communiqués renouvelant publiquement la confiance *absolue* du gouvernement –, Fouché est vexé. Napoléon remise sa montre à gousset dans sa poche. Huit heures et quart. C'est clair : l'autre veut lui faire payer son renvoi. Peu importe, Napoléon ne regrette rien. Cela n'entre pas dans son caractère et puis Fouché avait pris trop de puissance, la police était devenue la sienne, il avait trop de jalousie, de secrets, il devenait dangereux. Avec ce révolutionnaire comme ministre, Napoléon n'aurait jamais pu établir un pouvoir fort, et surtout *à vie*. À grandes enjambées, le consul se dirige vers l'horloge de saxe qui orne la cheminée. Huit heures vingt. Cette insolence ! Napoléon arrache les aiguilles de l'horloge et les écrase dans la paume de sa main.

En retard mais sûr de lui. Dans l'antichambre où il pénètre avec ses grosses bottes boueuses et sa redingote sale, Fouché esquisse un rictus. Il se souvient avoir prédit à Cambacérès, venu lui annoncer son renvoi : « Avant trois ans, il m'aura rappelé. » Cela ne fait pas deux ans et, déjà, Bonaparte a besoin de lui. La première chose qu'il voit en pénétrant dans le bureau du consul, c'est la lettre jetée en boule sur le parquet. Bon augure. Bonaparte est en colère. Fouché s'en réjouit. La colère est tout ce qui distingue les deux hommes : Fouché est dépourvu de cette faiblesse. Pour le reste, plaisir de dominer, méfiance, volonté de tout savoir, insensibilité : ils ont trop en commun pour pouvoir cohabiter. Fouché tombe lourdement dans le fauteuil que Bonaparte lui désigne. Il croise ses mains sur ses genoux. Alors, de quoi s'agit-il ?

Ce qui est bien avec Fouché, c'est qu'on ne s'embarrasse jamais de politesse. L'ancien religieux, mitrailleur de Lyon, éleveur de cochons, n'a pas de ces délicatesses oratoires qui vous rallongent inutilement l'entretien. Napoléon expose la situation. Un complot se prépare, mené par Cadoudal, Pichegru et Moreau. Partout en Europe, on parle du consul comme s'il était déjà mort et remplacé. Pour le reste, les informations sont floues, les bavardages nombreux. Trop de rumeurs, trop de suspects, et l'Angleterre, bien entendu, qui enveloppe l'affaire d'un silence brumeux. Cinq conjurés ont été arrêtés, l'un d'eux a parlé sous la torture. Querelle, c'est son nom, affirme qu'une soixantaine de chouans et émigrés sont à Paris et guettent le signal de Cadoudal pour assassiner le consul. Il annonce qu'un autre débarquement se prépare. Et surtout qu'un *jeune Prince de sang royal est attendu à Paris…*

Fouché bâille. Tout ça, il le sait depuis longtemps. Qu'est-ce qu'il croit, le Premier consul ? Il pense vraiment que son ex-ministre de la police a perdu ses informateurs en France comme en Angleterre ? Qu'il s'est endormi dans sa sénatorerie, guéri d'un seul coup de ses dispositions à tout surveiller ? Il est au courant de tout, naturellement, et depuis longtemps. Mais c'est plaisir, tout de même, d'entendre le consul relater ces éléments avec une exaspération manifeste devant l'incompétence de ce pauvre Réal, conseiller d'État désormais chargé de *toutes les affaires relatives à la tranquillité et à la sûreté intérieure de la république*. Rien n'est jamais aussi agréable que la liste des incompétences de votre remplaçant, surtout quand elle est dressée par celui-là même qui vous a renvoyé. S'il était resté, on n'en serait pas là… Enfin ! Ne perdons pas de temps en conjectures inutiles ! Voyons plutôt comment faire définitivement passer aux monarchistes le goût des conspirations.

Fouché n'a pas oublié que Joseph de Limoëlan lui a échappé. Ce n'est pas faute d'avoir ratissé très minutieusement les rues de la capitale. Le chouan est demeuré introuvable. La rumeur de son suicide a préservé la réputation de la police et vengé la foule mais Fouché n'est pas homme à se laisser endormir par des fables. Limoëlan est en vie et les monarchistes continuent de conspirer. Il faut en finir. Trancher d'un coup net. Voyons, Querelle a bien parlé d'un *jeune Prince français attendu à Paris* ? C'est lui qu'il faut abattre pour démoraliser les royalistes.

— C'est aussi l'idée de Talleyrand, approuve Bonaparte. Quant à connaître l'identité du Prince…

— L'identité, qu'importe, c'est l'exemple qui compte. Un Bourbon reste un Bourbon. N'importe lequel fera l'affaire.

— *Un jeune Prince*… ce ne peut être ni le comte de Provence, ni le comte d'Artois…

— En effet.

— Le Prince de Polignac, peut-être ?

— Il est à Vienne. Il faut une menace plus immédiate. Plus facile à appréhender, aussi.

— Talleyrand a suggéré le nom du duc d'Enghien…

Fouché murmure :

— Hum… Enghien, oui… pourquoi pas ?

Un silence. Bonaparte fait les cent pas, la tête baissée, les mains croisées dans le dos. Fouché plisse les yeux. Ça lui coûte de le reconnaître mais l'idée de Talleyrand est excellente… Le duc d'Enghien est réfugié à Ettenheim, qui n'est qu'à neuf lieues de Strasbourg, et on entre dans le duché de Bade comme dans du beurre. Le duc est jeune, beau, fidèle à son Roi, et surtout hors de cause. Un coupable idéal. Il n'a trempé dans aucun complot, réprouve les méthodes terroristes de Cadoudal et coule des jours paisibles auprès de Charlotte de Rohan dans son pavillon de chasse.

— Il n'est pas très véhément pour un Condé, remarque Fouché, mais il a juré fidélité à Louis XVIII avec éclat. Sa lettre qui a circulé dans les journaux anglais après votre proposition du royaume de Pologne était assez insolente.

— C'était une provocation.

— Ce sera votre justification…

Fouché se lève.

— … si tant est que celle-ci soit nécessaire en ces circonstances.

Il secoue sa redingote, prend congé, décline la proposition de Bonaparte de souper avec lui. Un autre jour, peut-être… Après des mois sans se voir, c'est toujours une erreur d'aller trop vite. D'ailleurs, il a promis à Bonne-Jeanne qu'il rentrerait avant la nuit. Prendre des nouvelles d'Athanase qui a de la fièvre depuis trois jours et surtout, embrasser sa petite fille, un amour d'enfant née il y a six mois, qu'on a prénommée Joséphine, comme la femme du consul. Il paraît qu'elle en a été flattée. Tant mieux. L'intrigante a perdu son ascendant sur Bonaparte mais on ne sait jamais… Elle peut toujours servir.

58.

Rien n'échappe à Fouché. C'est vrai que Joséphine n'a plus d'influence sur son mari. Le 20 mars 1804, elle tambourine en vain à la porte de son bureau.

— Napoléon, ouvre ! Je t'en prie, ouvre-moi !

Le consul reste de marbre, enfermé à double tour dans la solitude de la nuit la plus longue de son règne. Une pluie fine cogne sur les carreaux. Le ciel est sombre, des nuages noirs éclipsent l'éclat blême de la lune. Le mois de ventôse n'est pas encore achevé.

Derrière la porte, la voix se fait suppliante.

— Ouvre ! Écoute ! Il a demandé une audience ! Tu ne peux la lui refuser.

Napoléon secoue la tête. Non, il ne le recevra pas. Il craint trop l'issue d'une pareille rencontre. Le duc d'Enghien est un Bourbon, il connaît l'art de la conversation, toutes les finasseries d'un langage rompu aux subtilités des salons. Il pourrait le convaincre de lui laisser la vie sauve. Or, il faut qu'il meure pour que la monarchie soit définitivement enterrée. Napoléon sort de sa poche le billet que la commission lui a adressé, signé du Prince : *Je fais avec insistance la demande d'obtenir une audience particulière avec le Premier consul. Mon nom, mon rang, ma façon de penser, l'horreur de ma situation, me font espérer qu'il ne refusera pas ma demande, signé : Louis-Antoine-Henri de Bourbon.* Ce ton, cette écriture ! « Mon nom », « mon rang », l'orgueil ineffable de cette race, cette arrogance… Napoléon lève les yeux vers l'horloge dont on a remplacé les aiguilles. Minuit. Ce n'est plus qu'une question de minutes… À l'heure qu'il est, la commission d'enquête a dû rendre son rapport et voter la mort du Prince.

Maintenant Joséphine essaie de durcir sa voix.

— Bonaparte, tu ne peux pas le fusiller sans l'entendre. C'est un assassinat. Tu n'es pas un assassin.

Un assassinat ? Pas du tout. Les formes juridiques ont été parfaitement respectées. À cinq heures, le duc est arrivé à Paris, escorté par le 22e régiment de dragons. On l'a installé à Vincennes dans le pavillon du Roi où il s'est endormi. À onze heures, on est allé le chercher pour le faire passer devant une commission militaire. L'interrogatoire a duré une heure. Il a permis d'établir sa culpabilité malgré ses dénégations et la violence avec laquelle il a déclaré *n'avoir jamais participé à un complot secret, à plus forte raison un complot d'assassinat*, ajoutant que *c'était insulter son rang, son nom et sa naissance* (encore !) *que de l'en croire capable.*

Bonaparte soupire. La procédure a été suivie. Le procès a eu lieu, puis le vote. Quant au texte du jugement, il le rédigera lui-même, plus tard, demain sans doute. L'exécution est prévue à deux heures trente. Derrière la porte, Joséphine insiste, parle d'iniquité. Joséphine est une femme, elle n'entend rien à ces affaires. C'est une femme et qui plus est une aristocrate. Elle a beau avoir épousé sa cause en même temps que sa personne, il lui restera toujours un vieux fond d'attachement aux Bourbons, comme on reste fidèle à une famille lointaine avec laquelle on a pris ses distances sans parvenir à la haïr.

— Si tu le fais fusiller, on parlera de toi comme d'un assassin, Napoléon ! Tu ne pourras jamais régner sur la France avec son sang sur tes mains.

Il hausse les épaules. Comme s'il s'agissait de lui ! Comme s'il ne s'agissait *que* de lui. A-t-elle oublié la nuit du 3 nivôse, la rue Saint-Nicaise ? Les hurlements, les décombres, ses larmes à elle, au fond du carrosse, quand il a ordonné de repartir pour l'Opéra ? Depuis trois ans qu'il est au pouvoir, c'est la septième conspiration contre sa personne. Ce n'est pas seulement sa vie qui est en jeu mais celle de la France, menacée de l'invasion étrangère et de la guerre civile. Justice sera faite, murmure-t-il en tapant du poing sur son bureau. Ou plutôt : l'ordre – mais pour lui c'est la même chose. Les petits soldats de plomb sursautent et retombent sur le flanc, leurs armes pointées vers la fenêtre battue par la pluie.

Joséphine se tait. Il est une heure, elle est fatiguée. Elle se laisse glisser sur le parquet, le dos contre la porte. Elle enfouit son visage entre ses mains et sanglote. C'est sa dernière arme, la meilleure, la plus efficace. Napoléon prête l'oreille. Il entend les pleurs de sa femme. Il s'approche de la cheminée, tisonne le feu pour couvrir les sanglots. Jamais il n'a encore résisté à ses larmes, elle a tout obtenu de cette façon – l'argent, la Malmaison, la roseraie, les ananas, les kangourous dans le parc… Des dépenses somptuaires pour des fantaisies, des babioles… Cette nuit encore, il craint de céder. Il guette en lui l'impulsion irrésistible qui lui fera ouvrir la porte, qui le jettera vers elle, à ses pieds peut-être, pour la prendre dans ses bras – d'accord, d'accord, tout ce que tu veux mon amour… Mais non. Rien ne vient. Il reste de marbre. Le sortilège n'agit plus. Même, ses sanglots l'irritent, cette ruse de petite fille… à son âge…

Quand elle s'éloigne à pas vaincus, il est calme. Satisfait même de sentir que cette faiblesse lui a passé, que plus rien ne l'émeut à présent. Ni elle, ni personne. Il vérifie l'heure. Deux heures. Bien, bien. Dans trente minutes le dernier des Condé aura cessé de vivre. Il paraît que dans la voiture qui le menait à Paris, il a assuré qu'un quart d'heure de conversation avec Bonaparte arrangerait tout. Avec cet aplomb propre à sa naissance et à son rang, il aura lui-même creusé sa tombe.

59.

Enfin, c'est une façon de parler. En vérité, en cette nuit du 30 ventôse, à la lueur des torches, sous une pluie glacée, c'est le jardinier Maurice Bontemps qui creuse la tombe du duc d'Enghien. Il a été réveillé à minuit, pendant que le prisonnier répondait à l'interrogatoire du tribunal militaire. D'abord, il n'a rien compris. On lui a mis une pelle dans les mains, on l'a mené dans les fossés, derrière la Tour de la Reine et on lui a intimé l'ordre de creuser une fosse, *assez large pour y plonger le corps d'un homme*, une toise de profondeur.

Bontemps creuse sans savoir pour quoi ni pour qui. Certes, il a bien vu entrer dans la cour du fort de Vincennes une chaise de poste à six chevaux escortée de gendarmes en fin d'après-midi. On lui a dit, avec assez de mystère, que le prisonnier était un homme important, un Prince, dont l'incarcération devait rester secrète. Ma foi, Maurice Bontemps n'est pas curieux, il a fini de ratisser les allées, a rangé ses outils et s'en est retourné chez lui, dans le petit logement aménagé derrière la maison du gouverneur Harel. La seule chose qui l'a un peu inquiété, c'est ce chien, un petit carlin roux qui a jailli de la voiture au moment où son maître en descendait et s'est mis à fureter dans les plates-bandes. Le jardinier n'a rien dit car le gouverneur était là, mais si le chien déterre les oignons des jonquilles qu'il vient de planter, il n'y en aura pas ce printemps. Mme Harel sera déçue, ce sont ses fleurs préférées.

Il y pense encore, à ses oignons, tandis qu'il creuse, les deux pieds dans la boue, sous cette pluie qui lui fouette le visage et lui gerce les mains. Soudain, il distingue des piaffements de chevaux, des cliquetis d'armes. Une voix claire s'élève, celle de l'adjudant Pelé :

— Messieurs, l'homme que l'on va amener est un conspirateur. Il a voulu tuer le Premier consul. Vous le passerez par les armes, ce sera justice. Il sera placé à cinq pas de vous. Quand je porterai la main à mon chapeau vous le coucherez en joue. Quand j'enlèverai mon chapeau, vous ferez feu. Repos.

À ces mots, Bontemps se redresse. Depuis sa fosse, il distingue seize paires de bottes, seize armes au pied. C'est un peloton d'exécution. En haussant son regard, il aperçoit les ombres des soldats que sa lanterne projette sur la muraille. Ainsi donc, il creuse la tombe d'un terroriste. Ça alors… Il reste un moment stupéfait, la pelle au-dessus de sa tête, le geste suspendu dans les airs. Puis il reprend son travail, avec plus d'ardeur. La pensée qu'il va enterrer un conspirateur le stimule. Il voue à Napoléon une admiration sans borne, pour avoir remis de l'ordre dans ce pays qui partait à vau-l'eau. Et puis il a bien connu une jeune fille, blessée il y a trois ans, dans l'attentat de la rue Saint-Nicaise, dont le père, grainetier, lui fournissait des semences pour ses plates-bandes. Melle Annette, qu'elle s'appelait. La nuit du 3 nivôse, elle a reçu des projectiles dans les yeux et depuis, devenue aveugle, elle vit dans un asile. Il en a conçu de la haine pour les conjurés qui ont semé ce malheur autour d'eux. Naturellement, il s'est rendu place de Grève pour voir les coupables se faire raccourcir mais ça n'a pas suffi à calmer sa colère, d'autant que l'un d'eux manquait à l'appel, un certain Limoëlan, suicidé à ce qu'on dit.

— As-tu fini ? crie un garde.

— Je crois qu'on y est ! lance Bontemps. Vous pouvez m'envoyer l'échelle !

Il se hisse à la surface de la terre et tombe nez à nez avec le petit Carlin roux qu'il a entraperçu cet après-midi. Le jardinier le menace avec sa pelle mais un soldat, qui a fait le voyage depuis Strasbourg avec l'escorte, arrête son geste.

— C'est Mohiloff, le chien du Prince ! Paraît qu'il ne veut pas lâcher son maître depuis Ettenheim. Quand il a fallu traverser le Rhin, il a suivi la barque à la nage et a fait le reste du trajet sur ses genoux. Vrai, il n'y a pas plus fidèle que ces bêtes-là.

Fidèle ou pas, Bontemps songe à ses massifs. Il essaie d'attraper le chien mais celui-ci s'échappe et se réfugie près d'un homme très pâle, très droit, qui vient de surgir de derrière la Tour de la Reine et se dirige en silence vers le peloton d'exécution. L'homme se place dos à la muraille. Il ne baisse pas la tête, regarde ses exécuteurs droit dans les yeux. Toute sa personne exprime une dignité sans arrogance. Bontemps essuie son visage du revers de sa manche. C'est lui le conspirateur ? Il regrette de ne pas le trouver plus haïssable, avec son air placide et son petit chien dans les bras.

Oui c'est bien lui – c'est du moins ce que dit l'adjudant Pelé qui lit à la hâte la sentence tandis que des rafales de vent soulèvent les feuilles de papier.

— … et ordonne que ce jugement soit exécuté immédiatement.

Le prisonnier ne fléchit pas. D'une voix claire, il demande :

— L'un de vous, messieurs, peut-il me prêter un ciseau ?

On lui fait passer la lame. Il coupe une mèche de ses cheveux, la joint à une lettre sortie de sa poche, y ajoute son anneau d'or et demande qu'on remette l'ensemble à sa femme, Charlotte de Rohan-Rochefort. Sa femme ? Personne ne relève. Seul le gouverneur Harel, qui a connu autrefois la famille de Condé, s'étonne de ce mariage morganatique conclu en secret avec une princesse de cinq ans son aînée. Vraiment, la Révolution aura tout changé, jusque dans les dynasties royales.

— Puis-je avoir un prêtre pour me confesser ?

— Non, monsieur. Il n'y a pas de prêtre, ni au château, ni au village.

Pour la première fois, une ombre passe sur le visage du Prince. Il se recueille un instant, la tête baissée sur son chien pelotonné contre sa poitrine. Du haut de la muraille, un cri descend :

— Qu'on en finisse ! Adjudant Pelé, commandez le feu !

Le gendarme porte la main à son chapeau. Le carlin se met à aboyer furieusement. Le Prince le dépose doucement à terre, lui donne une dernière caresse et le pousse à partir du revers de la main. Mais le chien, affolé, refuse de s'éloigner. Sans cesse il revient aux pieds de son maître et lève vers lui un regard effrayé. Un garde intervient et saisit l'animal qui aboie toujours. Le condamné refuse le foulard qu'on lui tend pour se bander les yeux. Sans savoir pourquoi, Bontemps ôte son chapeau.

— Qu'il est affreux de mourir de la main des Français, murmure le Prince.

— En joue ! Feu !

Des détonations trouent le silence des fossés de Vincennes. Le Prince s'écroule, la mâchoire brisée, le corps criblé de balles. Le carlin saute des bras du garde, se précipite sur son maître. Il attrape dans sa gueule la redingote ensanglantée et tire dessus avec obstination.

— Mercier, Devaux, vous l'enterrerez avec ses effets, face contre terre.

Le jardinier Bontemps, choqué de ce spectacle, s'en retourne vers sa maison. Il ne fait pas bon rester sous cette pluie, il va attraper la mort. Déjà, il sent des frissons le traverser et un tremblement de tous ses membres depuis les coups de feu. Mais l'adjudant Pelé le rattrape.

— Citoyen Bontemps, attends donc que les hommes aient fini leur besogne, tu reboucheras la fosse.

Une heure plus tard, Bontemps achève son travail sous le regard incrédule de Mohiloff. À chaque pelletée de terre, le chien hurle à la mort. Le jardinier le supplie d'arrêter. Ses aboiements lui vrillent les oreilles et lui labourent le cœur. Il tremble, ça doit être la fièvre. Il va rentrer chez lui et se mettre au lit. Il voudrait que tout ceci n'eût jamais existé. Il fait signe au chien de le suivre. Il veut bien le recueillir pour cette nuit. Après tout, la pauvre bête n'a nulle part où aller et avec cette pluie… Le jardinier sent en lui une sorte de pitié, une proximité même avec cet animal qui ne comprend rien au monde des hommes. Mais le chien refuse de le suivre et continue de pleurer sur le cadavre de son maître. Bontemps hausse les épaules et rentre chez lui. Il pense à la fille du grainetier. Comme elle, il aimerait être aveugle pour n'avoir jamais vu ce qu'il a vu cette nuit.

60.

Quand il apprend la mort du dernier Condé, Talleyrand se trouve chez la comtesse de Luynes, où il joue au tric-trac. À deux heures, on lui apporte un billet, soigneusement plié sur un plateau d'argent. Il s'en saisit, le lit, le repose et, tout en avançant son pion d'une case, murmure : « Bah… Ce sont les affaires… »

61.

À trois heures, Joséphine sonne sa femme de chambre. Elle ne dort pas. Ses traits sont tirés, ses yeux gonflés. Elle réclame des compresses à la camomille. La domestique s'exécute. À l'office, on échange les nouvelles à voix basse. Personne n'est d'accord. Pour sûr, Madame a pleuré. Mais nul ne saurait dire si c'est sur la mort du Prince ou sur son impuissance à faire fléchir le Premier consul. C'est-à-dire sur son propre déclin.

62.

Fouché ne commente pas l'affaire. La nuit de l'exécution, il veille l'autre Joséphine, celle qui a de la fièvre. Encore bouleversé par le souvenir de la mort de sa petite Nièvre, à l'âge d'un an, en 1794, il observe le visage de l'enfant malade. Il guette les rougeurs, s'alarme du moindre mouvement de ses lèvres, pose sur son front des linges humides. L'enfant respire normalement. Le médecin, venu dans l'après-midi dans l'hôtel que la famille occupe désormais rue du Bac, a été rassurant. Du bouillon, du repos. Ce sera l'affaire de quelques jours. Mais Fouché se méfie. On lui a déjà fait le coup du bouillon. À l'époque, il s'en était remis au médecin, occupé qu'il était à déchristianiser le département dont sa fille portait symboliquement le nom. Or Nièvre avait maigri, elle ne bougeait plus, gémissait tout le temps. Puis elle s'était enfoncée dans une sorte de sommeil avant de mourir, un matin de juin, alors qu'il organisait un grand défilé de bêtes vêtues d'habits sacerdotaux. Depuis, il ne s'éloigne jamais du chevet d'un enfant malade. Qu'importe si, là-bas, dans les fossés de Vincennes, le duc d'Enghien est mort, si Bonaparte le rappelle, si Talleyrand le déteste. Plus rien ne compte sinon le souffle de sa fille, sa petite main chaude qu'il tient fermement dans la sienne.

63.

Il la tient toujours, des années plus tard, allongé dans un lit en bois rustique, dans la maison de Trieste où il est exilé. Fouché a soixante ans et c'est à lui d'être l'objet des attentions de ses enfants qui se relaient à son chevet tandis qu'il agonise dans ce pays étranger où personne ne connaît son nom. Oublié, malade, il puise dans sa famille ses dernières consolations. Joséphine tape ses oreillers, Athanase lui tend un verre d'eau. Il refuse en secouant la tête. Une odeur de fumée s'élève du salon. C'est Joseph-Égalité qui brûle les papiers qu'il lui a confiés. Des liasses de documents où sont jetés pêle-mêle des noms, des listes, les vestiges d'un temps révolu, celui du Consulat et de l'Empire, quand il décidait du sort de ses compatriotes, dans les nuits silencieuses de son ministère tout-puissant. Dans les flammes, les noms se tordent et se consument – Enghien, Limoëlan, Rossignol, Sulpice Michel, Basile Collin, Saint-Réjant, Carbon, Cadoudal –, tous se recroquevillent avant de s'échapper en un panache blanc qui s'élève, pendant plus de cinq heures, dans le ciel très bleu de ce matin de Noël.

64.

Toutes les cendres se ressemblent. Une même fumée monte dans le ciel de Georgetown, aux Amériques, où Limoëlan vit depuis plus de vingt ans sous le nom du père Joseph de Clorivière. Dans son bureau, la mère supérieure du couvent des Visitandines accède aux dernières volontés du prêtre français – l'aumônier de la Congrégation a demandé expressément à ce que ses Mémoires soient brûlées à sa mort. Celle-ci n'est plus qu'une question d'heure. La religieuse ne peut refuser à l'abbé ce gage de gratitude de sa communauté. Elle le regrette un peu car elle est curieuse et aimerait savoir ce que fut sa vie avant les Amériques. Si c'est vrai ce qu'on raconte, qu'il était mi-gentilhomme, mi-brigand, un rebelle comme il en poussait alors dans les forêts de France où l'on défiait l'autorité de Bonaparte. Au fond, on ne saura jamais. Ni ce que fut sa vie, ni pourquoi il pleurait, chaque nuit de Noël, en célébrant la messe de la Nativité. La mère supérieure soupire. *Never mind*, comme il disait toujours, ce n'est pas grave. Sa main hésite un peu tandis qu'elle jette au feu les cahiers scellés qu'il lui a confiés. Elle ne peut s'empêcher d'observer les pages qui se tordent et se consument dans l'espoir d'y découvrir un secret. Ce n'est pas seulement une indiscrétion, c'est aussi une volonté de s'édifier. Elle est convaincue que le récit de la vie du prêtre serait un témoignage éclatant de sa sainteté. Un exemple pour tous. Un modèle. Mais ses œuvres suffisent à témoigner pour lui. Le couvent est florissant. La communauté se développe. Les vocations sont nombreuses. On a ouvert une école pour les jeunes filles pauvres et rénové la toiture de la chapelle.

Soudain, on frappe à la porte. Une jeune religieuse passe sa tête par la porte entrebâillée.

— Ma mère, le père Abel est arrivé.

— C'est bien. Menez-le au chevet de l'abbé.

65.

In nomine patri et filio et spirito sancto, amen.

Le père Abel ferme les yeux. Il attend la confession. Mais le pénitent peine à s'exprimer. Ce sont ses derniers instants, il prend son temps comme s'il avait la vie devant lui. Il l'a, en effet. On lui a promis l'éternité, c'est une vie où l'on ne se presse pas. Le prêtre réprime un bâillement. Quelle heure peut-il bien être ? Minuit, minuit et demi ? Quand on est venu le chercher au presbytère de Georgetown pour donner l'extrême onction, il était sur le point de se mettre au lit. La bonne envoyée par le couvent des Visitandines a insisté : « Sœur Claire vous réclame, l'abbé de Clorivière se meurt, c'est urgent, mon père. » Aussitôt, il a remis sa soutane, est passé à la sacristie chercher le surplis, l'étole violette, le vase avec les saintes huiles, les étoupes, le saint viatique. Il a songé : « Mon Dieu, quelle perte pour les Visitandines de Georgetown » et aussi « Qui donc pourra le remplacer ? ». Puis il a eu cette pensée un peu lâche : « Le père était un saint homme, il n'y en aura pas pour longtemps, je serai vite revenu. » Il s'est repris, a demandé pardon pour sa paresse. Ce n'était qu'une pensée mais quand on est homme de Dieu, il n'y a pas de pensée neutre, toute pensée est soit prière, soit péché. À sa décharge, le père Abel est épuisé. Il n'y a pas trois ans qu'il a été ordonné prêtre et déjà son âme est harassée. La fragilité de la communauté catholique, l'hostilité des protestants, les luttes internes, les mesquineries paroissiales ont eu raison du bel enthousiasme de sa jeunesse. Il courbe la tête, attend que ça passe. C'est douloureux, un idéal qu'on abat.

Ce sont les confessions surtout qui l'écrasent. La misère a jeté sur les rives de l'Amérique les damnés de l'Europe. Bandits, chercheurs d'or, aventuriers, prostituées qui exhibent leurs guiboles au saloon et leurs âmes dans son confessionnal avec la même impudeur, candide et viciée à la fois. Chaque jour, c'est la grande marée noire des péchés dont il redoute qu'elle finisse par l'engloutir. Il paraît qu'en France, certains esprits forts réfutent l'existence du diable. Ils devraient venir en Amérique, ces chantres des Lumières, ils seraient étonnés par la variété de ses manifestations. Satan déploie sur ces plaines vierges l'extrême fécondité de son imagination : envie, luxure, avidité, débauche, vanité, haine, jalousie, meurtres. Des types tués pour un arpent de terre, une parole, un verre de trop. Des Indiens massacrés. Des nègres réduits en esclavage. Pour autant, les gens de ce pays se croient en droit de donner des leçons à tous les autres peuples. Ceux qui parlent du Nouveau Monde comme d'une terre de liberté devraient y regarder de plus près, tendre l'oreille vers les grilles de son confessionnal. On n'est pas libre en Amérique. On est esclave de soi-même, de ses convoitises et de ses vices. Parfois, le père Abel en arriverait presque à envier les pasteurs protestants qui ne confessent pas. Ce doit être confortable d'ignorer les fautes des hommes et de se contenter de la maigre science des siennes. Confortable ? Ce n'est pas le langage d'un prêtre. Il se mord les lèvres, *miserere nobis, miserere nobis, miserere nobis*.

D'ailleurs ce soir, c'est différent. L'homme qu'Abel s'apprête à confesser est un saint prêtre, personne ne doute de son salut. Chassé de France par la Révolution – sans que l'on sache très bien quel rôle il a joué pendant ces années terribles, l'abbé de Clorivière a déployé en Amérique un zèle apostolique digne des plus grands missionnaires. On le cite en exemple. On ne lui connaît que des vertus. Les Visitandines dont il est le supérieur depuis plus de dix ans le regardent comme un saint. N'a-t-il pas sauvé leur couvent de la ruine en consacrant sa fortune personnelle à la construction de la superbe chapelle – un autel de marbre, un retable, des ornements sacrés, des tableaux, des ex-voto ? Et puis en édifiant une école pour jeunes filles, un externat gratuit pour les pauvres, dispensant l'instruction jusqu'aux enfants d'esclaves. À la fois bienfaiteur, confesseur, directeur spirituel. Bien sûr, comme tous les saints prêtres, il a d'abord mangé son pain noir. Ses premières années à Charleston, en terre protestante, ont été terribles. Les villageois l'insultaient, les gosses lui jetaient des pierres, sifflaient pendant ses sermons, pissaient dans les bénitiers. On lui a tiré dessus à coups de revolver – un homme saoul qui sortait du saloon. Il lui en est resté une blessure au bras gauche. Il acceptait toutes ces attaques sans broncher, avec son air souffrant et doux, répondant à ceux, très rares, qui voulaient le défendre : *Never Mind.* Never Mind, c'est devenu son surnom. Never Mind, c'est-à-dire : tout est Grâce.

La sœur portière qui a ouvert tout à l'heure avait les yeux rougis. Elle les a baissés, un peu honteuse de ces larmes qu'elle n'a pas réservées à la passion du Seigneur. Oui, cet homme-là ira vite au ciel, ses péchés seront pardonnés. D'ailleurs, quels péchés ? On dit que son âme est lisse comme son visage et sa face n'exprime rien d'autre que la piété fervente d'un serviteur de Dieu. Le père Abel lui-même en a été frappé la première fois qu'il l'a rencontré. Le Français a la soixantaine mais il est cassé comme un vieillard. Habillé modestement, réservé, aimable pourtant. Jamais on ne l'entend se plaindre ni médire. Malgré les persécutions protestantes, l'indifférence de Rome, l'argent qui manque… Les religieuses s'inquiètent parfois : Dieu les aurait-il abandonnées ? L'abbé de Clorivière sourit, oppose aux tentations de l'à-quoi-bon un *Never mind* doux et conciliant.

Le père Abel se dit que, pour la première fois, il va pouvoir accomplir le rite dans sa belle et lente liturgie. Tous les gestes, il les connaît, les formules, les prières, il les sait par cœur. Mais jamais encore il n'a pu suivre l'ordre prescrit appris au séminaire : confession, contrition, extrême onction, saint viatique. Quand on vient le chercher, il est souvent trop tard. Le malade a perdu connaissance. On a attendu le dernier moment par faiblesse ou superstition. On le presse, le malade expire, le prêtre doit se contenter d'une onction générale sur le front, ses gestes sont rapides, ses prières expédiées. Lui aussi, il aimerait dire « *Never mind* », mais chaque fois, c'est une capitulation, il lui en reste un goût amer de gâchis. Ce soir enfin, il va pouvoir déployer le grand manteau de la liturgie séculaire au-dessus du mourant. Il dispose les chandeliers garnis de cierges, le crucifix, les saintes huiles dans leur vase d'argent, les étoupes dans leur plat d'étain. Il puise dans l'eau bénite, en asperge le malade « *Arrosez-moi Seigneur avec l'hysope et je serai purifié. Lavez-moi et je deviendrai plus blanc que la neige.* » Il prononce ces paroles avec une lenteur calculée. Puis il s'agenouille. « *Notre secours est dans le nom du Seigneur qui a fait le ciel et la terre.* »

Il est prêt. Il se signe et il attend, dans le silence entrecoupé des râles du mourant.

Les cloches sonnent. C'est l'heure des vigiles. Dans les couloirs du couvent, derrière la porte de la chambre, on entend passer une cohorte légère. De la chapelle un chant s'élève. Le père Abel secoue la tête.

Il a un peu honte d'avoir supputé sur les péchés du pénitent. Jauger une âme, évaluer ses chances de salut, est-ce que c'est une faute ? Il pense au pénitent qu'il a entendu le matin même, ce joueur ruiné d'avoir misé sur les mauvaises cartes. Parier sur le salut des mourants ne vaut guère mieux. Pour dissiper ces mauvaises pensées, il entreprend de prier.

Un murmure s'élève de la couche du mourant. Le père Abel s'approche, tend l'oreille.

— Bénissez-moi parce que j'ai péché.

C'est la formule rituelle. Le père Abel recommence le signe de croix. C'est le troisième mais c'est égal. Dieu ne se lasse jamais, Il donne sa bénédiction sans compter. Les lèvres du pénitent remuent. Et soudain, par ce canal étroit, des mots sortent à tâtons pour s'écraser dans la nuit. Des mots incongrus, surpris eux-mêmes d'être proférés, comme s'ils s'étaient trompés de locuteur.

— La mort…

— La mort a été vaincue par le Christ.

Le pénitent secoue la tête.

— La mort, répète-t-il. Celle que j'ai causée. Celle d'une enfant, une fillette de douze ans.

— …

Un silence accueille cet aveu.

— Je l'ai tuée. Non… je l'ai pulvérisée. On n'a pu reconstituer son corps… Juste celui de la jument, une vieille jument fatiguée, toute noire. Elle avait sa main sous sa crinière. On a retrouvé des membres… projetés partout dans la rue Saint-Nicaise…

D'abord la stupeur, puis l'incrédulité. Le père Abel voudrait croire qu'il se trompe, c'est la fatigue ou l'accent français, il n'a pas compris. Mais il sait qu'il se dupe lui-même. Le vice se cache dans la poitrine des saints prêtres comme la vertu se trouve parfois dans l'âme des filles débauchées de Georgetown. Le confesseur est un chercheur d'or plus opiniâtre que n'importe quel aventurier qui se rue en Californie. La grille du confessionnal est son tamis, il faut que la boue soit passée par tous les trous pour qu'on découvre au fond un caillou, parfois une pépite.

— Était-ce… votre intention ? Cette mort, vouliez-vous la donner ?

— À elle ? Oh non… Non, ni à elle, ni à tous ceux qui périrent avec elle. Huit je crois, sans compter les blessés. Non, attendez… dix. Il y a aussi les jacobins déportés, cent trente-trois… avec l'enfant, cela fait cent quarante-quatre.

Il compte sur ses doigts. Les fantômes du passé surgissent, la procession du malheur, toutes les victimes de la Machine infernale, directes ou indirectes, il cite de mémoire : la veuve Jourdan qui s'est suicidée, Carbon, Saint-Réjant guillotinés : cent quarante-six. Le duc d'Enghien… Vous comptez, mon père ?

— Le duc d'Enghien, ce n'est pas vous, tout de même !

Cette fois, le père Abel l'arrête. Il croit à un délire de mourant, un effet de la fièvre qui s'est emparée du saint prêtre.

— Si, c'est moi. C'est la suite de ma faute. Et sa conclusion.

Un autre fantôme apparaît, celui de la très jeune fille qui est entrée au Carmel contre son salut. Comment s'appelait-elle, déjà ? Laure… Laure comment ? Il ne sait plus, tous les noms s'emmêlent à présent, mais son visage demeure, sa douceur, son sourire quand ils dansaient ensemble, l'image d'une rédemption qui a précédé la faute.

Un silence se fait. Le père Abel avale sa salive. Il ferme les yeux, il laisse cet aveu pénétrer en lui, se confronter à l'image du prêtre qu'il a connu, s'y substituer. Alors, c'est vrai ? Le père de Clorivière, le sauveur de la Visitation, le saint homme, un assassin ? Il se souvient des larmes que verse le prêtre chaque année à la messe de Noël, son regard d'humble piété au moment de la consécration. C'était donc ça ? Le père Abel approche son oreille des lèvres du pénitent, l'encourage par un hochement de tête à répéter. L'autre a un regard de noyé, il respire avec peine.

— Oui, cent quarante-sept… Tous morts, par ma faute. Mais je ne les ai pas voulues, ces morts. C'était à l'autre qu'elle était réservée.

— À l'autre ? Quel autre ?

— À lui… Napoléon Bonaparte.

Il porte la main à sa poitrine. La faute se reconnaît au mal qu'elle fait quand elle sort. Maintenant que le sol est foré, il faut extraire. Le père Abel s'éponge le front, il se redresse. Est-ce l'effet de la sidération ou son sens du devoir : il n'a plus sommeil tout à coup.

Never Mind

Une heure sonne. L'aube est encore loin. L'huile se ride dans le vase d'argent. La flamme des cierges vacille. Les étoupes frissonnent. Il n'y a plus de lumière. Il n'y a que la nuit épaisse où ils s'enfoncent ensemble.

ÉPITAPHE

Ci-gît
Joseph-Pierre Picot de Clorivière.
Né d'une famille noble
De Bretagne,
Il acquit un nom illustre dans la carrière militaire.
Les difficultés des temps
Et les dispositions de la divine Providence
Le forcèrent de quitter sa patrie
Et de s'embarquer pour ce pays,
Où il embrassa l'état ecclésiastique.
Ordonné prêtre,
Il exerça avec un zèle infatigable les fonctions
Du saint ministère
D'abord dans l'église de Charleston.
Nommé ensuite directeur de la Visitation à Georgetown,
Il gouverna la communauté confiée à ses soins
Avec une prudence consommée,
Une éminente piété
Et une charité à toute épreuve.
Une église, une académie et d'autres édifices qu'il éleva
Le font appeler second fondateur.
Avec une ardeur qui ne se démentit jamais,
Il exhorta les religieuses jusqu'à son dernier soupir
À avancer dans la perfection de leur institut
Et il donna à ses instructions
Le solide appui de son exemple.
Enfin chargé de bonnes œuvres
Il s'endormit paisiblement dans le Seigneur
Le 29 septembre 1826
À l'âge de 58 ans.

© Photo de Sœur Sylvie-Marie Guerrón
parue dans The Washington Post

Je remercie très chaleureusement :

Emmanuelle Delacomptée, mon éditrice, pour ses conseils et sa confiance.

Sabine de Launay qui m'a ouvert les portes du très beau château de Limoëlan. Par sa disponibilité et sa grande gentillesse, elle m'a permis d'entrer dans l'intimité de son ancêtre pour mieux le connaître et le raconter.

DANS LA MÊME COLLECTION

Les Attentifs, Marc Mauguin, 2017
Tu seras ma beauté, Gwenaële Robert, 2017
Les Uns, les Autres, collectif, 2018
1 144 livres, Jean Berthier, 2018
Le Roman ivre, Isabelle Stibbe, 2018
Le Dernier Bain, Gwenaële Robert, 2018
Intérieur jour, Marc Dugain, 2018
Le Modèle oublié, Pierre Perrin, 2019
Mes nuits apaches, Olivier Martinelli, 2019
La Bruyère, portrait de nous-mêmes,
Jean-Michel Delacomptée, 2019
Un beau désordre, Marco Caramelli, 2020

Composition réalisée
par Rosa Beaumont

FSC
www.fsc.org
MIXTE
Papier issu de
sources responsables
FSC® C003309

L'Éditeur de cet ouvrage s'engage
pour la préservation de l'environnement
et utilise du papier issu de forêts gérées de manière responsable.

Cet ouvrage a été achevé d'imprimer en août 2020
sur les presses de Normandie Roto Impression s.a.s.
61250 Lonrai (Orne)
N° d'édition : 60495/01 - N° d'impression : 2002725

Imprimé en France